맛있는 이야기

多情의 맛, 人情의 맛

맛있는 이야기 - **多情의 맛, 人情의 맛**

초판 인쇄 2011년 11월 10일
초판 발행 2011년 11월 17일

엮 은 곳 전주대학교 이야기문화연구소
지 은 이 경종호 김명희 김미희 김성철 김여화 김자연 김저운 문 신 문영숙 박갑순 박두규 박예분 박태건 백상웅
서금복 서철원 신귀백 신병구 오장근 유강희 유수경 이경진 이병승 이병초 이성자 이주리 이준호 장마리
전희식 최기우 최일걸
진   행 전북작가회의
후   원 한국콘텐츠진흥원, 문화체육관광부, 전라북도

펴 낸 이 최종숙
펴 낸 곳 글누림출판사

책임편집 이태곤
편   집 임애정 전희성
디 자 인 안혜진 이홍주
마 케 팅 박태훈 안현진
관   리 이덕성

주   소 서울시 서초구 반포4동 577-25 문창빌딩 2층(137-807)
전   화 02-3409-2055(대표), 2058(영업), 2060(편집)
팩   스 02-3409-2059
전자메일 nurim3888@hanmail.net
홈페이지 www.geulnurim.co.kr
등록번호 제303-2005-000038호(2005.10.5)

정   가 15,000원
I S B N 978-89-6327-111-8 03810

맛있는 이야기

多情의 맛
人情의 맛

전주대학교 이야기문화연구소 엮음
김자연 외 30인 지음

오래된 맛일수록 그 맛에 얽혀 있는 사연이 많다.

전주의 음식점 중에서 가장 많이 회자되는 이야기는 콩나물국밥집인 <삼백집>의 '욕쟁이 할머니와 박정희 대통령 이야기'다. 박 대통령이 콩나물국밥을 먹으러 왔을 때, 주인인 욕쟁이 할머니가 "이놈아! 누가 보면 영락없이 박정희인 줄 알겠다. 그런 김에 계란 하나 더 처먹어라"했다는 일화다. 시(詩)도 있다.

> (전략) 어느 날 / 나는 새도 떨어뜨린다던 / 박 정희 대통령이 / 전주에 내려 온 김에 / 경호원도 모르게 / 해장을 하러 들어갔는데 / 할머니 첫마디가 / 아따, 그놈 꼭 박정희 닮았네. / 하면서 막걸리 한 사발에 / 해장을 안겨 주었을 때 / 박정희도 크게 웃었다는 / 그 욕쟁이 할머니! / 지금은 관 속에 누워 / 어찌 / 그 걸쭉한 입 / 참고 있을지 몰라 // 오늘도 / 삼백집 밥상위엔 / 국밥 한 그릇 / 뜨겁게 올라 앉아 있는데. //
> 유응교의 시 「욕쟁이 할매 식당」 부분

이 이야기는 물론 '믿거나 말거나'라는 전제가 달려 있지만, 할머니가 미처 대통령을 못 알아보고 그렇게 친근감을 표시했다는 일화는 이미 전주의 전설이 된지 오래이며, 수십 년 동안 여러 매체를 통해 소개되었고, 다양한 이본(異本)을 만들면서 재생산되고 있다.

콩나물국밥전문점인 <왱이집>은 명절에도 문을 닫지 않는 이유가 있다. 빚에 쪼들려 야반도주했던 한 가족과 관련한 사연이다. IMF 시절, <왱이집>

을 찾은 어느 가족이 숫자는 5명이었는데, 국밥은 2그릇만 시킨 것. 딱한 사정을 들은 사장은 식구 숫자에 맞춰 국밥을 내주었고, 콩나물 등을 싸주기도 했다. 그 가족은 형편이 좋아지면 꼭 찾아오겠다고 약속을 했지만, 아직도 그들을 만나지 못했다. 명절이면 그 가족을 기다리고, 그 가족과 같이 안타까운 사연을 가진 이들에게 식사를 대접하기 위해 <왱이집>은 명절에도 문을 닫지 않는다.

30년의 역사를 자랑하는 비빔밥전문점 <가족회관>은 '청와대의 선물로 채워져 온 김장아치 도시락'이나 '경주에 <가족회관>이 생긴 이유' 등 여러 이야깃거리가 있다. 전주에서 가장 오래된 비빔밥집인 <한국집>은 여전히 된장, 간장, 고추장을 직접 담가 사용하며, 지금은 이름만 남았지만 남부시장 <현대옥>의 주인 할머니는 점심시간 딱 두 시간만 영업하였다. 이처럼 전주에는 음식마다, 식당마다 맛이 있고 멋이 있고 이야기가 있다.

삶이 고단할 때 우리는, 어깨피고 마시라며 등을 탁 두드리고는 고기 몇 첨 슬쩍 놓고 가는 선술집 아줌마의 넉넉한 인심에서 위안을 얻고, 시장통 먹자골목의 코끝을 자극하는 맛있는 냄새와 왁자지껄한 분위기에서 희망을 찾아내며, 사천원짜리 콩나물국밥을 후딱 해치우고 콧등에 송송 맺힌 땀방울을 닦아내면서 용기를 얻는다. 음식은 단순한 먹거리가 아니라 삶이고 일상이고 추억이다.

이 책에 실린 40편의 이야기는 작가들이 수필, 동화, 소설 등 다양한 장르로 자신만의 이야기를 풀어냈지만 공통적으로 음식과 거기에 얽힌 기억에 대한 이야기이다. 음식은 기억의 조각이며 추억과 함께 먹을 때 가장 맛있는, 재미난 이야기거리이다. 이 책에 실린 작은 글들이 읽는 분들의 기억과 추억으로 잘 버무려져 맛있는 독서가 되기를 소망한다.

2011년 11월 1일
전주대학교 이야기문화연구소장 이용욱

제1부 유년의 맛

제2부 추억의 맛

제3부 일상의 맛

제4부 전주의 맛

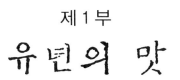

제 1 부

유년의 맛

어머니의 큰 손

　내가 좋아하는 그림책 중에 <손 큰 할머니의 만두 만들기>가 있다. 해마다 설날이 되면 세상에서 가장 큰 만두를 빚는 손 큰 할머니. 숲속 동물 모두 배불리 먹고도 남는 큰 만두를 만들기 위해 할머니는 헛간 지붕으로 쓰는 함지박을 가져와 김치, 두부, 숙주나물을 넣고 만두소를 열심히 버무린다. 밀가루 반죽이 방문턱을 넘어 툇마루를 지나 울타리 밖으로 뻗어 나간다. 숲속 동물들이 모두 모여 만두를 빚고 빚어도 쉽게 줄지 않는 만두소 나중에는 아예 엎치락뒤치락 하면서 엄청 큰 만두 하나를 만든다. 배고픈 숲속 동물들이 모두 달려와 배불리 만두를 먹는다. 먹고 먹어도 남는 만두! 모든 동물이 공평하고 넉넉한 설을 맞는 푸근한 그림책이다.

　내 친정어머니도 그림책에 나오는 할머니처럼 음식 손이 무척 크셨

---

* 김자연 / 아동문학가

다. 추석, 설, 정월 대보름, 동짓날이 되면 어머니는 귀찮지도 않은지 팔을 걷어 부치고 열심히 음식을 만드셨다. 설이면 손이 아프도록 떡 가래를 썰고 식혜와 수정과, 깨떡, 수수전, 한과 등을 넉넉하게 만들었다. 떡도 그냥 만드는 떡이 아니다. 명절에 마음까지 가난해서는 안 된다며 호박곶이와 곶감, 대추, 밤을 잘게 썰어 찰떡에 듬뿍 고명을 얹고, 수수를 곱게 갈아 놓았다가 팥고물을 만들어 둥글게 말아 수수전을 부쳤다. 비록 값비싼 음식들은 아니지만 어머니가 만든 설음식은 맛도 맛이지만 내 어린 시절을 넉넉하고 설레게 만들었다.

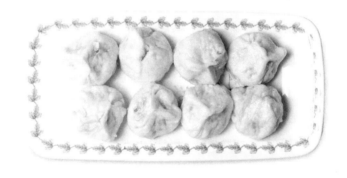

만두

그러나 한편으로는 뭣 때문에 음식을 그렇게 힘들게 장만하여 이웃들에게 다 나누어 주는지 이상하기도 했다. 우리 동네 사는 사람치고 우리 어머니의 호박죽, 팥죽, 깨떡, 수수전, 파김치, 참게장 음식을 맛보지 않은 사람이 드물 정도였으니까. 음식을 조금만 장만해서 집안 식구들끼리 먹으면 돈도 적게 들고 어머니도 편할 텐데 친척은 물론 이웃들까지 생각하며 하루 종일 쉬지도 못하는지 이해가 되지 않았다. 더군다나 어머니는 설날 우리 집에 찾아 온 사람에게 일일이 힘들게 만든 음식을 한 보따리씩 싸서 손에 쥐어 주곤 하였다. 그때마다 나는 이 담에 크면 절대 어머니처럼 고생을 사서 하지 않겠다고 다짐했더랬다. 그런데 이제 어른이 되고 보니 그때 어머니의 손맛이 엄청 그립다. 어머니의 깊은 마음을 조금은 알겠다. 어머니는 명절만큼은 자식들에게 어머니가 정성들여 만든 음식을 마음껏 먹을 수 있게 해주고 싶었던 것이다. 자식들에게 추억을 만들어 주고 어머니의 손맛을 그립게 하고 싶었던 것이다. 어머니가 만든 정이 가득 담긴 음식을 나누며 이웃과의 관계를 돈독히 해두고 싶었던 것이다. 그것은 자식들을 위한 우리 어머니만의 덕 쌓기이기도 했다.

설이 되면 소쿠리에 가득 담길 정도로 떡가래를 썰며 객지에 있는 자식들을 기다던 어머니의 큰 손이 생각난다. 연탄불에 살짝 구워 조청을 찍어 먹던 말랑말랑한 떡가래, 또각또각 썰어져 소쿠리에 가득 쌓이던 하얀 떡가래, 그것은 주고 주어도 하나 더 주고 싶은 이 땅의 모든 어머니들 마음의 소리가 아닐까.

새해 아침, 일찍 일어나 복조리를 사서 문 앞에 걸어두고 자식들의 한 해 안녕을 빌었던 어머니의 큰 손. 이번 설날에는 어머니의 그 큰 손을 꼭 한 번 만져드리고 싶다. 그리고 이웃과 음식을 나누는 어머니의 그 큰 손이 있었기에 오늘의 내 삶이 그래도 풍요로울 수 있었다고 말해 드리고 싶다.

유년의 행복한 기억, 김장과 새알 팥죽

    늘 그랬던 것처럼 늦가을 오후의 풍경은 한적하거나 쓸쓸하거나 아름답다.

    이제는 몸에 배인 듯 낯익은 감정이지만 한때는 주체 못할 슬픔이 되어 몸살을 앓았던 날들이 있었다. 그 원초적인 슬픔은 늘 유년의 어떤 기억들이 꿈속으로 나를 찾아왔을 때마다 되풀이 되었다.

    어느 날부터였는지 잘 기억이 안 나지만 문득문득 같은 장면의 꿈을 꾸기 시작하면서 눈을 뜨는 아침이면 설렘과 슬픔이 교차했다. 꿈속의 나는 동네 친구들과 놀다가 길을 잃거나 가을걷이가 끝난 고구마 밭을 헤집고 다니곤 했다. 또 가끔은 마을 뒷산에서 숨바꼭질을 하는 내 모습을 보곤 했다. 그런데 그 추억들이 왜 내겐 슬픔이 되었을까 알 수가 없다. 내 잠재된 의식 속에 이젠 돌아갈 수 없는 아름다운 것

---

* 유수경 / 아동문학가

들에 대한 향수가 아닐까 생각하곤 한다.

지금은 옛길 하나 남아있지 않은 내 유년의 마을은 소박한 자연을 품고 있어서 참 정겨운 모습이었다. 마을 입구엔 다람쥐 놀이터 마냥 작은 산이 있었고 그 산을 중심으로 옹기종기 아침저녁으로 밥 짓는 냄새가 가득한 곳이었다. 그뿐인가! 마을 끝 가파른 언덕을 넘어가면 큰 저수지가 있었는데 한 번씩 저수지 물을 빼는 날이면 동네 사람들은 양동이 가득 붕어, 잉어를 담아 오곤 했다. 그 가난했던 날들에 풍성한 양식이 되었던 저수지의 풍경이 내 가슴 한구석에 오래도록 남아 있다.

작은 마을의 겨울은 유난히 빨리 오고 추웠다. 동네 아이들과 지치게 놀다가 손등이 얼어터질 무렵이면 어김없이 집집마다 겨우살이 준비로 분주했는데 그 중 품앗이로 돌아가면서 하던 김장을 잊을 수 없다.

김장을 하는 날이면 새벽부터 마당에 불이 켜지고 꽁꽁 언 몸을 녹이기 위해 모닥불이 펴졌다. 동네 아주머니들 여럿이 모여 오동통한 조선무를 자르고 속이 꽉 찬 배추를 다듬어 반으로 갈라놓으면 하얀 속살이 수줍은 듯 활짝 웃는데 그 달짝지근한 속살이 어찌나 맛나던지 배추를 씻어 물기를 빼는 사이 모두들 된장에 찍어 먹느라 난리였다.

소금에 절인 배추가 간이 배이기를 기다리며 한쪽에선 갖은 양념으로 배추 소를 버무리기 시작하는데 옆에서 배추 속을 집어 먹던 아이들은 매운 고추와 마늘 냄새에 연신 재채기를 해댔다.

배추 소에 들어가는 양념이 어찌나 다양한지 지금 생각해도 놀라울 정도이다. 내 기억을 더듬어 보면 고춧가루를 기본으로 파, 마늘, 배, 밤, 굴, 찹쌀풀, 달인 새우젓, 멸치젓, 황새기젓 등이다.

김장도 지역별 차이가 있기는 하지만 전라도 김치의 특징은 젓갈에 있다. 그래서 엄마의 맛깔 나는 김장엔 늘 젓갈이 두세 개는 빠짐없이 들어가곤 했다. 사실 그 젓갈 냄새는 세월이 한참 흐른 후에도 엄마와 딸들의 갈등이었는데 김치를 담그는 날이면 우린 젓갈을 조금만 넣으라고 싫은 소리를 했고 엄마는 그럼 맛이 안 난다고 몰래몰래 더 넣곤 했다.

동네 품앗이 김장은 이틀을 꼬박하는 월동 잔치였는데, 이튿날은 동네 아이들이 다 모여 별식을 먹는 날이었다. 배추 소를 넣는 날엔 엄마는 꼭 들깨죽을 끓이고 새알 팥죽을 쑤어 동네 어르신들께 대접했다. 그만큼 김장은 동네 큰 잔치요, 인정을 나누는 일이었던 것이다.

팥죽

먹을 것이 없던 시절에 그나마 하루쯤 풍성하게 먹을 수 있는 별식이었는지도 모른다.

이틀을 꼬박 채워 항아리에 담긴 김치는 그 종류도 다양했다. 일 년을 먹어도 물리지 않는 배추김치가 으뜸이지만 아삭아삭 맛있는 무김치, 무와 배추를 적당하게 썰어 고춧가루 없이 담근 백김치, 쌉쌀한 갓김치 등 겨우내 찬거리를 염려치 않아도 될 정도의 양이었다.

그렇게 마을 아낙들이 찬바람을 등에 이고 김장을 하는 동안 장정들은 김칫독을 묻을 땅을 파고 짚을 엮어 놓았다. 차곡차곡 김칫독을 묻고 짚으로 덮으면 김장 마무리가 되는 것이다.

김장이 끝나는 날 밤이면 또 하나의 별식이 있었는데 바로 삶은 돼지고기였다. 이틀 동안 수고한 동네 분들과 함께 막걸리 한 잔에 바로 담근 김치에 싸서 먹는 돼지고기는 별미 중에 별미였다. 코흘리개 아이들은 입맛을 다시다 한 점 받아먹고 신이 나던 때였다. 밤이 깊도록 술잔이 오가고 개짓는 소리가 이따금씩 들리던 그 풍경들은 동네 김장이 다 끝나도록 한참동안 이어졌다.

그 후 몇 년은 더 그런 따뜻한 풍경 속에서 행복한 유년을 보냈다.

함박눈이 쌓인 아침이면, 하얀 털모자를 쓴 장독대는 마치 쌀을 쏟아 놓은 듯 소담스러웠고 밥상을 차리던 엄마는 뒷마당에 묻은 잘 익은 무와 배추김치를 함지박에 담아내곤 했다. 생각해 보면 그 시절의 그 밥상이 세상에 가장 잘 차려진 밥상이었고 가장 맛있는 김치가 아니었나 싶다.

초등학교를 졸업할 무렵, 우리는 마을을 떠나 도시 중심으로 이사를 했다. 다람쥐 놀이터 같은 작은 산도 없고 이스락을 줍던 고구마 밭도 없고 집들만 빼곡한 도시는 분주함과 지루함의 연속이었다. 더구나 겨울철 품앗이로 하던 김장은 꿈도 못 꿀 일이었다. 더 이상 깨죽도 예전 그 맛이 아니었고 새알 팥죽은 아예 잊혀진 별식이 되었다. 엄마의 김장 솜씨는 여전히 특별했지만 마땅히 나눌 이웃이 없는 건 모두에게 쓸쓸함이었다. 그러나 쓸쓸함은 잠시 머물렀을 뿐, 우리 가족을 잡아두진 못했다. 점차 기억에서 멀어진 옛 마을과 그 추억들을 대신해 도시의 문명 속에서 입맛도 새롭게 길들여지고 편리함에 익숙해지기 시작했다.

가끔씩 옛 기억들로 웃음을 짓는 날들도 있었지만 새 환경에 길들여지는 것은 생각보다 쉬운 일이었다.

그렇게 숱한 세월이 지나고 한 아이의 엄마가 된 어느 날부터, 꿈자리가 뒤숭숭해지기 시작했다. 자꾸 유년의 그 집과 그 풍경들이 꿈에 보이기 시작한 것이다. 그러다 말겠지 한 것이 몇 년째여서 결국은 옛집을 찾았는데 예전에 그곳에 마을이 있었나 싶게 흔적이 남아있지 않았다. 돌아서 오는 내 발걸음이 얼마나 스산했는지 모른다.

집 가까이 이르렀을 때, 문득 새알 팥죽 생각이 간절해졌다. 좀처럼 찾기 힘든 새알 팥죽집을 찾아 가끔 지나치던 재래시장을 향했다. 하도 오랫동안 잊었던 음식이어서 내 유년의 기억들에게 미안한 생각이 들었다.

재래시장 구석구석을 걷다보니 채소를 파시는 아주머니 한 분이 마침 새알 팥죽을 드시고 계셨다. 잠시 머뭇거리다 팥죽 파는 곳을 물어보니 아주 맛있다는 말을 덧붙이며 시장 안 제일 끝자리에 있다고 알려주신다. 가게가 참 허름하고 간판도 없는 것이 영 마음에 내키지 않았지만 일단 들어섰다. 새알 팥죽 한 그릇을 시키고 가만 앉아있으니 유년의 그 마당, 동네 사람들이 모여 김장을 하고 새알 팥죽을 쑤던 엄마의 모습이 생생하게 보이기 시작한다. 한참을 그 풍경 속에서 넋을 잃고 있다가 팥죽 가게 아주머니의 인기척에 정신을 차렸다.

팥죽을 한 숟가락 뜨니 그 옛날 엄마가 쑤어 주던 맛은 아니지만 곱게 간 팥물에 풍덩풍덩 담긴 새알이 참 정겹게 느껴졌다. 가만 보니 팥죽을 쑤는 아주머니의 뒷모습도 지금의 내 어머니와 많이 닮아있는 듯싶다. 새알 하나하나를 먹을 때마다 옛 추억이 간절해 바닥이 보이도록 싹싹 먹고 또 먹었다.

팥죽집 문을 나서는데 문득 이 그리움이 담긴 맛을 내 딸아이에게도 주고픈 생각이 들었다. 엄마가 쑤어 주던 그 맛을 낼 수는 없지만 내 유년의 이야기들을 담아 딸아이에게 쑤어 준다면 몇 겹의 세월을 공감할 수 있지 않을까 싶다.

집에 돌아와 팥을 삶아 곱게 채에 거르고 딸아이를 기다린다. 딸아이와 찹쌀 반죽으로 새알을 빚을 생각이다. 한 알씩 빚으며 내 안에 갇혀 있던 아름다웠던 그 풍경들을 꺼내 주고 딸아이에게 들려줄 것이다.

몇 년을 내 꿈속을 찾아 왔던 유년의 기억들과 만나고 그 시절이 지금의 나를 지탱해 준 보석 같은 날들이었음을 깨달으니 행복하기까지 하다. 삶은 그 어떤 순간에도 유년의 기억을 가두게 하지 않는다는 것을, 그것이 아픔이든, 쓸쓸함이든 기쁨이든 말이다.

보리 개떡

모양도 개떡 같지만 이름도 참 개떡 같다.

"개떡같이, 개떡 같은 놈, 개떡 같은 인생……"

사람들은 덜 떨어지거나 하찮거나 고생스럽거나 운이 억세게 없을 때 이같이 말한다. 그러니 음식에도 신분제도가 있다면 개떡은 귀족이 아닌 평민, 아니 어쩌면 노비에 가까운 천덕스러운 존재임에 틀림없다.

그 옛날에도 빈부 격차는 여전하여 잘 사는 집에서는 쌀을 빻거나 버무려 떡을 안치지만, 쌀이 귀했던 시절 대부분의 서민들은 그 귀한 쌀은 엄두도 내지 못했고, 보리도 알곡이 아닌 껍질 즉 보릿겨로 만들었던 보리 개떡이 주린 배를 채워주던 귀한 음식이었다고 한다. 흔히 하는 말이지만 우리는 물질적으로는 그때보다 훨씬 풍족해졌지만 정신적으로는 결코 행복해지지 않았다.

* 이주리 / 시인

그 이유에 대해 곰곰이 생각해 본적이 있다. 지금의 우리는 나라는 존재에 대한 만족감이 온전히 나에 의한 것이 아닌 시대, 좀 더 쉽게 설명하자면 상대적 박탈감과 상대적 우월감 사이의 미묘한 경계에 선 나를 그 옛날보다 더 선명하게 인식하기 때문이 아닐까 싶다.

그런 의미에서 지금의 <나>란 존재는 1인칭이 아닌 1.5인칭*이다. <너>란 존재도 역시 이런 의미로 2인칭이 아닌 1.5인칭이다. 보리 개떡은 내가 온전히 1인칭이었던 시절의 추억의 음식이다. 추억은 우리를 촉촉하고 말랑말랑하게 만든다. 갑자기 외로움과 고통이 주체 할 수 없이 안개처럼 스며드는 날, 현실이 아무리 힘들고 외로워도 추억에 기대면 숨 쉴 수 있는 자그마한 공간이 하나 어느새 내 옆에 소리 없이 생긴다.

마치 성냥팔이 소녀가 눈 내리는 크리스마스 날 꽁꽁 언 발로 남의 집 문 앞에 서서 성냥 한 개비를 그으면 칠면조가 잘 구워진 맛있는 식탁을 현실로 만들어 내듯 추억은 우리에게 순간이나마 영원한 동화적 시간을 선물한다.

보리 개떡을 말하면 배고팠던 시절 반드시 보릿고개가 생각날 것이다. 그러나 나는 내 시대의 대부분의 아이들처럼 그 시절의 정서나 추억을 공유하지 못했다. 고백하건대 사실 난 배고픔을 겪어보지 못했다.

부부 교사였던 엄마 아빠는 당신들의 박봉에도 불구하고 첫딸인 나를 마치 귀한 도자기나 연약한 꽃처럼 조심스럽게 키우셨다. 물질적인

* 심보선 시인의 「슬픔이 없는 십오초」에서 인용(1.5인칭)

면에서 뿐 아니라 정신적인 면에서조차 유리처럼 깨어지기 쉬운 나의 감수성을 오롯이 보존해 주며 키우셨다. 물론 이것을 깨달았던 것은 내가 아이를 낳아 기르면서였다. 나는 나의 아이들에게 내 부모님이 내게 하듯 그렇게 키우지 못했다. 화나면 소리 지르고, 못하는 것을 기다려주지 않았고, 무엇보다 부모님이 내게 주었던 믿음을 내 아이들에게 가지지 않았다.

계란 열개씩 짚으로 묶어 귀한 집에 선물을 하거나 계란을 팔아 다른 물건들도 기꺼이 살 수 있었던 시절, 나의 도시락 반찬은 늘 계란말이와 멸치 볶음이었다. 아이들은 점심시간에 서로 내 옆에 앉으려고 싸웠다.

엄마는 내 옷을 사주며 옷마다 이름을 붙여 주셨다. 이건 엘리자베스 여왕 옷, 저건 피터팬 옷, 장미의 화원 옷, 무지개 옷……

국어 선생님이었고 시를 썼던 그녀는 당시 결코 존중받지 못할 상상력과 귀여운 허영심이 있었던 듯싶다. 딸의 옷에 이름을 붙임으로써 자신이 여왕(?)이 되지 못했던 한을 딸을 공주로 만듦으로써 대리 만족을 느끼고 싶었던 것은 아니었을까?

겨울에는 모자까지 세트로 된 토끼털 외투와 가죽 부츠를 신기셨다. 동물 냄새를 유난히 싫어했고 털이 주는 그 스멀스멀한 섬뜩함을 알레르기처럼 싫어했던 나에게 엄마는 이 옷을 꼭 입히고야 말겠다는 의지를 불태우셨고, 나는 그녀를 기쁘게 해주기 위해 무섭고 싫은 그 옷을 입어야만 했다. 그 옷의 이름은 <닥터 지바고>였다.

나는 줄곧 초등학교 6년과 중학교 3년 내내 실장을 맡았다. 실장을 하면서 가장 곤란했을 때는 담임선생님께서 기성회비를 내지 못했던 아이의 집을 방문해서 그 아이 부모님과 담판을 짓고 오라는 것이었다.

"너는 똑똑하니까 어떻게 해야 할지 잘 알거야"

담임선생님의 믿음은 엄마의 믿음만큼이나 단호했다. 내성적인 내가 번번이 9년 동안 실장 선거에 나가야 했던 것은 그런 엄마의 믿음을 거절하지 못했기 때문이었다. 지금도 나는 누구의 믿음을 거절하는 데 익숙지 못하다.

지금도 생각한다. 담임선생님께선 어째서 자신도 하기 힘들었던 그 무거운 일을 어린아이였던 나를 시키셨을까? 그것도 내가 그 일을 잘 할 거라는 굳건한 믿음과 함께. 그때마다 난 딱 죽고 싶었다. 기성회비를 내지 못하는 아이와 그 어머니의 아픔이 고스란히 내 가슴으로 스며들었기 때문이다.

계순이, 그 아이 이름이다. 아이들은 그 아이를 개순이 또는 개떡이라고 불렀다. 얼굴색이 까무잡잡하고 말이 없었고 늘 혼자였다. 그 애는 자주 아팠고 여름에도 긴소매 옷을 입었다.

선생님은 계순이를 포함하여 네댓 명의 아이들 명단을 적어 주셨다. 대충 선생님의 말을 전하고 오는 마지막 집에 계순이의 집으로 들어갔다. 당시 보로끄라고 불리우는 시멘트 블록을 대충 벽에 쌓았고 지붕은 비닐로 덮어 네 귀퉁이를 큰 돌로 눌러 만든 마치 토끼장 같은 집이었다.

계순이는 아랫목에 누워 있었다. 엄마는 일 가셨다고 하셨다. 한참 기다리니 그 애 엄마가 머릿수건을 쓰고 들어오셨다. 계순이 엄마의 옷에서 바람 냄새가 났다. 그 어린것도 손님이라고 손님 대접으로 사카린을 한 대접 물에 타서 들고 들어오시며 "핵교는 무슨 핵교 우리복에⋯⋯! 아퍼도 병원도 못 데리고 가는디⋯⋯." 계순이 엄마의 한숨 속에서도 비릿한 바람 냄새가 났다.

나는 그날 기성회비 말은 꺼내보지도 못하고 졸지에 아파서 일찍 조퇴한 계순이를 병문안 온 친구가 되어버렸다.

며칠 후 학급비를 걷어 소풍 때 담임선생님 선물을 사기로 했다. 실장인 나는 50원씩 각자 낸 사람 안낸 사람 명단을 적어가며 돈을 걷었다.

한 사람 한 사람 돈을 걷다가 계순이 앞은 그냥 지나쳤다. 전날 나는 엄마를 졸라 계순이 것까지 100원을 타냈다.

소풍날, 륙색에 엄마가 싸주신 김밥과 과자 사이다 등 한보따리 지고 고전적인 표현 그대로 즐거운 소풍날이었다.

산에 올라가 트로트를 잘 부르던 정희, 성악가처럼 노래를 잘 하는 숙경이, 합창까지 장기자랑이 끝나고 수건돌리기, 보물찾기까지 다 끝났다.

계순이는 아까부터 내 주위를 뱅뱅 돌며 뭔가 할 말이 있는 듯한데 말하지 않고 있는 폼이 수상했다.

"너 왜 그래? 나한테 할 말 있냐?"

"저…… 주리야. 이거…… 맛은 없을 거야. 그래도…… 한번 먹어 봐!" 하더니 내 손에 신문지로 싼 무엇인가를 주고는 뛰어가 버렸다.

그 애가 간 곳을 멍하니 바라보다 신문지를 풀었다. 한 번도 본적 없는 시커먼 호떡 같은 것이었다. 먹어보니 꺼끌꺼끌하고 약간 달착지근하기도 한데 술 냄새 같은 것이 나서 역겨웠다. 아아, 보리 개떡. 기성회비와 소풍비로 그 애에게 전해진 내 마음에 대한 그 애의 감사함이 그 토끼장 같은 집의 부뚜막에 걸쳐진 가마솥에서 쪄낸 보리 개떡으로 돌아왔다.

보리 개떡

참 난감했다. 먹을 수도 없고 버리자니 그 아이의 마음을 버리는 것 같았다. 마침내 한참을 가지고 있다가 사람이 없는 곳에 와서 몰래 버렸다. 완전범죄에 만족하며 눈을 든 순간, 나를 보고 있던 계순이의 눈과 딱 마주쳤다. 그 애의 눈빛을 난 지금도 잊을 수 없다.

그 후 나는 고등학교에 입학했고, 새벽별 보고 등교하여 저녁별 보고 하교하는 <별보기 운동>에 한참 휩쓸려 하루하루 피곤한 나날을 보내고 있었다. 그때 어떤 아이로부터 계순이 소식을 들을 수 있었다.

계순이는 팔에 커다란 혹이 있어서 하복을 입지 못했는데, 알고 보니 그 혹이 암 덩어리였고, 고등학교도 들어가지 못하고 치료도 받지 못한 채 죽었다는 것이었다. 무슨 소설 같은 죽음인가? 보리 개떡 같던 그 아이의 인생은 고등학교도 가지 못하고 좋아하던 보리 개떡을 도시락으로 싸서 영원한 하늘 소풍을 떠났을까?

그 눈빛. 그 누구도 내게 갚으라고 독촉하는 이 없지만 명치끝에 걸린 빚 문서 같은. 내게 있어서 보리 개떡은 빼낼 수도 집어 던질 수도 없는 죄책감이었고 추억의 상처였다.

가난한 엄마가 아픈 딸에게 마지막 소풍날 해 줄 수 있는 최선의 정성. 그것은 음식이 아니다. 아픔과 추억을 함께 가진 우리시대의 연대기 같은 것은 아니었을까? 어쩌면 인생은 물레방아일지 모른다. 반복되는 일상을 계속 돌리면서 보리 개떡 같은 구수하고 거칠고 쌉싸름한 맛의 추억들을 계속 만들어가니 말이다.

하얗게 웃는 밥

- 보리밥

　까무잡잡하고 너부데데한 게 영락없이 나를 닮았다. 오동통한 몸매에는 도타운 덕이 들어 있고, 달덩이 같은 얼굴에는 진득함이 배어 있다. 넘치는 기운을 주체할 수 없어 몸을 둘로 나누는 뚝심이 있다. 한나절을 물속에 있다가 나와도 퍼지지 않고 미끄러지는 성미다.

　똑 부러진 것 같으면서도 어리벙벙한 구석이 있고, 잘할 것 같으면서도 맹한 구석이 있다는 평을 듣고 사는 난 가끔 보리밥을 닮았다는 생각을 한다. 가슴 시린 기억이 많은 유년을 가장 확연히 떠오르게 하는데도 문득문득 엄마가 보고 싶듯이 보리밥이 그리울 때가 있다. 어쩌면 그것은 내게 먹을거리의 고귀함과 존재의 고마움, 그리고 사랑을 가르쳐주었기 때문이리라. 도드라지지는 않지만, 꼭 필요한 존재. 쌀이

* 박갑순 / 시인

귀한 시절 주식으로 쌀보다 더 사랑을 받았던 건 보리가 아니었을까? 경지정리도 안 되고, 기계화 영농이 보급되기 전, 논 한 뙈기 없는 집은 많았지만 밭은 몇 뙈기씩 일구었다. 끼니마다 쌀밥 먹는 집보다 보리밥 먹는 집이 많은 것은 숙명이었다. 그나마 보리밥도 귀한 우리 집은 겨울철이면 점심은 고구마가 주식이었다.

궁핍한 가정에 태어나 보리밥을 먹으며 성장한 나는 빨리 철이 들었다. 내 것이 아닌 것에 대해서는 일찍 포기할 줄 알았다. 남이 가진 것이 부럽기는 했어도 못 가진 자신이 불행하다고는 생각지 않았다. 소박한 밥상에 온 가족이 둘러앉아 서로 더 먹으라고 한 숟가락씩 나누어 주는 마음을 배웠다. 가뭄에 콩 나듯 보이는 아버지의 흰 쌀밥을 보면서 하찮은 것이라도 어른을 먼저 드려야 하는 것도 배웠다. 가끔 흰 쌀밥 한 번 푸지게 먹어보고 싶은 소망을 해 보았지만, 보리밥만 먹고 살아야 하는 자신이 한스럽거나 부모님을 원망해본 적은 없다. 그저 우리 집은 쌀이 없으니 보리밥을 먹어야 하는구나. 언젠가는 쌀밥 먹을 날이 올 거야. 그렇게 보리밥을 먹으면서 꿈을 키우고 영혼을 살찌웠다. 보리밥은 허투루 살면 안 된다는 계시와도 같은 것이었으며, 바른 삶을 살도록 이끈 신앙이었다. 내게 보리밥은 그런 의미다.

초등학교 3학년 무렵이었다. 용천배기가 숨어 있을지도 모른다는 소문이 무성한 보리밭 사잇길을 걸어 학교에서 돌아오면 우리 집은 늘 빈집이었다. 툇마루에 오후 두세 시 햇살이 걸터앉아 혼자 집을 지켰

다. 나는 집 보는 햇살처럼 혼자서도 잘했다. 집안 청소하고 설거지하고 숙제도 하고

햇살이 골목을 빠져나갈 무렵이면 어머니는 들에서 돌아오시곤 했다. 그런데 그날은 어둠이 짙어졌는데도 오시지를 않았다. 내가 밥을 해 놓으면 얼마나 기뻐하실까? 보리 항아리를 열어 줄이 또렷하게 그어진 고무다라에 보리를 담았다. 어머니 하시던 대로 쓱쓱 문질러 씻었다. 여러 번 조리질한 후 바가지 두 개를 살살 흔들면서 보리쌀을 일었다. 잔 돌멩이가 골라졌다.

마당 한쪽에 걸린 솥에 안쳤다. 논 한 뙈기 없는 우리 집의 나무는 남의 집 방아 찧을 때 나오는 왕겨가 전부다. 불쏘시개를 이용해 불을 붙여 겨를 두툼하게 얹은 다음 풀무를 살살 약하게 돌려야 한다. 잘못하면 구멍만 크게 나고 불은 제대로 붙지 않는다. 한참 불을 때니 솥에서 엄마의 젖 같은 하얀 물이 넘쳐흘렀다. 솥뚜껑을 열었다가 닫고, 잠시 뜸을 들였다. 얼마쯤 지났을까 다시 작은 불꽃을 만들어 밥을 재졌다.

"아이고, 우리 딸이 밥을 다 했어?"

보름달처럼 환하게 웃을 엄마를 기다리는 동안 마당에 덕석을 폈다. 상을 가져다 놓고, 숟가락과 젓가락, 살강에 있던 반찬도 가져다 놓았다. 솥뚜껑을 열고 주걱으로 밥을 푸려는데 이상했다. 밥이 아니었다. 주걱에서 자꾸만 흘러내려 밥 한 그릇 풀 수가 없었다. 왜 그러지? 엄마가 한 것처럼 했는데……. 엄마를 기쁘게 해 드린다는 것이 귀한 보

리쌀만 버린 것 같았다. 어찌하면 좋을지 생각이 나질 않았다. 눈물이 흘렀다. 콧물도 났다.

　일을 마치고 돌아온 어머니는 차려진 밥상을 보고 깜짝 놀라셨다. 불은 어떻게 땠는지, 밥은 또 어떻게 했는지. "엄마, 밥이 이상해요" 울먹이는 내 손을 잡아 주셨다. "보리만으로 밥을 지으면 그런 거란다." 어머니의 촉촉한 음성을 듣고서야 울음을 그쳤다.

　"우리 딸 참 맛나게 밥 잘했네. 어서 먹자."

보리밥

　하늘에서 별들이 내려와 겸상했다. 옆에선 모깃불이 타올랐다. 장딴지를 한 방씩 물고 달아나는 모기를 쫓으며 먹는 참으로 맛난 보리밥이었다. 열 살 소녀가 지은 보리밥을 식구들은 참 맛나게 먹었다. 콧속으로 들어오는 매캐한 모깃불 때문에 쿨럭 거릴 때 밥알이 입속에서 튀어나오기도 했다. 어설픈 보리밥을 성찬처럼 맛나게 먹으면서 가난이 절대 불행하지 않다는 것을 배웠다. 엄마를 기쁘게 하는 법도 가족 간의 사랑, 형제간의 우애도 배웠다.

학창 시절 보리밥만 담긴 도시락이 창피해서 뚜껑을 제대로 열지 못하고 한쪽 구석에서 혼자 먹던 계집애가 40대 중반에 앉았다. 생각만 해도 질릴 일이지만 외로움이 밀려들 때면, 어머니 생각과 겹쳐 보리밥이 먹고 싶어진다. 보리밥은 내 어린 시절의 어머니다.

우리 앞집은 꽤 부농이었다. 마당엔 볏가리가 그득했다. 모를 심을 때나 벼를 벨 때면 일꾼 가족들까지 그 집에 가서 하얀 쌀밥을 고봉으로 먹었다. 나는 늘 어머니가 그 집에 일하러 가시기를 바랐다. 추석과 설 말고 쌀밥을 양껏 먹을 수 있는 유일한 날이었으므로, 종일 일하고 퉁퉁 부은 다리로 집에 돌아오신 어머니는 쌀밥을 배불리 먹고 하얗게 웃고 있는 나를 보고 그냥 어색한 미소만 지으셨다.

보리밥을 먹어도, 겨우내 많은 끼니를 고구마로 때워도 마다하지 않았지만, 소풍 갈 때만은 고집을 부렸다. 새까만 보리밥 싸가기 싫다고 아예 도시락을 안 가지고 간다는 딸에게 아무 말 못 하고 바라만 보시던 어머니. 그 어머니의 애잔한 모습을 잊을 수가 없다.

아직은 철부지 소녀여도 좋을 딸년이 대학 학비를 염려하면서 학업을 중단했다. 학비 걱정일랑 말고 네 꿈을 펼치라고, 너는 아직 그런 걱정할 때가 아니라고, 빛나는 미래를 설계하는 일에만 신경 쓰라고, 단호하게 말하지 못하는 나는, 소풍날 딸년을 빈손으로 보내고 말없이 뒷모습을 바라만 보시던 어머니가 된다. "꽁보리밥 창피해서 싫단 말이야." 어머니 가슴에 비수로 꽂혔을 그 말을 다시 거둬들일 수가 없다. 어머니의 슬픈 얼굴을 보면서도 끝내 맨몸으로 소풍 길에 올랐던 자신이 원망스럽다.

그러나 설익은 이 자식의 딸은, 엄마 맘 아플까 봐 학업 중단을 자신의 탓으로 돌린다. 속 깊은 딸을 보면서 철없던 딸이었던 나는 이제야 어머니의 마음을 가늠해본다. 늘 보리밥이라도 배불리 먹일 수 있기를 기도했던 어머니를 생각한다. 자식 위해 평생 구슬땀을 흘리셨던 어머니. 늘 죄인의 마음으로 단 한 번도 큰소리 내지 않으셨던 어머니. 그 어머니의 뱉지 못한 가슴속 말들을 이제야 귀를 세워 듣는다. 그 어머니의 맘으로 말없이 딸을 바라본다.

딸아, 이번 주말에는 세상에서 보리밥을 가장 살로 가게 잘 짓는 외할머니 댁에 가자꾸나. 꽁보리밥을 지어 놓고 밥 위에 눈물을 떨어뜨린 이 엄마의 어린 시절 이야기를 할머니께 직접 들어보아라. 오랜만에 닮은꼴 삼대가 모여 푸진 보리밥을 차지게 먹어 보자. 입 껄껄한 보리밥을 먹고도 하얗게 웃을 수 있는 법을 이 엄마의 엄마에게 다시 배우자꾸나.

고봉밥

한여름이 되어야 한창인 나팔꽃은 옆집 울타리를 타고 오르며 손톱만큼 작은 꽃봉오리를 준비하고 있었다. 개중에는 유난히 부지런을 떤놈들이 남빛으로 보랏빛으로 피어났다.

사람보다 먼저 아침을 시작한 나팔꽃은 겨우 반나절만큼만 피어 있었다. 아직 제철이 아닌데 일찍 핀 탓인지 또 금세 시들기 시작했다. 나팔꽃이 이우는 모습은 참 특이했다. 꽃잎 가장자리부터 도르르 말리면 그게 바로 시드는 거였다.

내 기억에, 나팔꽃 꽃잎이 말리면 딱 점심때가 되었다. 뱃속에서 쪼르륵 쪼르륵 시냇물이 흘러갔다. 언니와 나는 방에서부터 점점 밖으로 나왔다. 남의 집 일을 하러 간 엄마가 오기를 기다리는 것이다. 문턱에 걸터앉아 있다가, 토방에 쪼그려 앉았다가, 마당으로 내려와 연신 사

* 김저운 / 소설가

립문 쪽을 흘끔거렸다. 그래도 엄마는 오지 않았다.

기다림은, 간절할수록 사람을 지치게 한다. 그림자가 자꾸 짧아졌다. 우리는 기다림을 잊기 위해 나팔꽃잎을 세었다. 주로 언니는 남빛을, 나는 보랏빛을 맡았다.

"내 건 두 개."

"내 건 세 개."

"두 개밖에 없고만."

"아냐, 저 밑에 또 하나 있어."

기다림의 실현은, 아무리 준비하고 있었다고 해도 예측 밖에서 이루어지기 마련이다. 그 어떤 당연한 일도 기계처럼 원하는 순간 이루어지는 건 아니다. 더군다나 철없는 아이들의 순간순간은 무엇엔가 몰입하는 사이 앞뒤를 놓치기 십상이다.

우리가 티격태격 하는 사이 엄마가 나타난다.

아니 엄마가 오는 느낌부터 확 다가온다. 어떤 때는 엄마 땀 냄새, 어떤 때는 엄마 목소리가 먼저 왔다.

그, 리, 고…… 엄마는 가슴에 품고 왔던 것을 우리 앞에 내놓았다. 일할 때 쓰는 때 묻은 머릿수건으로 살짝 덮어서 가슴에 꼭 품고 온 그것은, '밥'이었다. 그것도 보통 밥의 두 배나 넘을 만큼 수북이 담은 '고봉밥'이었다.

"내 새끼들! 얼마나 지둘렸다냐? 배고팠지? 어여, 어여 먹어라잉?"

우리는 어미보다 먹이를 더 기다리던 새 새끼들처럼 그 밥을 맛있게 먹었다. 세상에서 우리에게 일용할 양식을 가져다주는 사람은 엄마 뿐이었다. 엄마는, 우리의 전 세계였고 우주였다.

　그땐 몰랐다. 집에서 기다릴 어린 것들을 떠올리며 정신없이 점심을 먹었을, 그 밥 한 그릇 들고 허둥지둥 동네 고샅길을 달려왔을 엄마의 다급한 심정을. 또한, 일꾼들 점심 챙겨 주고 사발 가득 밥을 담아 건네주었을 주인아주머니의 넉넉한 마음을.

고봉밥

　음악을 좋아하다 보니, 작곡이며 연주를 하는 남편을 만나, 그의 음악 생활에 때때로 끼어들며 산다. 그러다가 내가 노랫말을 쓰고 남편이 곡을 붙여 놓은 곡들이 더러 있다. 주변 사람들이 부르기도 하고, 내가 직접 부르기도 하는데, 그 중에서도 가장 애착이 가는 노래가

<고봉밥>이다.

소개하면 다음과 같다.

이 노래를 부를 때면 듣는 이들이 유난히 노래에 집중하는 걸 느낀다. 손뼉을 치고 어깻짓을 하며 즐기다가도, 이 곡을 들으면서는 물을

끼없은 듯 조용해진다. 거의 숙연해진다고나 할까? 그럴수록 나는 더욱 이 노래에 빠져들며 지나간 삶의 흔적을 쓰다듬는다.

프레시안에서 운영하는 인문학습원 전주학교에 초대를 받은 적이 있다. 전국 각처에서 전주를 알고 싶어 모여든 사람들의 자리였다. 전주에서 살다 객지로 나간 사람도 있고, 외국에서 살다가 고국을 돌아보러 온 사람도 있다. 그 자리에서 남편의 기타 반주에 맞춰 이 노래를 불렀다. 공연이 끝난 후 몇 사람이 다가와 손을 잡으며 말했다.

"그 노래 참 감동적이었어요 가슴이 먹먹해요 오래 잊고 있던 지난날이 자꾸 생각나서요"

무용가 홍신자 선생님과 샤세 교수님이 담양 한옥에 계실 때, 그 모임에 가서도 이 노래를 불렀다. 그 자리에서 광주에 산다는 어떤 여성도 그랬다. 자신은 비교적 넉넉한 편이라 그런 경험이 없는데도 이상하게 '가슴이 싸해'지더라고 했다.

교동에 살 때 이웃인 재강이 아빠도 그랬다. 민박으로 들어온 어느 가족이 있는데 함께 저녁을 먹자고 해 밥을 먹고 애길 나누다 그 노래를 들려줬다. 그런데 아내를 도와 김치전을 부치고 있던 재강이 아빠가 고개를 푹 숙이며 굵은 눈물방울을 툭 떨어뜨렸다. 무주에서 가난한 어린 시절을 보냈다는 그는 바로 자신의 이야기 같은 가사라고 했다. 집을 짓는 덩치 큰 남자가 그리 쉽게 눈물을 흘리다니……. 놀려대긴 했지만, 시종일관 우리의 화제는 '가난'이었다. 그때의 가난은 지금의 가난과는 또 다르다. 그때의 가난은 세 끼 밥도 먹기 어려웠다는 데 있음

을 새삼 떠올렸다. 그리고 가난은 절대 잊어서는 안 된다는 것도

이 노래가 요란하고 세련된 기교로 만들어진 게 아님을 안다. 내가 노래를 썩 잘 부르는 것도 아니다. 그러나 마음을 움직이게 하는 힘이 있어서라고 생각하는데, 그 힘은 바로 진정성 있게 파고들기 때문이고, 그 진정성은 삶과 사랑의 근원인 '밥'에 대한 사연 때문이라고 나는 생각한다.

어쨌거나, 나는 세상에서 가장 맛있는 음식은 바로 '밥'이라고 생각한다. 그리고 밥 짓는 냄새를 맡으면 기분이 좋아지고 식욕이 일어난다. 삶의 의욕이 있으면 밥맛이 좋고, 의욕이 없으면 밥맛부터 잃어버리지 않던가.

사랑하는 사람에게 밥 같은 존재가 되어도 좋으리. 또한 내 일상과 함께 하면서도 질리지 않고, 늘 필요하며, 그러면서도 야단스럽지 않은, 그런 사람이 바로 사랑이라고 해도 좋으리.

그리고, 내 생애에 단 한 번만이라도 이런 기적이 일어났으면 좋겠다. 옛날처럼 어린 계집아이가 된 나와 언니가 엄마를 기다리면, 옛날 그 젊은 아낙이 된 엄마가 뜨거운 밥 한 그릇 가슴에 품고 달려와 준다면…….

아니 내가 김이 모락모락 나는 밥 한 그릇과 구수한 된장찌개로 밥상을 차리면 엄마가 맛있게 드시면서

"막내야! 밥 참 잘 되었다. 맛있구나."

하고 환하게 웃어 준다면…….

하지만, 앞으론 그런 일은 절대 없을 것이다. 엄마는 세상을 뜨신 지 이미 오래다.

그런데…… 밥을 맛있게 잘 먹다가 이따금 수저를 들고 멍하니 앉아 있던 일들도 갈수록 차츰 뜸해지고 있다.

하늘이 허락한 엄마의 선물

아빠는 번득이는 도끼를 번쩍 들곤 금방이라도 감나무를 내리칠 기세였다. 엄마는 온몸으로 감나무를 감싸며 아빠 앞에 서 있었다. 저만치 떨어져 있는 민숙과 민수는 겁먹은 눈으로 엄마 아빠를 바라보고 있었다.

"비켜!"

아빠가 버럭 고함을 질렀다.

"안 돼요"

엄마는 도끼날 앞에서 고요했다.

"저 감나무 때문에 되는 일이 없어. 밝은 대낮에도 저놈의 나무 때문에 집안이 어두컴컴하잖아."

아빠는 술 냄새를 풀풀 날리며 도끼를 쥔 손에 힘을 몰아넣었다.

---

* 최일걸 / 아동문학가

"비키지 않으면 도끼가 당신을 토막 낼지도 몰라."

아빠는 으름장을 놓았지만 엄마는 단호하게 말했다.

"차라리 날 베어내요."

"도대체 저놈의 나무가 뭔데?"

아빠의 물음에 엄마는 나직하면서도 강하게 말했다.

"저 감나무는 우리 집 하늘이에요."

민수가 사는 동상면엔 감나무가 많았다. 이 고장에서 생산되는 곶감은 전국적으로 유명했다. 어쩌면 동상면을 휘감은 채 하늘을 향해 가지를 뻗어 올리는 감나무들은 엄마 말처럼 하늘인지도 모른다. 아빠도 그걸 부인할 순 없었나 보다.

"에이, 망할 놈의 집구석!"

아빠는 사납게 도끼를 휘두를 것 같더니 맨땅에 도끼를 집어던지고는 욕을 토하며 골목으로 빠져나갔다. 그 틈에 민숙과 민수는 엄마 품에 뛰어들었다. 엄마는 민숙과 민수는 끌어안고는 부들부들 떨었다. 엄마는 속으로 울음을 삼키고 있었다.

"민수야 돈이 좀 모이면 유치원에 보내줄게."

엄마의 말에 여섯 살의 민수는 그저 말똥말똥 엄마를 올려다보기만 했다. 엄마는 그런 민수가 측은한지 손으로 민수의 머리를 쓰다듬었다.

"어린 널 홀로 남겨 두고 가려니 가슴이 미어지는구나."

"엄마, 걱정 마. 민수는 용감해."

민수는 슬퍼하는 엄마를 향해 환하게 미소를 지어 보였다.

"감나무가 우리 민수를 지켜줄 거야."

"응! 감나무는 우리 집 하늘."

민수는 일부러 쾌활하게 말했다. 엄마는 민수를 품에 안더니 등을 토닥거렸다. 잠시 후, 몸을 일으킨 엄마가 민수에게 말했다.

"방에 밥상 차려 놓았으니까 점심 거르지 말고"

"알았어, 엄마. 내가 어린 아인가 뭐."

민수는 다 큰 것처럼 짐짓 거드름을 피웠다. 그런 민수의 모습이 엄마의 눈을 아프게 찔렀다. 눈물이 왈칵 쏟아질 것 같아서 엄마는 민수를 외면하고는 바삐 골목으로 내려갔다. 민수는 휘둥그런 눈으로 엄마의 뒷모습을 쫓았다. 엄마가 눈에서 사라지자 민수는 가슴이 텅 빈 것 같았다. 민수는 차츰 자신을 조여 오는 무서움을 털어내려고 고개를 뒤로 발딱 젖혀 감나무를 올려다봤다. 감나무는 양철지붕을 휘덮은 채 무수한 이파리들로 민수네 집을 토닥거리고 있었다. 민수는 감나무가 이파리로 제 가슴의 두려움을 쓸어내는 것을 느낄 수 있었다. 민수의 입가에 맑은 미소가 맺혔다.

엄마는 동상면에서 멀지 않은 전주시로 출근했다. 우뚝 솟아 있는 빌딩 안에서 하루 종일 계단을 청소하는 게 엄마의 일이었다. 20층이 넘는 이 빌딩 계단을 엄마는 하루도 거르지 않고 쓸고 닦는 미화원이었다. 지금까지 엄마가 청소한 계단을 쌓아 올리면 어느 별에 가 닿을 수 있을까? 엄마의 생각은 막막한 우주를 더듬어 오르다가 갑자기 아래로 떨어져 내렸다. 엄마의 생각은 20층이 넘는 계단을 굴러 떨어졌다. 다음 순간 엄청난 아픔이 엄마의 배를 틀어쥐었다. 엄마는 허리를 구부리고는 터져 나오려는 신음을 깨물었다. 언제까지 버틸 수 있을지 모를 일이었다. 위암 말기, 의사는 엄마에게 한 달 정도 시간이 남았다고 말했지만 내일 당장 저 세상으로 갈지도 모르는 일이다. 시간이 얼마 남지 않았다. 엄마는 아픔을 참아가며 깊이 생각해 보았다. 어린 자식들에게 무언가 주고 가야만 한다. 엄마의 빈자리를 채워줄 수 있는 어떤 것을. 엄마는 다급한 마음에 허둥거렸다.

그날 밤, 감나무 위에 별들이 걸터앉아 칭얼거렸다. 엄마와 민숙, 그리고 민수는 감나무 앞에 서 있었다. 엄마는 뜨거운 눈망울로 달빛에 드러난 감나무를 보면서 이야기를 시작했다.

"민수와 민숙아. 이 감나무는 엄마가 태어난 날 외할아버지가 기쁜 마음에 심은 나무야."

"와, 그럼 엄마와 나이가 같네."

민숙의 말에 엄마는 미소 지었다. 하지만 엄마의 미소 뒤엔 아픔이 있었고, 그 아픔은 죽음과 연결되어 있었다. 엄마는 아픔을 참아가며 말을 이어갔다.

"이 감나무를 심고 며칠 지나지 않아 외할아버지는 교통사고로 돌아가셨단다."

민수는 엄마의 말에 슬픈 목소리를 내뱉었다. 엄마는 민수의 어깨를 다독거린 다음 입을 열었다.

"엄마는 그때 갓난아이였고, 외할아버지에 대한 기억은 없어. 하지만 엄마는 이 감나무를 보면 외할아버지를 느낄 수 있단다. 엄마는 어린 시절부터 외할아버지가 그리우면 감나무를 찾곤 했단다. 슬프거나 외로울 때면 감나무는 넓은 가슴으로 엄마를 끌어안고 다독거려주었지."

"하늘처럼?"

민수가 물었다.

"그래, 하늘처럼. 민숙아."

"네, 엄마."

"민수야."

"응, 엄마."

"엄마는 저 감나무 속으로 걸어 들어갈 거야."

"어떻게?"

민수는 알쏭달쏭했다.

"민수, 너 숨바꼭질 잘 하지?"

"응! 내가 숨으면 아무도 못 찾아."

"엄마는 너희와 숨바꼭질을 할 거야. 아주 오래오래."

곶감

　민숙과 민수는 그 숨바꼭질이 무엇을 의미하는지 정확히 알진 못했지만 가슴에 슬픔이 젖어드는 것을 어쩌지 못했다. 민수와 민숙은 슬픈 눈망울로 엄마를 바라보았다.

　"엄마를 찾는 일은 어렵지 않을 거야. 엄마는 이 감나무 속에 숨어 있을 거야. 이 감나무 속에 숨어서 언제나 너희를 지켜볼 거야. 민수야, 민숙아. 잊으면 안 돼. 엄마가 이 감나무 속에 숨어 있다는 사실을 꼭 기억해야 돼."

　밤은 깊어 갔고, 그 깊이만큼 감나무는 민숙과 민수의 가슴에 제 뿌리를 박았다.

　그런 일이 있은 지 며칠 지나지 않아 엄마는 숨을 거뒀다. 엄마의 시신은 화장되어 강물에 뿌려졌지만 민숙과 민수는 엄마의 숨바꼭질을 알고 있었다. 엄마는 몰래 숨은 것이고, 민수와 민숙은 술래가 된 것이다. 어쩌면 영영 엄마를 찾을 수 없을지도 모른다. 하지만 민수와 민숙은 엄마가 어디에 숨어있는지 알고 있었다. 엄마가 민수와 민숙의 가슴에 심어놓고 간 감나무 한 그루가 있었기 때문에 민수와 민숙은 엄마를 잃은 슬픔을 견뎌낼 수 있었다.

엄마의 죽음은 아빠에게도 큰 충격이었다. 늘 술에 취해 있던 아빠는 술을 끊고 새로운 삶을 시작했다. 아빠가 제일 먼저 시작한 것은 감나무를 돌보는 일이었다. 아빠는 민수네 감나무는 물론이고 온 동네 감나무를 가꾸는 일로 하루하루를 보냈다.

남매는 알쏭달쏭한 하늘을 우러러 보며 숨바꼭질을 했다. 엄마는 쉽게 발견되지 않았지만 가만히 귀 기울이면 엄마의 속삭임이 들렸다. 감나무 앞에 눈을 감고 서있으면 민숙과 민수는 또렷하게 엄마의 모습을 볼 수 있었다. 가을이 되자 감나무에 주렁주렁 매달린 감들이 한껏 살이 올랐다. 남매는 가끔 감을 따먹으며 엄마를 느끼곤 했다. 칼바람이 몰아치는 겨울이 되도 하늘이 허락한 엄마의 선물은 아빠의 손을 빌려 남매에게 전달됐다. 민수와 민숙은 곶감을 받아 쥘 때마다 단내와 함께 부드러운 엄마의 숨결을 느낄 수 있었다. 곶감은 알쏭달쏭한 하늘에서 엄마가 민숙과 민수에게 보내는 선물이었다. 그렇게 엄마의 사랑이 배어 있는 동상 곶감은 전국 방방곡곡으로 퍼져나가며 손에서 손으로 따스함을 전했다.

못생겨서 그리운 물메기탕

　나의 입맛은 어머니의 입맛을 고스란히 물려받았다. 곰삭은 젓갈을 좋아하고 비릿한 생선을 좋아하고 얼큰하면서 담백한 국물이 있어야만 밥숟갈을 드는 모양새까지 나와 어머니는 식성에 관해서는 판박이다. 하지만 엄연히 다른 점도 있다. 나는 생선 살점을 발라먹는 것을 좋아하는 데 반해, 어머니는 뼈 부위를 발라먹는 것을 좋아하고 또 생선의 머리를 발라먹는 것을 좋아한다. 아니 그렇게 보아왔고 들어왔고 또, 믿어왔었다.

　모든 어머니들은 생선 살점이 아닌 뼈에 붙은 살을 좋아하고, 뼈를 쪽쪽 소리내어가며 빨고, 또 생선머리를 좋아한다.

　"엄마, 머리 말고 살점 좀 드세요"

---

* 김성철 / 시인

"나는 왜 이렇게 뼈 발라먹는 게 좋은지 모르겠어."

새색시보다 더 수줍게 웃으며 대답하는 우리 어머니들.

나는 초겨울 혹은 겨울하면 생생히 기억나는 장면이 있다. 어스름이
질 무렵, 어머니께서 노을을 등지고 걸어오시는 모습. 한 손에는 보험가
방과 다른 손에는 생선 두어 마리를 들고 오시던 초겨울의 풍경이 지금
도 생생하다. 엄마를 외치며 엄마 품으로 달려가면 손에 든 생선이 아
들의 옷이라도 스칠까봐 조심히 안아주던 어머니의 차가우면서 따뜻했
던 품.

어머니를 따라 집에 들어와서 보니 그 생선은 주둥이가 크고 몸집
도 일반 생선의 2~3배 정도는 큰 아주 못생기고 징그러운 생선이었
다. 입은 터무니없이 크고 넓었으며 몸통은 동태처럼 힘 있고 곧지 않
았으며 흐물흐물한 것이 꼭, 물 많이 먹은 밀가루반죽처럼 손으로 떼
어내면 쉽게 떼어질 것 같았던 못난 생선.

어머니는 물메기라고 하셨다. 커다란 주둥이에 노끈이 꿰인 채 두 마
리가 바가지에 누워있었고, 두 살 터울인 누이와 나는 서로를 닮았다
고 놀려대며 퇴근한 어머니의 주위를 맴돌았었다.

저녁 밥상 위에 물메기탕이 올라오자 나는 숟가락으로 덥석 살점을
떠서 먹었다. 그러나 웬걸, 입 안에 들어간 살점은 동태나 고등어 혹은

꽁치 같이 고소하면서 맛깔난 맛을 주는 게 아니라 스르르 녹으면서 사라지는 무덤덤한 맛이라고나 할까? 여하간 고기의 맛은 못생긴 외모 그대로 흐물흐물하며 기분 나쁜 맛이었다.

'세상에 생선의 살점이 입 안에서 씹히는 것이 아니라 무너지는 맛이라니.'

어린 나는 연방 시원하다라고 외치며 맛있게 드시는 어머니의 입맛을 처음으로 의심했었다. 그 후 나는, 한동안 물메기탕을 좋아하지 않았다.

나중에 안 사실이지만, 물메기는 예전에는 대접받지 못한 물고기였다고 한다. 바다에서 잡히는 물고기였지만 바다 생선으로는 인정받지 못한 채 버려지고 마는 운명이었다. 생김새가 흉하고 흐물흐물한 살점 때문에 잡자마자 바다에 던졌는데, 이때 물에 빠지는 소리가 텀벙, 텀벙댄다 하여 어부들은 물텀벙이라고 부르기도 하였다.

물텀벙 이외에도 물메기는 이름이 많다. 강원도에서는 흐물한 살집과 둔한 생김새 때문에 꼼치 또는 물곰이라고 불리며, 서해안과 남해안에서는 물메기, 마산과 진해 등지에서는 물미거지 또는 미거지 그리고, 충남 서천에서는 바다미꾸리 등으로 불린다.

이렇듯 불리는 이름이 많지만 어부들에게조차 인정받지 못한 운명을 지녔던 물고기, 물메기.

'세상에 생선의 살점이 입 안에서 씹히는 것이 아니라 무너지는 맛이라니.'

물메기탕

사실 물메기는 뼈대있는 물고기이다.

정약전 선생의 <자산어보>에는 물메기를 해점어(海鮎魚)라 이름하고 '큰 놈은 길이가 두 자를 넘고 머리가 크고 꼬리가 뾰족하다. 배는 누렇고 수염이 없으며 살이 아주 연하고 뼈도 연한데, 맛은 싱겁지만 술병을 잘 고친다'고 기록되어 있으며 <오주연문장전산고(五洲衍文長箋散稿)>에는 '우리나라 호남 부안현(扶安縣) 해중에 수점(水鮎, 물메기)이 있는데, 살이 타락죽 같아 양로(養老)에 가장 좋다'라는 기록도 보인다.

흔하디흔한 물고기지만 값어치가 없었던 물고기, 어머니의 말을 빌리면 한 다라이 가득 몇 백 원이면 살 수 있었던 물고기. 보잘 것 없어 버려지거나 헐값에 팔렸던 물메기를 다시 만난 건 몇 해 전이다.

몇몇 지인들과 함께 겨울 변산을 구경하며 삶의 고달픔에 대해 이야기했었고, 삶의 기쁨을 이야기했으며, 살아가는 이유에 대해 이야기했었던 적이 있었다. 물론 무거운 주제였지만 약간의 과장을 더해 아픈 척을 하는 이도 있었고 더러 익살스러운 농으로 받아치는 이가 있었으며 무덤덤하게 귀만 기울이는 이도 있었다. 물론 살아가는 이야기에서 빠질 수 없는 술도 섞어가며 말이다. 그날 밤의 변산을 기억하는 이는 아무도 없었다. 오랜만에 만난 반가움도, 삶에 대한 무거움과 가벼움도 그에 대한 이유였겠지만 주된 이유는 술이었다.

다음 날, 숙취의 괴로움에 하나둘 깨어날 무렵 부안 지리가 훤한 선배가 이부자리를 걷고 재촉했다. 아픈 속을 붙잡고 괴로워하는 이도 있었고 잠에 취한 이도 있었지만 막무가내인 선배 앞에서 서둘러 씻고 그를 따라 나섰다.

선배는 우리를 시장 골목으로 안내했었다. 변산하면 바닷가인데 바닷가가 아닌 시장이라니? 허나 선배의 까다로운 입맛을 알기에 우린 조용히 그리고 묵묵히 쓰린 속을 부여잡고 병아리처럼 선배의 궁둥이를 쫓았다.

간판도 없는 3~4평의 작은 식당. 앉자마자 메뉴판도 쳐다보지 않고, 선배는 주인아주머니와 밀거래하듯 작은 귓속말을 주고받았다. 우리를 뒤따라 들어온 손님들이 문을 열 때마다 겨울바람이 쓰린 속을 자꾸 울렁이게 했다.

이윽고 탕이 나오고 우리는 서둘러 숟갈을 탕 속에 담갔다. 한입 떠먹는 순간 왜 어머니가 떠올랐을까? 어렸을 적 맛보았던 스르르 사라지면서 무덤덤한 맛. 아니 무덤덤한 맛은 아니었다. 무덤덤한 듯하지만, 시원한 맛. 어머니께서 한 숟갈 물고선 연방 시원하다 외쳤던 그 맛. 부안에서 어머니께서 어릴 적 끓여주었던 그 맛을 다시 만나게 된 것이다. 한 번 먹어보고 제쳐두었던 물메기탕이 비교할 수 없는 시원함으로 쓰린 속을 다독이고 부안의 겨울추위를 짓눌렀다.

나는 어린 시절 시원함을 몰랐고, 담백함을 몰랐다. 그저 생선살의 씹히는 맛과 고소함만 알았지 다른 맛은 어린 시절의 나에게는 없었다. 시원하고 담백한 물메기탕을 한술 떠서 외치던 어머니의 '크으'라는 감탄사와 연방 외치는 시원하다라는 의미를 몰랐다. 이것뿐이겠는가? 삶도 몰랐고 인생도 몰랐다. 그리고, 술도 마시지 못 했었다.

어머니께 전화를 걸어 물메기탕에 대해 묻는다.

"어머니, 회현에서는 물메기를 뭐라고 불렀대요?"

"물메기를 물메기라 부르지 뭐라 부른다냐?"

"어머니는 물메기 좋아하시잖아요. 뭐 때문에 좋아하신대요?"

"아따, 할 일이 징하게 없나보네, 쓰잘데기 없는 걸 물어보고, 아 일이나 열심히 혀. 그리고 이번 주에 물메기탕 시원하게 끓여 놓을텡게 와서 가져가"라며, 전화를 끊으신다.

어느 코미디언처럼 못생겨서 죄송합니다가 아닌 못생겨서 그리운 물메기탕. 어머니의 '크으' 감탄사와 시원하다라는 말을 이번 주말이면 듣는다.

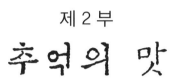

제 2 부
추억의 맛

어머니의 맑은 생태매운탕

　벌써 이십여 년이 훌쩍 지난 일이다. 1987년, 대학신입생이었던 나는 생리에 맞지 않은 경제학과에 진학하고 나서 학교생활에 적응하지 못한 채 겉돌고 있었다. 그때는 이리, 지금의 익산에서 전주까지 통학을 할 때였는데, 하루에 용돈을 천오백 원 정도 받았던 것 같다. 학생할인을 받아서 익산과 전주 간 버스비는 왕복 오백 원이었고, 학생식당 밥값이 이백오십 원 정도였다. 그리고 담배 '은하수' 한 갑을 삼백삼십 원에 사고 자판기 커피를 오십 원으로 빼 먹으면 하루 용돈은 거의 바닥을 보이기 십상이었다. 한 학기가 거의 지날 때 쯤, 학교에 가도 전공수업은 거의 받지 않은 채 사회과학 서적이나 뒤적거리던 나에게 느닷없이 찾아온 사건이 두 가지 있었다. 첫째는 87년 '6월 항쟁'이었고 둘째는 첫사랑이었다. 사회에 대한 불만과 어려웠던 가정환경

* 이경진 / 시인

에 대한 절망이 겹쳐, 거리를 마냥 떠돌던 나에게 6월 항쟁 거리집회는 일종의 탈출구였으며 삶의 의미를 찾게 해준 전환점이었다.

그리고 기전여자대학교 축제에서 우연히 알게 된 그녀. 그녀는 기전여자대학교 의상학과 신입생이었다. 5월 어느 날, 나는 신학 공부를 하는 친구를 만나러 한일장신대학교에 갔다. 당시에는 한일장신대학교가 신흥고등학교 맞은편, 다가공원 아래에 있었다. 때마침 기전여대에서 축제가 있었고 친구는 의상학과에 아는 애가 있다고 놀러가자고 했다. 늦은 벚꽃이 흩날리고 있었던가. 낮술 몇 잔에 취해 우리는 익산가는 버스를 타기 위해 다가교를 건너고 있었다. 그때, 개나리꽃보다도 더 진한 노란색 티셔츠에 검은 진바지를 입고 앞서서 다리를 건너는 여학생이 있었다. 우리 일행 중 하나가 그 여학생과 친한 친구여서 불러 세웠다. 우리는 그렇게 처음 만났다. 인연이었는지 그녀의 집은 바로 우리 집에서 오 분 거리도 안 되는 곳이었다. 우리는 하루가 멀게 만났고 곧 사랑에 빠졌다. 그리고 6월 항쟁이 끝났으며 7월부터 '87년 노동자대투쟁'이 시작되었다. 세상이 금방이라도 확 뒤집힐 것 같은 희망이 생겼고 우리의 사랑도 영원할 것 같았다.

그러나 희망도 사랑도 오래 가지 않았다. 87년 대선에서 DJ는 낙선했고 그녀는 떠났다. 새봄이 오기 직전, 우리 집 우체통에는 그토록 기다리던 그녀의 답장은 오지 않고 학사경고를 알리는 통신표만 꽂혀있었다. 낙제한 과목에는 당시 필수과목이었던 교련도 포함되어 있었다. 88년 1학기가 시작하기도 전에 나는 휴학을 해야만 했다. 그 기회에 아예 대학을 때려치울 생각을 했다. 그리고 커피숍 아르바이트를 시작했다. 일은 12시쯤 끝났지만 집에 들어가는 시간은 새벽 4시가 넘기 일쑤였다. 날마다 가불을 해서 '로진(露眞)'이라는 포장마차에서 술을 마셨다. 로진은 진로를 거꾸로 표기한 것이다. 그때만 해도 소주가 지역할 당제에 묶여 있었기 때문에 진로소주는 서울사람이 아니면 마시기 힘들었다. 진로소주는 보배소주보다 달아서 익산사람들에게도 인기가 좋았다. 그 점에 착안하여 포장마차 여주인은 서울에서 직접 소주를 사가지고 와서 팔았다. 알 만한 사람은 다 아는 익산의 명물 포장마차였다. 나는 '로진'을 단골로 삼아 석 달을 하루도 안 빼고 술을 마셨다. 그 시간 동안 어머니는 나를 나무라는 말씀을 한 마디도 하지 않으셨다.

그러던 어느 날 아침, 어머니는 생태로 맑은 매운탕을 끓여 내왔다. 시원한 무와 명태머리로 국물을 내고 대파와 마늘, 그리고 미나리로 비린내를 없앤 맑은 매운탕. 흔히 지리매운탕이라 부르는 것이다. 지리란 말은 즙(汁)을 의미하는 일본어 '질(じる)'에서 나온 말인데, 빨갛게 끓여내는 일반 매운탕과는 달리 고춧가루를 넣지 않고 맑게 끓이는 매운탕을 말한다. 지리매운탕은 복어로 만드는 복지리가 잘 알려져 있다. 복어 역시 일본인이 좋아하는 생선이다.

맑은 매운탕은 생선비린내를 없애는 것과 고춧가루를 넣지 않고도 매운맛을 내는 게 중요한 음식이다. 그리고 정말 사골국물처럼 진하면서도 투명한 국물을 내는 게 관건이다. 국물을 제대로 우려내려면 먼저 생태 대가리만 넣고 몇 번에 걸쳐 끓여내야 한다. 끓일 때마다 부

유물을 떠내야 맑은 색을 낼 수 있다. 생선비린내를 없애는 건 마늘과 대파가 담당한다. 생태의 몸통을 세 토막 정도 내서 마지막 끓일 때 넣고 양념을 넣는다. 양념 중 마늘은 잘 다져서 넣고 대파는 크게 숭숭 썰어 넣어야 한다. 그래야 비린내를 없애면서도 국물을 감칠맛 나게 한다. 매운맛은 통통하게 잘 여문 청양고추로 낸다. 어머니의 특기는 총총 썰어 넣은 청양고추로 매운맛을 내는 것이었다. 어머니는 매운맛을 너무 좋아해서 김장김치에 넣는 고춧가루에도 청양고추를 섞을 정도였으니 매운탕에 고추를 얼마나 많이 넣었을지 쉽게 짐작할 수 있겠다. 마지막으로 잘 씻은 미나리를 얹어놓는다. 미나리는 데칠 정도로 익었을 때, 초장에 찍어 먹으면 맛있다.

어머니가 내온 맑은 생태매운탕을 한술 뜨자, 청양고추에서 배어 나오는 매운맛이 칼칼하게 목과 가슴에 확 퍼졌다. 나는 원래 생선을 굽거나 튀겨먹는 것은 좋아하지만 매운탕은 별로 즐겨 하지 않는다. 때문에 어머니는 여러 친구와 같이 술 먹고 잔 날 이외는 탕을 잘 내오지 않으셨다. 어머니의 맑은 생태매운탕은, 그래서 나보다도 내 친구들에게 인기가 좋은 해장국이었다. 눈물과 땀을 찔끔찔끔 흘리면서도 친구들은 잘도 먹곤 했다. 매운 것을 잘 못 먹는 친구는 숭늉을 한 사발 옆에 떠다놓고 먹었다. 맑은 생태매운탕을 먹기 위해서 일부러 우리 집에서 자던 친구도 있었다. 지금도 그때 어울려 놀던 친구를 우연히 만나게 되면 나보다 어머니 안부를 먼저 묻곤 한다. 어머니의 맑은 생태매운탕은 여전하냐는 말과 함께.

어머니가 내온 맑은 생태매운탕을 한술 뜨자, 청
양고추에서 배어 나오는 매운맛이 칼칼하게 목과
가슴에 확 퍼졌다.

생태매운탕

맵기로 유명짜한 어머니의 생태매운탕이었지만, 그날 생태매운탕은 유독 매웠다. 밥상을 차려준 어머니는 부엌에서 나오시지 않았는데 한참 후에 흐느끼는 어머니의 울음소리가 들렸다. '내가 청상과부가 되어 너를 어떻게 키웠는데'라는 말이 들리는 듯했다. 나는 몇 술을 더 뜨다가 그만 사레가 들렸다. 한참을 눈물 콧물을 빼고 다시 정신없이 밥을 먹었다. 그런데 이상하게도 그 가슴과 코를 쏘는 매운맛이 내 정신을 맑게 하는 것 같았다. 나는 오랜만에 밥 한 그릇을 뚝딱 비웠다. 그리고 복학을 결심했다.

명태처럼 우리 민족에게 쓰임새가 많은 생선도 없다. 명태를 지칭하는 말도 가지가지다. 얼린 명태는 '동태(凍太)', 말린 명태는 '북어(北魚)'라고 한다. 반쯤 말린 건 '코다리'라고 하고 바닷바람에 얼렸다 녹였다 하면서 말린 건 '황태(黃太)'라고 한다. 명태 새끼를 말린 걸 '노가리'라 하며, 말리지 않은 명태를 '생태(生太)'라고 한다. 예전에는 동해안에서 잡은 명태를 먹었지만 최근에는 기후가 변하여 원양어선이 알래스카 쪽에서 잡아온 명태를 먹는다. 그래서 한국산 명태를 진짜 명태, '진태(眞太)'라고도 부른다. 먹는 방법도 여러 가지다. 끓여서도 먹고, 찜으로도 먹고, 구이로도 먹는다. 난 여전히 생선을 탕으로 먹는 것보다 구이나 찜으로 먹는 것을 좋아한다. 하지만 명태만은 탕을 즐기게 되었다. 아마도 이십여 년 전 어느 날, 방황하던 내 청춘을 이름처럼 밝게 해준 明太에 대한 기억 때문인 것 같다. 오늘처럼 초겨울 찬바람이 거세고 간밤 숙취도 잘 가시지 않는 날이면, 어머니가 끓여

주던 맵고 시원한, 시원해서 더욱 몸과 마음을 따뜻하게 해주던, 그 맑은 생태매운탕이 그리워진다.

장맛비와 장떡

하늘이 낮게 내려앉고 간간히 빗소리는 쪼르륵거리다가 가끔은 세
찬 바람으로 쏟아지다 멈추기를 반복하는 장마 진 여름날, 뉘 집에서
인지 고소한 기름 냄새는 담 넘어 마당을 돌아 소리 없이 코끝에 스며
들고 군침이 돌게 만드는 부침개 부치는 냄새, 맞다. 그때는 들기름 냄
새가 고샅을 휘두르며 지나갔었다. 요즘에야 들기름을 쓰는 집은 찾아
보기 힘들지만 내 어린 시절의 여름 장마 때면 있어온 추억이다. 더러
는 굴뚝 연기가 매캐한 것은 모처럼 엄마는 일손을 놓고 집안에서 식
구들 헌옷가지 같은 것을 골라 부엌 아궁이에 태우고 짚시랑에 스며든
매캐한 연기를 없애려는 듯 부침개를 부쳐 고순 내를 피우셨던 것을
나는 어른이 되어서야 알았다.

　날마다 밭으로 일을 나가시던 어머니는 비 오는 날이나 되어야 집

* 김여화 / 소설가

에서 장롱 속을 정리하고 청소도 하고 그러셨다. 감자라도 껍질 벗겨 쪄주시는 날은 세상에 부잣집 아이들 부럽지 않던 날이었다. 벌써 여러 날 째다. 어제는 아침부터 비가 내려 오도 가도 못하고 방에서만 뒹굴거리다가 아침도 평소보다 두 시간이나 늦게 먹었다. 집에서 놀면서도 점심까지 챙겨먹고 빗소리를 자장가 삼아 낮잠도 늘어지게 자 보았다.

출근하면 시간이 잘 가는데 집에 있는 이 시간이 왜 이리 긴 건지 문득 장마 진 여름날의 어머니 모습이 떠올라 나도 서랍장을 뒤진다. 그동안 버리고 싶어도 차마 못 버리고 들여놓던 옷가지들을 서슴없이 내어놓는다. 오늘같이 비가 퍼붓다가 부슬부슬 내리는 날이면 그런 걸 챙겨 태우기도 딱 알맞은 날이다. 평상시는 아깝던 옷도 오늘 같은 음침한 날에는 부담 없이 쉽게 내버릴 수 있게 된다. 그러기에 장맛비는 제격이지 싶다.

이따금 밖을 내다보면 텃논에는 담배를 심어 빗물을 받아내던 치마같이 넓은 잎이 축축 늘어져 있다. 한바탕 빗물을 쏟고 난 하늘은 끈끈하게 끓이면서 남산을 안개로 휘감는다. 오늘은 그러기를 여러 번이다.

가만 앉아 있어도 덥다. 그러다가 창문을 열면 부슬부슬 내리던 비가 바람에 날려 방안으로 들어온다. 몸이 갑자기 서늘해짐을 느끼면서 얼른 방문을 닫고 다시 주저앉는다. 어릴 때 이런 여름에는 처마 끝에 떨어지는 빗물이, 거름자리에서 나오는 벌건 물과 마당에 지도를 그리며 흘러가고 고무신을 신고 지푸라기로 동여맨 우스꽝스런 모습으로 들깨 모종을 하고 들에서 오시던 어머니셨다. 흙 범벅이 된 대야나 호미, 비닐을 온몸에 칭칭 감고 철떡거리며 고무신을 끌고 오던 모습은 영락없이 상여 뒤에 울부짖으며 따라가던 상주 같았었다. 진날 갠 날 없다는 말은 이를 두고 하는 말일 것이다. 문득 나는 어머니를 흉내 내고 있음을 느낀다.

장마가 지고 연일 들일을 나가지 못하는 이런 때 어머니는 장떡을 해주시곤 했다. 반찬이 마땅치 않을 때 잔 감자를 조리거나 찌거나, 거기에 장떡을 해서 특별메뉴를 올려주시던 추억이 있다. 고추장과 된장을 넣어 밀가루를 섞어 만들어 조리는 감자위에 얹어 쪄주시던 장떡. 요즘에는 프라이팬에 기름을 두르고 부침처럼 해 먹지만 어릴 때는 감자조리는 솥에 작은 소쿠리를 얹어 장떡을 익히는걸 보았다. 장마 진 날은 밭일은 거의 못한다. 땅이 질척거려서이다. 비를 맞으면서도 일을 할 수 있는 건 논에 피사리뿐이다. 그러나 우리는 논이 없었기에 비가 내리면 집에서 쉴 수 있었다.

퇴근이라고 할 수 없는 시간, 아무튼 손자 녀석 진단서를 떼어 보내야 하겠기에 점심 후 전주로 나갔다가 빗속에서 연잎이 비워내던 장맛

비가 생각났다. 동행을 찾다가 결국 친정어머니를 모시고 가기로 마음
먹었는데 어머니는 이 빗속에 무슨 연꽃이냐며 사양하셨지만 연잎이
빗물을 비워내는 모양을 바라보고 있노라면 사람이 욕심을 비우는 일
과 같아 보인다고 설득하여 연지 못으로 달린다. 어머니는 무척 즐거
워하시며 가까이 살아도 이런 장관은 평생 처음이란다. 어머니는 올해
일흔 여덟 되셨다.

이는 장맛비가 내게 준 선물이다. 몇 해 전 장마에 큰댁식구들과 같
이 연꽃구경을 하고 난 후, 서너 해 동안 연꽃을 볼 수 없었다. 물론
나처럼 빗속에 연꽃 구경을 나온 사람들이 더러 있기 때문에 내가 주
책없어 보이지 않아 다행이다.

덕진 연지 주변의 거리도 예전보다 깨끗하고 농촌의 집들도 예전처
럼 구질구질하게 흙냄새와 비릿한 장맛비 냄새가 뒤섞이던 음울하던
냄새는 아니다. 요즈음 촌집도 시멘트 벽돌이나 불에 구운 적벽돌인지
라 그다지 냄새가 고약하지 않다는 말이다. 그래서 그런가? 요새 장맛
비는 어떤 선율까지도 느끼게 한다. 그 언젠가처럼 장마 속에 부음을
받거나 넓은 들이 온통 붉덩물로 가득 차고 그런 장맛비를 맞으며 선
산끄트머리로 오빠를 묻으러 가던 그 여름과는 다르다. 그만큼 세월이
흐른 탓인가? 장마만 오면 마음 둘 곳 없어 서성거리던 내가 올 장마
속에서는 어머니의 모습을 닮아가고 있으니 말이다.

강산이 변할 만큼 세월이 흐르고 나니 이제는 가물가물 그 기억마저도 떠오르지 않는 노화 탓인가. 가슴 미어지던 그 시절의 장마를 떠올려도 이젠 그저 담담하게 말할 수 있는 것은 나이탓인가보다. 아니면 장맛비를 맞으며 들로 나가지 않아도 되는, 농사를 짓지 않는 편안함 때문인가? 며칠씩 장맛비가 쏟아져도 어설프지 않기 때문이다. 잔감자를 조릴 가마솥은 없지만 장떡을 만들 준비를 한다. 두 사람이 살면서 장떡을 먹는다 한들 얼마나 먹겠는가? 모처럼 재료를 준비하고 보니 너무 많다. 없어서 못 먹던 그 시절에 비하면 말도 안 되는 경우다. 방안에서 앞개울에 붉덩물이 내려가는 것이 보여도 수해 입을 걱정이 없어 편안한 것인가?

옥수수기름의 고소한 냄새가 주방을 돌아 나온다. 예전 장맛비가 소리 없이 스며들던 초가의 처마물 떨어지는 소리처럼 빗소리에 귀 기울이며 장떡의 맛을 즐긴다. 고추장과 된장이 갖고 있는 깊은 맛과 사각사각 씹히는 묵은 김치의 감칠맛은 장맛비속에서 환상적인 주전부리가 아닐까?

내가 장떡을 만들 기회는 이처럼 장맛비 속에서나 아니면 친정어머니가 병원에 입원하실 때이다. 입맛 없다 시는 어머니를 위해 고추장과 된장을 섞어 김치를 숭숭 썰어 넣고 프라이팬에 지지는 장떡이다. 모처럼 어머니는 내가 만들어다 드리는 장떡을 입원실 옆자리 환자들과 나누어드시면서 자랑단지를 풀어낸다. "야는 이런걸. 잘 만들어요 젊은 애들은 어림도 없는 맛이지요" 신바람 나게 자랑하시며 나누어 주시는 장떡 맛에 옆자리 환자들은 젊은 댁이 이런걸. 다 만드냐고 하신다. 연례행사로 입원하시는 어머니를 위해 내가 할 수 있는 건 장떡을 만들어다 드리거나, 들깨를 풀어 떡살을 몇 개 넣어 끓이는 들깨탕이다.

나는 절로 미소를 문다. 옆에 계시면 아주 좋아하실 어머니를 떠올렸기 때문이다. 어찌나 자랑을 하시는지……. 다행이 내가 만드는 장떡은 어머니 입에 딱 간이 맞기 때문에 더 좋아하시는 것이다. 장떡을 먹을 때는 여름장맛비 속이어야 하고 덜컥 찬물에 물을 말아 장떡을 반찬으로 먹어야 제 맛이다. 오랜만에 만들어 먹는 장떡 맛이 일품이다. 난 이렇게 예전에 어머니가 만들어주시던 장떡 맛을 즐긴다.

가래떡

순미가 할머니 옆에 앉아 가래떡 써는 모습을 바라봅니다. 할머니가 손을 움직일 때마다 칼끝에서 가래떡이 한 개씩 떨어져 내립니다.

"화! 할머니, 떡 써는 솜씨가 한석봉 엄마 같아요."

"그려? 근데 니가 한석봉 에미가 떡 써는 것을 봤남? 그래도 그런 말 듣기가 싫지 않구먼. 그나저나 웬 눈이 이렇게 많이 내린다냐!"

할머니는 가래떡을 썰다 말고 하늘을 올려다봅니다.

"할머닌 눈 오는 게 싫어? 우리 엄만 눈이 많이 오면 보리농사가 잘 된다고 좋아하던데."

"시상에 눈 싫어하는 사람이 어데 있누. 허지만 섣달 그믐날 눈이 많이 오면 고향 찾는 사람들이 고생허니게 그게 걱정이지."

"할머니, 이번 설에 창식이 오빠 내려와?"

* 김자연 / 아동문학가

"글씨다."

"연락 안 왔어요?"

"글씨다."

"힝, 할머니는 맨날 글씨다고만 해. 글씨, 글씨."

"글씨니께 글씨라고 허지. 그나저나 이렇게 눈이 오는데 우리 마을에 차가 들어올런지 모르것다."

"아까 보니까 버스가 다니던데요."

"그려? 참말 버스가 지나가디야?"

할머니 입가에 웃음이 번집니다. 할머니가 가래떡을 조청에 찍어 순미에게 줍니다. 순미는 가래떡을 한입 베어 먹고 할머니 입에도 넣어 줍니다. 쫀득쫀득 한 게 씹을수록 고소합니다.

"창식이 오빠가 설에 내려오면 나에게 연 만들어 준다고 했는데."

"우리 창식이가 그렸어?"

"예. 분명 그랬어요."

"우리 창식이가 돌아가신 지 할애비를 닮아 연 하나는 잘 맨들제!"

순미는 아무 말 없이 고개를 끄덕입니다. 설을 쉬러 온 아이들 소리가 담 밖에서 간간히 들립니다.

"마을이 살아나는구먼! 애들 소리가 들리는 것을 보니."

"할머니, 오늘 노인정에 안 갔어요? 하루도 빠지지 않고 나갔잖아요."

"오늘은 집에서 그냥 가래떡이나 썰란다. 근디 오늘 같은 날 노인정에 나온 할망구가 있디야?"

"아뇨, 아무도 없는 것 같았어요."

"아마 그럴 게다. 자식이 오면 뭐라도 멕이려고 맴이 바쁠팅게."

순미가 할머니 얼굴을 바라봅니다. 눈빛 때문인지 할머니 하얀 머리카락이 더 희게 보입니다. 감나무에서 한 무더기 눈이 투두둑 떨어져 내립니다. 눈을 맞으며 웅크리고 있던 새 한마리가 나뭇가지 위에서 포르르 날아갑니다.

"에그 깜짝이야!"

"그러고 보니 저것도 가래떡이 먹고 싶었나 보다."

할머니 말에 순미가 박꽃처럼 하얀 이를 드러내고 웃습니다.

가래떡

그때 담 너머 신작로에서 자동차 멈추는 소리가 들려왔습니다. 할머니는 가래떡을 썰다말고 신작로를 바라봅니다. 순미도 할머니를 따라 고개를 돌립니다. 할머니 집은 언덕 위에 있어 신작로가 훤히 다 보입니다. 마을 사람 몇 명이 버스에서 내립니다. 할머니는 버스에서 눈을 떼지 못합니다. 버스는 마을 사람 몇 명을 내려놓고 눈보라를 날리며 곧 멀어져 갔습니다. 할머니가 힘없이 고개를 돌립니다.

"할머니, 다음 차도 있어요."

할머니가 고개를 끄덕입니다. 순미가 얼른 할머니 손을 잡습니다.

"할머니, 염려 말아. 눈이 와도 창식이 오빠 꼭 올 거야."

"에구, 어린 게 마음 씀씀이가 어찌 이리 고울까?"

할머니가 손으로 순미의 볼을 어루만집니다.

"나도 너 같이 예쁜 손녀딸 하나 있었으믄 좋것다."

"정말요?"

"그럼."

"할머니에겐 창식이 오빠가 있잖아요."

"그건 그려, 우리 창식이가 서울에서 저랑 같이 살자고 얼마나 혀싸는디. 허지만 몸도 불편한 내가 도시에서 뭔 할 일이 있남. 이젠 멀미도 심혀서 마음대로 갈 수도 없어."

"할머니, 추운데 방에 들어가 떡 썰어요."

"난 괜찮은디 넌 추운 모양이제. 그라고 보니께 넌 이제 느그 집에 가보아야 쓰것다. 네 엄마가 찾을 지도 모르것구."

"그래야겠어요. 할머니, 창식이 오빠 오면 나에게 꼭 알려주셔요."

"그려그려 어서 싸게 가봐."

순미가 떡가래를 한입 베어 오물거리며 대문을 나섭니다.

'오늘 따라 우리 창식이가 왜 이리 보고 싶을꼬!'

할머니가 도마에 쌓인 떡가래를 소쿠리에 천천히 집어넣습니다.

"할머니가 끓여준 떡국이 제일 맛있어!"

지난 설에 떡국을 두 그릇이나 비우던 창식이 모습이 눈앞에 아른거립니다. 할머니는 손자 창식이를 쓰다듬듯 떡가래를 어루만지고 또 어루만집니다.

'요즘 들어 하루가 다르게 기운이 없어지는 게 어쩌면 올해가 마지막이 될지 몰러!'

할머니는 약해지는 마음을 애써 추스릅니다. 그리곤 다시 가래떡을 썰기 시작합니다. 또각또각 가래떡 써는 소리가 집에 가득 울려 퍼집니다. 마루 밑 멍구가 몇 번 컹컹 짖습니다.

장독대 위로 눈이 제법 소복하게 쌓여 갑니다. 밖이 대낮처럼 환합니다. 할머니는 마루 위에 서서 다시 신작로를 바라봅니다.

"눈이 왜 이리 많이 내릴꼬! 애들이 눈길에 고생허면 어쩐디야."

눈이 많이 오니 시골에 오지마라고 지금이라도 말하고 싶지만 솔직히 자식과 손자가 보고 싶은 마음이 더 간절합니다. 할머닌 몇 번 전화를 들었다 놓습니다. 이제 번호도 가물가물합니다. 자리에서 일어나 불을 넉넉히 땐 작은 방에 손을 가만히 넣어 봅니다. 아들 며느리가 묵고 갈 방은 따끈합니다. 이번엔 곶감 상자를 가만히 열어 봅니다. 잘 말려둔 곶감에 분이 하얗게 피어 단내가 솔솔 납니다.

감나무에 쌓인 눈이 바람에 우수수 눈보라를 일으키며 떨어집니다. 그때마다 할머닌 가슴이 덜컥하여 뒤를 돌아봅니다. 할머니가 다시 마루로 허적허적 올라섭니다. 마루에서 대문까지 서성거리다 보니 다리가 뻐근하고 코끝이 얼얼합니다. 입에서 하얀 김이 납니다.

그때 전화벨이 요란하게 울립니다. 할머니는 얼른 전화에다 귀를 댑니다.

"어머니, 저희 지금 내려가고 있어요"

할머니의 눈시울이 금방 뜨거워집니다.

"눈 때문에 길이 너무 막혀 새벽에나 도착할 것 같아요. 기다리지 말고 주무세요"

"그려, 그려. 내려오느라 너희들이 고생이 참 많다. 천천히 조심혀서 와. 천천히 조심혀서 오거라, 잉."

밤이 깊어갑니다. 할머니는 방바닥에 등을 대고 누웠습니다. 온몸이 노근노근 합니다. 가물가물 꿈속으로 빠져드는 것 같습니다. 그러나 할머니는 금방이라도 창식이가 대문을 들어설 것 같아 감겨지는 눈꺼풀을 애써 밀어냅니다. 할머니 방에 켜놓은 형광등이 밤새 커질 줄 모릅니다. 할머니가 썰어 놓은 가래떡도 소쿠리에서 하얗게 빛납니다.

겉절이

아버지는 꾸리는 일마다 안 되었다. 월부책 대리점, 연탄 대리점, 소금 대리점 등을 열었으나 빚만 몽땅 졌다. 당신은 집마저 팔고 팔복동 큰길가 동곡리 단칸방에 일곱 식구를 들게 했다. 빚잔치를 하고 남은 돈으로 당신은 계화도 간척지의 싼 땅을 샀다. 황방산 자락에 땅마지기깨나 가졌던 아버지는 세상일을 아주 잊고 농사나 짓겠다고 했다. 그리고 우리 다섯 남매의 교육 때문에 온가족이 계화도로 갈 수 없다고 했다.

그런데 아버지는 맘 놓고 농사도 지을 수 없었다. 당신을 곤혹스럽게 만드는 일이 생겼기 때문이다. 그것은 민사재판이었다. 대대로 농사 지어먹었던 수렁둘 밭의 명의가 아버지 이름이 아니라 딴 사람의 이름으로 되어 있었던 것이다. 일이 왜 이렇게 되었는지 아무도 설명

* 이병초 / 시인

할 수 없었다. 밭 명의가 딴 사람으로 되어 있다는 것을 처음 안 사람
은 물론 아버지였다. 밭을 팔려고 등기를 떼어본 모양이었는데 밭 번
지수는 일치하되 이름은 당신 이름이 아니었던 것이다. 만약 밭이 제
대로 아버지 명의로 되어 있었다면 집을 팔지도 않았을 것이고 재판이
란 것도 하지 않았을 것이다. 그 사람은 그동안의 세금을 자기가 죄다
냈으니 그 밭은 자기 것이라고 했다. 아버지는 곧바로 민사재판을 시
작했다. 그때만 해도 민사재판은 재판을 하는 두 집이 거덜나야 끝난
다고 했다.

나는 고등학교 입시에 떨어져 정읍군 신태인읍 화호리에 있는 고등
학교에 다니고 있었다. 일제 때 지었다는 1층 목조건물과 새로 이층으
로 앉힌 건물 사이에 소나무가 낙락장송으로 우거져 있는 학교였다.
굳이 학교에 갈 필요가 뭐가 있냐고 기술이나 배우겠다고 우기는 나를
아버지는 거의 우격다짐으로 그 학교에 밀어 넣었다. 망해버린 집안이
지만 장손인 나를 기술을 배우는 데 보내고 싶지는 않았던 것이다. 어
쨌든 나는 그 학교의 1년생으로 주말이면 집에 왔다가 일요일 밤에 밑
반찬 보따리를 싸들고 화호리로 내려가기를 반복했다. 그리고 거기서
그림을 잘 그리는 소녀를 만났다.

겨울방학이 막 시작된 때였다. 방학을 맞아 집에 돌아온 나는 잠시
의아했다. 밥상에 김치가 없었다. 겉절이가 김치 대신 올라와 있었다.
배추가 펄펄 살아서 다시 밭으로 가게 생긴 것이었는데 고춧가루가 간
신히 몇 점 묻은 채 허옇게 질려 있었다. 처음엔 내가 자취하느라 김

치에 질렸을 테니 별미로 맛보라고 한 것이겠지 싶었다. 그런데 다음 날 아침상도 저녁상도 마찬가지였다.

겉절이

"왜 김치 안 줘, 김장 안 했어?"

어머니는 잠시 고개를 딴 데로 돌리더니 이내 고개를 끄덕였다. 김장을 못 해? 나는 순간 말을 할 수가 없었다. 당신은 스무 명 남짓한 은행원을 상대로 밥장사를 하기 때문에 단칸방에 내몰렸을망정 우리 집은 밑반찬 궁해본 적이 없는 터였고 김치만큼은 어떤 집의 김치에 대지도 못할 만큼 맛있었다. 김장을 못해? 나는 방문을 조용히 닫고 나와 친구 집으로 향했다. 고추 한 근이 6천 원이라고 선생님이 걱정하던 종례시간이 떠올랐다. 내 시내버스 요금이 5십 원인데 고추 한 근이 6천 원이라니. 한 접 김장을 하려면 고추가 얼마나 드나. 우리 집 살림으론 도저히 깜냥이 나지 않았을 터였다. 밥장사할 것만 간신히 갈무리 한 듯했다. 번개탄조차 살 돈이 없어 집 짓는데 가서 나무 똥가리를 주워 와 연탄불을 살렸던 어머니의 입소리가 자꾸 발에 감겼다.

친구네 집까지 가는 길은 꽤 멀었다. 아버지가 손수 짓고 손수 팔아먹은 집이 있는 동네, 거긴 내 탯자리이기도 하다. 태어나서 지금까지, 불과 몇 달 전까지 살았던 곳이다. 그런데 그 길이 눈을 감고도 훤하던 길이 그날따라 무척 멀었다. 나까지 다섯을 가르치려면 살림이 참 어렵겠다, 민사재판까지 하는 터이니 아버지도 하루하루가 무척 고단하겠다고 바람이 내 등짝을 후려치고 있었다. 남들 어머니는 모두 털신을 신으셨던데 명색이 밥장사를 한다는 내 어머니의 신발은 한겨울인데도 고동색 플라스틱 슬리퍼였다.

겨울방학 내내 나는 민규 방에서 파고 살았다. 친구들이 밤낮을 가리지 않고 이 방에 모여들었다. 누가 돈이라도 생기면 소주를 사먹었고 두부를 사다가 김장김치에 싸먹었다. 토끼서리 닭서리를 해먹었고 아홉 마지기 논배미 밑의 수로를 막고 붕어, 미꾸라지, 송사리를 품어 먹었다. 가끔 김치 속에 굴을 넣었거나 잔 황석어를 넣어서 담근 것들을, 고추양념을 너무 많이 해서 맵다 못해 불땀을 줄줄 흘릴 수밖에 없는 것들을 먹을 때면 나는 뭔가가 목에 걸려 제대로 넘기지 못했다. 겉절이 아니면 어떤 집에서 얻어왔을 게 틀림없을 김치에 밥 먹고 있을 동생들이 눈앞 아무데나 달려들었다.

고향 마을은 눈앞이 확 트일 만큼 넓은 들판을 가지지도 못했고 멧돼지 숨소리가 뜨겁게 식식거리는 곳도 아니었다. 집짐승을 서리해먹는 것도, 물고기 품어먹는 것도 하루 이틀이지 매일 되풀이 할 수는 없었다. 황방산 자락 가난한 마을에서 나는 오직 편지 쓸 일만 남았다는 듯이 줄기차게 편지를 써서 소녀에게 보냈다. 사흘이 멀다고 답장이 날아들었다. 무슨 내용을 써서 보냈는지 소녀는 어떤 말들을 써서 내게 보냈는지 그것은 생각이 안 난다. 그러나 편지 받아보는 것만은 행복했다. 지난봄부터 우리는 짬짬이 틈틈이 만났고 학교 근처를 산책했었다. 소녀는 공부엔 털끝만큼도 관심이 없는, 무협지에 빠져 있었던 내게 살맛이 뭔지를 가르쳐주었다. 동진강에 가는 들길이며 끝 간 데 없이 이어진 둑길이며 거기에 깔리는 노을빛이 어떻게 몸에 적히는지, 갯버들 속에서 울던 물떼새소리가 왜 흙빛깔인지를 느끼게 해주었다. 소녀는 겨울방학 날 제 일기장과 한복 입은 인형 한 쌍을 내게 선물로 주었었다. 150장이 넘는 고급 일기장에는 첫 장부터 끝 장까지 내 얘기만 빼곡하게 적혀 있었다. 소녀는 눈을 뜨면서부터 잠자리에 들 때까지 내 생각만 하고 있었을 터였다.

눈이 잦았던 그해 겨울 소녀에게 수없이 편지를 쓰면서도, 소녀의 답장에 큰 위로를 받았음에도 나는 이별을 생각했다. 소녀와 헤어진다는 것은 내겐 씻을 수 없는 아픔일 것이었다. 나는 이 글을 쓰는 지금까지 그 누구에게도 소녀가 내게 보냈던 그 정성과 관심을 받아본 적이 없다. 이런 느낌을 열일곱 살의 내가 알아챘던 것일까. 나는 소녀와 결혼

하는 망상에 시달리면서도, 곧 헤어질 줄 알면서도 편지를 썼고 답장을 받고 행복해했으며 겉절이에서 벗어나기라도 하려는 듯이 미친 듯이 편지를 써댔다. 이제 나는 동진강 둑길을 오가며 친구들끼리 킬킬댔던, 밤이면 자취방에 모여들어 어른 흉내를 내느라고 소주잔을 홀짝거렸던, 취기가 오르면 녹음기를 틀어서 고고춤 디스코춤을 추었던 생활과도 멀어져야 한다. 무슨 수를 내든 나는 떼돈을 벌어야 하니까.

　2학년이 된 3월 중순 나는 소녀에게 절교를 선언했다. 그리고 4월에 학교를 그만두기로 작정하고 자취 짐을 전주 단칸방으로 옮겼다. 아버지의 진노는 대단했다. 당신이 할 말을 제대로 못하고 막사발 잔을 덜덜 떠는 것을 나는 처음 보았다. 나는 화호리로 다시 돌아왔다. 소녀에게 다시 만나자는 말을 할 수도 없었고 왜 헤어지자고 했는지 그것을 설명할 기회도 주어지질 않았다.

　아버지는 대법원까지 가서 승소했다. 내리 세 번을 이겼으니 크게 기뻐할 일이었으나 단칸방 신세는 여전했다. 다행히 그 다음 해부터는 고추 값이 제자리를 찾아 겉절이로 김장김치를 대신하지 않았고 번개탄을 묶음으로 사놔서 연탄불이 꺼져도 나무 뚱가리를 주우러 다닐 일은 없었다. 그러나 지금도 순두부집이나 순대국밥집에서 겉절이를 먹을 때 민사재판에 지친 아버지 얼굴과 어머니가 신었던 고동색 플라스틱 슬리퍼와 "백합 한 송이" 같던 소녀의 얼굴이 겹치곤 한다. 그 겨울 소녀가 내게 선물했던 한복 입은 인형 한 쌍은 여태 행복하게 잘 살고 있을까. 오늘 밤도 어지간히 길 것 같다.

어머니표 수제비

　나는 싫어하는 냄새가 둘 있는데 하나는 꽁치 통조림 냄새고 다른 하나는 수제비 끓는 냄새다. 꽁치 통조림은 서울 동대문구 용두동 근처에서 재수학원을 다니며 혼자 자취할 때 상한 꽁치 통조림을 먹은 탓에 설사와 복통 곽란이 며칠 동안 계속되면서 쓸쓸한 자취방에서 인생의 쓴맛을 만끽하고 나서부터고 수제비는 역사가 더 길고 내력은 깊다.

　그 수제비를 전혀 다른 상황에서 전혀 다른 맛으로 만나게 된 때가 4년여 전이다.

　그때가지 내 코끝에 걸려있는 수제비는 시큼한 신김치 냄새부터 풍기는 것이었다. 미간을 찌푸리게 하는 신 냄새도 냄새려니와 감자 토막이 둥둥 떠 있기도 하고 김치에서 우러난 벌거레한 국물이 입맛을 싹 가시게 하던 수제비는 여름이 시작되는 늦봄부터 시작해 몇 달 동

* 전희식 / 수필가

안 집중적으로 소년의 허전한 뱃속을 채워내는 일용할 식단이었다. 그러고 보면 반세기 가까운 세월 저 건너편이다.

수제비 그릇을 앞에 두고 숟가락만 만지작거리면서 입술을 쭉 내밀고 불퉁하게 앉아 있으면 어김없이 어머니의 불호령이 떨어지곤 했다.

"안 쳐 묵을 꺼면 쳐 묵지 마라. 배때지가 부릉게 지랄이지 수제비 몬 뭉는 사람도 쎄고 쎘다."

순식간에 내 수제비 그릇이 압류 당하면, 으앙 하고 울어 제끼는 게 내가 할 수 있는 유일한 의사표시였고, 부지깽이를 높이 치켜들고는 밥상 앞에서 우는 거는 죽은 사람 앞에서나 하는 짓이라면서 골목 밖으로 나를 내쫓는 게 어머니 고유의 역할이었다.

도시에서 여차저차 건강식이 어떠니 별식이 어떠니 하는 무리들과 섞여 어쩔 수 없이 우리밀수제비 집에라도 갈 때는 어김없이 떠오르는 화인과도 같은 그때 그 시절의 수제비를 일컬어 나는 '어머니표 수제비'라 한다. 내 유년시절과 시골의 농가, 가난한 집안의 살림을 맡았던 우리들의 수많은 어머니들이 함께 스며있는 고유명사다.

4년여 전 어느 날이었다.

그때 역시 솜털구름 같았던 봄날은 자취를 감추고 후끈한 한낮의 기온이 여름을 예고하는 때였다. 전문특허와도 같았던 '어머니표 수제비'가 전혀 다른 모습으로 내 앞에 홀출했다. 어머니가 직접 끓이고 어머니가 직접 감자 토막을 만들었다. 상도 어머니가 차렸다. 저작권으로 따져도 어김없는 '어머니표 수제비'가 맞다. 저작자는 같되 작품의 질은 전혀 달랐던 수제비.

당시, 치매와 고관절 수술로 10여 년 이상 방안에 들어앉아서 해 주는 밥만 받아 자시던 어머니가 손수 밥상을 차리신 것인데 그게 수제비였다. 마루에 질서정연하게 놓여진 밀가루봉지와 도마, 칼, 물 그릇, 죽염, 마늘, 풋 호박 등. 기대와 불안이 교차하는 순간이었다. 과연 어머니가 흐트러진 기억과 어줍은 손놀림으로 옛 영화를 재연하듯 수제비를 만드실 수 있을지 장담하기 어려운 시도를 하는 중이었다.

도열한 군속들을 장악한 장군처럼 어머니는 호기롭게 팔뚝을 걷고 앉았다. 어머니는 거침없이 일을 시작하셨다. 밀가루 반죽부터 하셨다. 떠다 드린 대야 물에 손을 씻으신 어머니가 밀가루 반죽을 시작하면서 실타래처럼 풀어내신 이야기는 한편의 드라마였다.

도마 위에 올려놓은 밀가루 반죽을 밀대로 밀 때였다.

"뭉뚱하게 밀믄 안돼. 미룽지처럼 얄푸락하게 밀믄 입에 넣고 씹을 새도 없이 목구멍에서 잡아 땡기는기 그냥 미끄름 타득끼 넘어가삐는 기라. 보리타작하기 전에 그때는 먹을 끼 있어야지. 수제비 떠서 신김치 넣고 푸욱 끓이믄 내금이 온 동네에 퍼져서 지나가던 사람도 '항그릭 주소' 하고 오고 앙 그랬나."

50년 60년 전으로 돌아가신 어머니는 또렷한 기억력으로 말씀도 또렷하게 또렷한 눈빛까지 곁들여 치매3급 노인답지 않는 음색으로 이야기보따리를 펼쳐 놓으셨다.

육수 물을 부엌에서 만들어 와 마루에 놓인 부르스타에 큰 냄비를 없고 끓이기 시작했다. 어머니는 감자를 썰어 냄비에 넣으셨다. 어떤 조각은 깍두기처럼 생겼고 어떤 것은 얇기가 절편 같았다. 냄비에서 감자 익는 냄새가 나자 어머니는 "감자가 살짝 물크러져서 국물이 잠방잠방할 때까지 불을 더 때라"고 하셨다. 나는 아궁이에 나뭇가지 너 밀어 넣듯이 부르스타 레인지를 왼쪽으로 더 돌렸다.

한참 후 됐다 싶었는지 어머니가 수제비를 떠 넣기 시작했다.

"아궁이에 보릿대를 집어넣으면 가랑잎처럼 금방 발등에까지 불이기 나와서 고무신은 눌어붙지, 연기는 또 어찌 매운지 눈을 뜰 수가 있나. 등에 업은 아는 울지. 큰 놈은 배고푸닥꼬 몸빼 바지 붙들고 칭칭거리지. 등에 업힌 놈이 오줌을 싸서 등짝이 뜨끈뜨끈 하고 그기 허벅지로 흘러내려도 옷 치낄 새가 오댄노"

이때 내가 추임새를 넣었다.

"어무이. 누가 오줌 쌌어요? 누가 어무이한테 업혀서 오줌 싼는데요? 나는 아니죠?"

혐의를 벗고자 한 어리석은 내 시도를 간파 했는지 어머니는 좀 잠자코 이야기나 들으라는 식으로 힐끗 나를 쳐다보시기만 하고 이야기를 계속하셨다.

"너가부지는 마루에 앉아서 빨리 밥상 가져오라고 소리는 지르지. 수제비 떠 넣다 튀는 국물에 손등이 데이고 콧물인지 눈물인지 솥에 떨어져도 옷소매로 코 닦을 새도 없어따 아이가."

충분히 상상이 되었다.

장사익 선생이 부른 노래 '삼식이'도 비슷하지 않은가. 소낙비는 내리고, 업은 애기 보채고, 허리띠는 풀렸고, 광우리는 이었고, 소꼬뺑이는 놓쳤고, 논의 뚝은 터졌고, 치마폭은 밟히고, 시어머니는 부르는데 똥마저 마렵다지 않은가 말이다.

내가 나무 숟가락으로 냄비의 수제비를 저었더니 이를 놓칠 새라 어머니의 작업지시가 떨어졌다.

"살살 저서. 안 뭉치고로 살살 저서라. 뭉치 삐믄 올라 붙어서 떡이 되는 기라."

냄비가 뻑뻑해져서 수제비 그만 넣었으면 했는데 남겨 두기 어중간하다고 어머니는 반죽을 다 떼어 넣으셨다. 그때마다 나는 계속 물을 한 컵씩 냄비에 더 넣어야 했다. 간장을 가져다 드렸더니 어머니는 뚜껑도 열지 않고 "이거는 맛대가리 없는 기라. 집 간장 엄나?"고 하셨다. 내가 "조선 간장요?" 했더니 그렇다고 했다.

이때부터는 어머니 레파토리가 달라졌다. 메주 띄워서 간장 담그는 이야기로 넘어간 것이다. 우리는 한참 동안 간장을 담았다. 우리는 수제비도 만들고 간장도 담는 추억의 시간여행을 하고 있었다.

몇 번 간을 보신 어머니가 "먹자"고 하셨다. 아쉽게도 '어머니표 수제비'는 여기서 끝났다.

이렇게 만든 수제비를 내가 먹지만 않았어도 내 기억 속 궁핍의 상징이었던 수제비는 화려한 변신을 해서 아름다운 건강식으로 거듭났을 것이다.

수제비

우리는 큰 대접에 수제비를 퍼서 먹었는데 첫 숟가락을 떠서 입에 넣었을 때다. 완전히 소금 덩어리였다. 밀가루와 똑같이 생긴 죽염가루를 얼마나 넣으셨던지 도저히 먹을 수가 없었다. 입을 딱 벌린 채 어머니를 바라보았다. 어머니 안중에는 내가 없었다. 후후 불어가며 수제비를 연거푸 입에 떠 넣으셨다. 국물 하나 없이 한 그릇을 싹 비우신 어머니는 한 그릇 가득 또 퍼 담았다.

이런 판국에 내가 어쩌랴. 그동안의 불효를 만회한다는 심정으로 나도 한 그릇을 다 비웠다. 목구멍이 저린 듯 했지만 어쩌겠는가. 십 수 년 만에 자식 밥상을 차린 어머니 앞에서 세상 자식 그 누구라도 나와 같았으리라.

"맛있재?"

어머니 말씀을 처음에는 못 들었다. 인생의 짠맛에 정신이 홀라당

빼앗긴 나는 어머니 하시는 말씀이 귀에 들어오지 않은 것이다.

"맛있재? 우리 내일도 수재비 *끄리묵자*."

내일도 수제비 해 먹자는 말에 비로소 내 귀가 열렸다. 아니, 내일도 소금국에 밀가루 반죽 익혀 먹자고요? 아니 되옵니다. 절대 그럴 수는 없사옵니다. 통촉하여 주옵소서.

차마 맛있다는 거짓말은 할 수가 없고 내일도 이토록 짜디짠 인생의 맛을 되풀이하고 싶지는 않아서 그때 그 시절 김과 연기와 눈물 콧물이 자욱한 수제비 솥 위에 엎드렸던 어머니처럼 나도 근 반세기만에 부활한 '어머니표 수제비' 그릇 위에 엎드렸다. 그리고 그때 그 시절 어머니가 잠자코 일만 했듯이 나도 잠자코 먹기만 했다.

백일홍, 그 아름다운 꽃의 맛

12월, 겨울 방학을 얼마 남기지 않은 창밖 아파트 사이로 하늘은 온통 회색이다. 금방이라도 흰 눈을 펑펑 터뜨릴 것만 같다. 문득, 저녁 퇴근길 골목마다 붉은 천막 사이로 하얀 김들이 몽글몽글 피어올랐던 것이 생각났다.

아이들이 돌아간 교실 텅 빈 공간은 더욱더 그런 겨울을 실감나게 한다. 그때였다. 컴퓨터 메신저에서 '뛰 뛰' 주황색 신호음이 울렸다. 내가 근무하는 학교와 그리 떨어져 있지 않은 학교의 김선생이다. 나를 삼촌이라 부르는 그 아이다. 이제는 동료 교사이니 아이라고 해선 안 될 것이지만 내가 그 아이를 만난 것이 20여 년 전의 일이라면 그리 무리한 호칭도 아니라는 생각이 든다.

문득 그 시절의 아련한 기억들이 떠오른다.

* 경종호 / 시인

목련이 담장을 넘어 지나가는 사람들을 부러운 듯이 바라보던 봄, 그런 봄이 거리마다 뿌려져 있었다. 그때 백일홍빵집을 처음 알게 되었다. 그 김선생은 바로 백일홍빵집의 아들이었다. 그 집엔 아들 둘이 있었고 첫째가 김선생이다. 둘째가 당시 네, 다섯 살이었던 것으로 기억하는데 벌써 그 녀석도 경기도에 있는 교육대학에 다니고 있다고 하니 참 시간의 빠름이라는 것을 무엇으로 말 할 수 있을까 싶다.

당시 나는 군대를 막 제대한 후였다. 그리고 아직 무엇을 할 것인지 쉽게 결정을 내지 못하고 있었다. 그러다 내린 결론은 교사의 길이었다. 그리고 고향인 김제에서 전주로, 그렇게 전주의 한 고시원에 들어오게 되었다.

그때는 이미 3월도 한참이 지난 후였다.

다시 대학을 가기 위하여 학원을 다니기 시작했다. 그렇게 그 백일홍빵집을 만났다. 아니, 엄밀히 말하면 지금은 없어진 '영양분식'이라는 식당을 만난 것이다.

영양분식은 근방의 고시원과 학원생들이 자주 찾는 식당이었다. 그리고 몇몇의 자취생들과 고시원생들에게는 하루 세 끼 매식을 하던 곳이기 했다. 그곳엔 항상 우리를 챙겨주시던 누님이 있었고, 또 형님이 있었다. 누님은 영양분식을, 형님은 백일홍 빵집을 하고 있었고, 김선생이 바로 이 부부의 첫째 아들이었다.

그렇게 백일홍 빵과의 인연은 시작되었다.

내가 잠을 자고 공부를 하던 고시원은 전주고등학교 앞에 있었고,

영양분식은 거기서 길을 건너 100여 미터 떨어진 구완산구청 부근이었다.

그때의 난 군을 제대하고 처음 시작하는 공부였기에 너무나 부족한 것이 많았었다. 그때의 실력으로는 교육대학은커녕 웬만한 대학엔 원서도 내지 못할 형편이었다. 그래서 남들보다는 두 배, 세 배의 시간을 책상과 의자에서만 보내야 했지만 쉬이 다른 아이들을 따라갈 수는 없었다.

아침 7시에 학원에 갔다가 밤 10시 되어서야 고시원에 돌아왔고, 고시원에 돌아와서도 새벽까지 부족한 공부를 채워가야만 하는 그런 날들이 이어지고 있었다. 물론 '영양분식'의 누님은 새벽 6시 30분에 우리가 아침 식사를 먹을 수 있도록 챙겨 주시는 일을 한번도 빠진 적이 없었다.

그리고 그때의 백일홍빵집은 거기서부터 꽤 떨어진 진북동, 숲정이 성당부근이었다. 지금은 그곳이 어디인지 잘 찾지도 못할 정도로 작은 가게였다.

그 형님의 출근도 우리와 같았다. 아침 일찍 나가서 해가 기울고 나서야 집에 돌아오곤 했었다. 우리의 저녁 식사가 늦으면 같이 밥상에 앉을 때도 있곤 했는데 그때의 넉넉한 웃음은 시험공부에 지친 우리에게 큰 힘이 되었다. 바로 그 형님의 성실함 때문이었다. 감히 우리가 하는 공부는 사치처럼 생각되기도 할 정도였다. 그렇기에 6, 7월, 더 이상 오르지 않는 성적에 낙심을 했을 때마다 형님의 그런 모습은 내 자신을 부끄럽게 만들곤 했다.

또한 얼굴 가득 넉넉함이 배어있는 그 잘생긴 얼굴은 언제나 긍정적이었다. 그리고 그 형님이 우리에게 준 것은 그 웃음과 성실함 뿐만이 아니었다. 한밤중 우리의 허기를 달래 줄 찐빵과 만두가 있었다. 모든 것을 손으로만 하는 일이라 간혹 제대로 모양이 나오지 않는 것들이 있었는데 그것은 고스란히 우리의 몫이 되곤 했었다.

그렇게 1993년의 한 해를 고시원과 학원, 그리고 영양분식의 사람들과 함께 보냈다. 다시 겨울이 되었고, 나는 처음 공부를 시작했을 때의 성적과는 비교할 수 없을 정도의 수준이 되어 있었다. 다행스럽게도 내가 원하던 교육대학에 시험을 치를 수 있는 수준까지도 올라와 있었다.

그러나 1년의 짧은 기간으로는 쉽게 원하는 것을 내주지 않았다. 6, 7월의 방황이 첫 번째였다면 이것은 두 번째 시련이었다. 1차 필기시험과 2차 면접, 신체검사까지 모두 마치고 나서 최종 합격자 발표만을 기다리고 있었다. 그리고 드디어 합격자 최종 발표일이었다.

사람이 일이라는 것이 너무나 순순히 풀려나가는 것은 경계를 해야 한다고 했던가? 나는 정규 합격자에 들지 못하고 대기자에 속에 있었다. 다행히 1번이었고, 합격은 당연한 것으로 믿었다. 그러나 사람의 운이라는 것은 그것뿐인 듯 했다.

1993년은 학력평가의 마지막 해였고, 1994년은 지금의 대입 수학능력고사가 치러지는 첫 해였다. 그런 이유에서인지 나보다 등위가 높았던 모든 학생들이 등록을 했고, 당연히 보결 대기였던 난 그렇게 대학에 떨어지고 만 것이었다.

그 후, 후기의 다른 대학을 지원하기도 하였지만 이미 마음은 다른 곳에 있었고, 당연히 어느 대학에도 합격을 할 수는 없었다. 그렇게 1993년 대학입학고사가 끝나고, 난 다시 할 일 없는 백수가 되어버리고 말았다. 다시 공부를 시작해야 한다는 생각은 들었지만 그렇게 쉽게 맘을 잡지 못하고 있었다.

그렇게 1994년의 4월이 지나고 5월이 다가왔다. 그때서야 겨우 1년 노력을 해 보고 안 된다며 투덜댔던 나 자신을 발견했다. 그리고 다시 고시원을 찾았고, 그 형님 부부를 다시 만나게 되었다.

여전히 그 형님 내외분은 반갑게 맞이해 주셨다. 그리고 그날 저녁 형님은 하얀 김이 오르는 찐빵과 만두를 들고 퇴근을 하셨다. 오늘 팔고 남은 것이라고 했지만 그렇지 않다는 것을 잘 알고 있었다. 지금도 마찬가지지만 백일홍 빵은 남는 날이 없다. 그날 팔 것을 예상하고 그것이 모두 팔릴 때까지만 장사를 하기 때문이다. 한 번도 더 많이 만들어서 다음 날 편하게 일을 하려고 한 적이 없는 형님이라는 것을 잘 알고 있었다. 그렇게 형수님의 현란한 음식을 놓고 마주 앉았다. 그때였을 것이다. 형님은 젊은(물론 그때도 젊었지만, 중년의 과거는 언제나 젊은 것이다.) 시절의 이야기를 했다.

백일홍 빵집은 지금부터 80여 년이 넘은 빵집이다. 하지만 지금도 이 빵집을 알고 있는 사람이란 전주 토박이들뿐이다. 이제 그 형님의 나이도 50을 넘겼으니 누군가가 먼저 그 빵의 이름을 가지고 있었을 것이다. 그것도 백일홍이라는 아름다운 이름을 말이다.

처음 형님이 그 빵집에 들어간 것은 스무 살 즈음이었다고 했다. 할아버지 한 분만이 그 빵과 만두를 만들고 있었다. 지금도 그렇지만 그때도 대부분의 빵은 배달로 판매가 되었다. 부근의 사무실에선 점심과 저녁사이의 간식으로, 학교와 유치원, 또 병원의 간식으로 사람들이 많이 찾기 때문이었다.

형님은 그 빵을 만드는 기술을 배우기 위하여 배달부터 그 일을 시작했다. 백일홍빵집의 찐빵과 만두는 흔한 그런 빵과 만두가 아니었다. 이미 그 당시만 해도 그 50여 년 동안이라는 이름을 달고 있던 빵이었다. 쉽게 배울 수 있는 기술도 아니었지만 쉽게 가르쳐 줄 리도 없는 그런 빵이었다.

백일홍 빵집이 자신의 이름이 될 때까지 그 형님은 10년이 넘는 시간을 보낸 것이다. 자신의 이십대, 그 청춘을 앙꼬와 함께 그 찐빵과 만두에 넣었던 것이다. 내가 지금까지도 '음식이란 그 사람의 마음보다 더 위 일수는 없다'라는 생각을 하게 된 것도 바로 그 형님 때문이었다. 그것이 바로 '손맛'의 근원이라 생각하기 때문이다. 그래서일 것이다. 그 빵과 만두가 50년, 80년을 변함없이 지켜낼 수 있었던 것은 말이다.

사람들의 성실은 전이성이 강하다는 생각을 하게 된 것도 그 무렵이었다. 나는 그 성실한 사람들과 매일 식사를 하고, 대화를 했었던 것이다. 그리고 나는 그해 무난히 교육대학교에 합격을 하게 되었고 그토록 바랐던 '선생님'이 되었다.

그때 나와 같이 그 식당에서 매식을 하던 사람들 중 세 명이 나처럼 교육대학에 들어가서 지금 초등학교에서 교편을 잡고 있는 것이나 그 형님 부부의 두 아이들이 교대에 가서 초등학교 선생님이 되고자 했던 것도 그때의 인연이 만들어 준 것이 아닌가 하는 생각을 한다.

도토리묵 이야기

　어린 시절부터, 가을이면 종종 집에서 쑨 도토리묵을 먹었다. 그 이전의 사람들이 가을이면 산에 지천으로 떨어져 쌓이는 도토리나 굴밤을 주워 나를 적에는, 아마도 부족한 식량을 보충하기 위함이었을 것이다. 그런데, 익혀도 맛이 거칠고 떫은 그것들은 단순히 삶거나 굽거나 밥에 얹어 먹기에 적당하지 않았을 테고, 그에 알맞은 조리법을 찾아낸 것이 묵 아니었나 싶다.

　골목 앞 디딜방앗간에서 마른 도토리나 굴밤을 찧고 빻을 때면, 열 살 안팎의 아이들조차 달려들어 방아다리를 밟아야 했다. 그 일은 결코 쉽지 않았다. 방앗공이가 확에 떨어질 때마다 마른 도토리는 달그락거리며 확 바깥으로 튀어 흩어질 뿐, 껍데기가 벗겨지고 가루가 될 기미는 좀체 보이지 않았다.

* 김명희 / 소설가

그렇게 한나절내 아이 어른이 매달려 방아를 찧고, 그것들을 다시 며칠간 우려내어 거름베에 걸렀다. 요즘은 앙금을 잘 말려서 보관해 두고 필요할 때 조금씩 꺼내어 묵을 쑤거나 수제비를 끓이거나 전을 부치기도 하지만, 그때 우리 어머니들은 커다란 가마솥에 장작불을 지피고 그 많은 묵을 한꺼번에 다 쑤었다.

묵을 굳혀 썰어서 물에 담궈 놓고 먹었는데, 근동의 친척들이며 이웃들한테 한두 모씩 다 돌리고도 자배기로 얼추 하나가 되었다. 그러고도 얼마쯤 지나면 이웃집에서 새로 쑨 묵을 얻어먹을 수가 있었고, 설령 그 해에 도토리묵을 쑬 형편이 안 되었다 해도 한두 번은 도토리묵 맛을 보고서야 겨울이 왔다.

아이 하나를 낳아 기르는 주부 초년생이었을 적에, 내 손으로 직접 도토리묵을 쑤어 보았다. 순전히 굴밤으로 쑨 묵이었지만 굴밤묵이란 이름이 별로 익숙지 않으니 도토리묵이라 부르기로 한다.

도시 변두리에서 셋방살이를 했는데, 집 주변의 편평한 굴밤나무 숲을 베어내고 공장을 지을 예정이라고, 근동 사람들에게 마음껏 굴밤을 주워도 좋다는 허가가 떨어졌다. 나도 네 살짜리 아이와 함께 사람들을 따라다녔다. 무르익은 숲 냄새와 아이의 환호성과 굴밤 불어나는 재미로 잔잔하게 행복한 가운데 그해 가을은 바삐 저물었다.

내게는 물경 두 말이나 모아놓은 굴밤으로 난생 처음 묵을 쑤어야 한다는 숙제가 있었고, 아름드리 숲은 추위가 닥치기 전에 모조리 베어졌다.

도토리묵

이웃의 살림 선배들을 모셔다가 조언을 들어가면서, 옛날의 내 어머니나 동네 아줌마들처럼 그 많은 묵을 한날에 다 쑤었다. 가장 힘든 방아 찧기 과정을 기계의 힘을 빌려 수월하게 통과한 것이 그때와 크게 달라진 점이었다.

기계의 힘을 빌렸음에도 힘든 일이었다. 거친 껍데기를 소쿠리로 받쳐내어 버리고, 다음엔 체로 거르고, 다시 한 번 거름베에 받쳐서 고운 앙금을 얻어냈다. 실은 내 솜씨가 아니라 이웃 선배들의 솜씨였지만, 묵은 아주 잘 되었고 양도 많았다.

그것은 주변에 종종 신세를 지면서도 가난하여 마음을 표현할 길 없는 내가 얻은 모처럼의 기회였다. 가족, 친지, 이웃 등 네댓 집에 불과했지만, 만삭의 몸으로 뒤뚱뒤뚱 걷거나 시내버스를 두 번 갈아타거나 남편의 자전거에 실려 보내거나 하여 기쁘게 마음을 전달했다.

처음에야 모자라는 식량을 보충하기 위하여 궁리한 끝에 만들어낸 가난의 산물이었을지 몰라도, 도토리묵은 예나 지금이나 귀한 별미음식이니 돈만으로는 구할 수 없는 좋은 선물이라 여겼다.

　나에게는 그때까지, 어디에 가서 도토리묵을 사 먹어볼 기회가 없었다. 아이들이 초등학교 다닐 때쯤, 모임의 일원으로 어느 관광지에 갔을 적에, 도토리묵 무침을 시켜 먹게 되었다.

　양념으로 먹음직스럽게 버무려진 한 조각을 어느 다정한 벗이 입에 넣어주었는데, 그것을 오물거리며 내가 한 생각이라는 것이, '가짜!'라는 한마디였다. 함께한 일행들은 정말 맛있다느니 산골에 오니 역시 진짜 도토리묵이 나온다느니 찬사들을 내놓는데, 평소에 그리 까다롭거나 예민하지도 않은 내 혀는 불만스러워하고 있었다.

　이후로도, 어디에 가서 도토리묵을 사 먹게 되면 내가 의도하지 않아도 내 혀는 그것의 재료가 말 그대로 순수한 도토리나 굴밤인지 녹말가루나 색소 따위가 얼마쯤 첨가됐는지를 알아내고자 긴장한다.

　음식상을 앞에 놓고 찬사가 아닌 타박을 한다는 것은 동석한 사람의 입맛을 가시게 할 염려도 있기에 말하는 건 삼가려 하지만, 그 분야만은 어릴 때부터 줄곧 진짜를 접하고 또 누려온 내 혀는 도토리묵 맛을 알아내는 데에 유독 자신감을 보이며 속으로나마 진위를 가리곤 한다.

　우선 진짜는 윤기가 흐르며 낭창낭창 젓가락 사이로 미끄러져나가되 툭툭 끊어지지는 않는다. 그리 떫지 않고 구수한 맛이 나며 진한

색을 띠지도 않는다. 반면에 가짜들의 공통점은, 잘 끊어지고 색깔이 너무 검거나 희며, 혹시 진짜 티를 내기 위해 떫은맛을 첨가한 것 아닐까 싶도록 여들없이 떫은 경우가 많다. 이것이 내가 나름대로 파악한 도토리묵의 진짜와 가짜이다.

요즘은 관광버스에 하객들을 싣고 결혼식에 갈 때에 도토리묵을 대접하는 것이 이곳 시골마을의 새로운 풍속도로 자리잡아가고 있다. 묵을 쳐서 미리 그릇에 담아 싣고 가다 중간 어디쯤에 쉬면서, 준비해온 육수를 떠서 붓고 양념장을 끼얹어 내면 아침 거르고 급히 나온 손님에게 부담 없는 한 끼가 되고, 술안주로도 손색이 없다.

배고픔이 해결된 것을 넘어서 포식이 병을 낳는 대량생산 유통경제의 시대에, 수수하고 깊은 손맛과 가벼움을 갖춘 건강식품이니, 앞으로도 많은 이들이 도토리묵을 사랑하게 될 것 같다.

곰과 김치, 그리고 사골국물

1.

초년 시절 나는 키도 작고 살점도 없는 말라깽이였다. 앙상한 뼈대만 남은 채 광대뼈가 툭 불거진 아이. 어머니께서 출근한 시간 이후에는 동네 놀이터 구석에서 볼품없이 쭈그리고 앉아 나뭇가지로 조용히 흙만 파는 왜소한 아이.

또한, 손 위로 누이가 한 명 뿐이라서 누이의 소꿉장난 상대역이거나 공기놀이의 상대방이었을 뿐, 내가 무엇을 그리고 어떻게 놀 줄 모르는 아이였다. 정오의 시침처럼 한가롭고 수줍음이 많던 아이.

어머님의 말을 빌리면 뼈가 옷걸이에 매달린 채 벽에 조용히 걸려 있는 것처럼 보이는 아늘이었다 한다. 마흔 가까이에 얻은 사내아들이

* 김성철 / 시인

왕성하지 못한 채 늘 조용했으니, 어머님의 심정은 어땠을까?

아들에 대한 지대한 관심 덕에 계절이 바뀔 때마다 나는 각종 보약과의 전쟁을 펼쳐야 했다. 인삼을 비롯한 흔한 약재부터 냄새가 역겨워 넘기지 못하는 정체불명의 약들. 어머님의 부릅뜬 눈을 곁에 둔 채 넘겨야 하는 고역들. 그 흑빛 보약을 삼킨다면 오히려 내가 빨려 들어가 검은 약 속에 둥둥 떠다닐 것 같은 상상들. 누이는 어머니가 잠시 자리를 비우면 나를 대신해 정체불명의 약 속으로 풍덩 뛰어들었었다. 내 눈엔 순백의 날개 한 쌍을 지닌 누이가 보였었다.

어머니께서 보험을 팔러 다니는 날들 중 오전의 집안일은 내 몫이었다. 간단한 청소와 어머니께서 빨아놓은 빨래를 옥상에 너는 일 그리고 연탄 가는 일. 그 중 연탄 가는 일은 제일 싫었다. 불 위에 올려진 물통을 드는 일도 그러했지만, 콧속을 비집고 들어오는 연탄가스는 정체모를 약냄새처럼 번번이 나를 괴롭혔다. 숨을 한껏 참고 밑불과 연탄의 구멍을 맞추다 보면 참을성 없이 숨을 뱉어버리는 내가 미웠다. 연탄가스를 먹은 뒤 올라오는 기침 그리고 매운 연기들. 아랫목 이불 속에 덮여진 국민학생인 누이와 나의 점심밥은 연탄가스를 먹은 것엔 아랑곳없이, 내내 식을 줄 몰랐다.

2.

그런 나날 중 어느 날, 물통보다 더 커다란 솥단지가 연탄불 위에 걸려 있을 때가 있었다. 앙상한 내가 솥단지 안에 들어가도 충분히 남을 정도의 커다란 솥단지가 올려 져 있을 때는 나는 마냥 신났었다.

출근하지 않는 어머니가 하루 종일 집에 계셔서 좋았고, 연탄불을 내가 갈지 않아서 좋았고, 은은한 사골냄새가 집안 구석구석을 휘돌아서 좋았다. 초겨울 스산한 날씨를 솜이불처럼 덮어주는 듯한 냄새가 연탄아궁이 위에서 보글보글 올라오면 새신을 신은 것처럼 집 앞 골목길을 뛰어다니고 싶었다.

틈틈이 솥뚜껑을 열고 사골국물이 우러나오는지 확인을 하는 어머니의 모습, 신난 아들을 위해 진한 국물을 어서 빨리 내주고 싶어 하는 어머니의 간절함.

오랜 시간동안 고아져 우러난 사골국물은 애틋함과 간절함이 숨어 있다.

어머니는 밤새 주무시지 않고 수시로 들락거리셨다. 어머니가 밖을 나갔다오시면 어김없이 연탄가스 냄새가 묻어있었다. 내가 코를 싸매고 고개를 돌려버리는 냄새와 은은하면서 구수한 사골냄새가 오묘하게 섞인 냄새. 오묘한 향이 내 잠을 흔들어 깨웠지만 아랑곳하지 않고 곧잘 깊은 잠에 빠져들었다.

꿈속에서 덩치 큰 곰이 연탄가스에 쫓겨 다녔었던가? 누군가 내 옆에 잠시 누웠다 금방 일어나고 곧이어 누군가 다시 누웠었다. 밤새 쫓겨 다니던 곰 한 마리.

아침잠을 깨고 겨울 한기에 더 깊숙이 몸을 말아 넣을 때쯤 펼쳐지는 밥상 위엔 사골국물이 뽀얀 속살을 드러내놓고 있었다. 아무 것도 들어가지 않고 대파만 쏭쏭 썰어진 채 둥글게 말아진 기름기와 함께 떠 있는.

커다란 대접에 찰랑거리는 사골국물을 나는 먼저 마셔야만 했다. 그게 앙상한 내가 사골을 대하는 첫 대면식이었다. 쭉 들이켠 이후 밥을 말아먹었던 기억. 밥상에서의 어머니는 여전히 불냄새가 은은하게 풍기고 있었다.

사골국물에 밥을 먹을 때는 어머니께서 손으로 직접 묵은지를 찢어주셨다. 두툼하고 벌건 손으로 찢어주시는 묵은지. 오랜 시간 고아낸 사골국물의 맛을 살리는 것은 손으로 찢은 김치다.

3.

나는 여전히 사골국물을 좋아한다. 설렁탕이며 곰탕이며 예외 없이 뼈로 우려낸 국물은 점심시간이건 저녁시간이건 혹은 술자리이건 나를 유혹하는 단골메뉴다. 하지만 나는 유명한 설렁탕집이나 거창하게 꾸민 한우식당으로 향하지는 않는다. 도시나 혹은 시골장터의 재래시장 속에 자리 잡은 허름한 식당을 찾는다. 밑간을 하지 않고 오로지 국물만 우려내는 어머니의 손을 찾아가는 것이다. 밤새도록 국물을 위해 선잠을 자고 기름기를 걷어내고 한 번 두 번 세 번을 우려내는 정성이 가득한 집. 시원하고 맛깔난 김치보다는 오래 묵은티가 팍팍 나서 조금은 텁텁하지만 허연 국물과 조화를 잘 이루는 집.

열무김치

어머님의 무릎이 좋지 않으시다. 서른 줄을 훌쩍 넘긴 사내가 사골을 끊어가지고 어머니를 찾는다. 30여 년 보험생활을 하시면서 관절이 어머니보다 더 나이를 많이 먹은 탓이다. 거동이 불편한 어머니를 거실에 앉혀놓고 먼지 켜켜이 먹은 솥단지를 꺼낸다. 어머니처럼 앙상하게만 보이는 솥이 늙어있다. 궁둥이는 까맣게 타버렸고 어딘가 힘껏

누르면 쑥 들어갈 것만 같은 연약함.

어머니는 예외 없이 잔소리를 하신다. 솥을 씻는 방법이며 사골의 피를 빼는 방법이며 하다못해 그릇들의 위치까지. 어릴 때 매섭던 눈매는 온데간데없이 물렁물렁하기만 하다.

네댓 시간이 지나고 뼈를 꺼내 고르게 씻은 뒤 물을 붓고 끓인다. 가스 불을 약불로 놓자 어머니께서 일어나 느릿느릿 걸어오신다.

그리고 나를 앉히고선 느릿느릿 움직이신다. 사투리를 섞어가며 첫 불은 씨야 된다는 둥, 불 옆에 진득이 앉아서 불을 휘둘러야 된다는 둥······.

"엄마, 왜 이렇게 느려요? 느릿느릿 느릿한 곰 같아." 내가 묻자,

"곰이니까 느리지."

"사골곰탕 속에 쏘옥 들어가서 맛난 국물 꺼내느라고 느리지."

"내 아들, 살찌울 국물이라서 느리지."라고, 젊은 엄마가 말한다.

"엄마, 엄마 손은 왜 이렇게 빨개요?"

"나는 김치라서 빨갛지. 우리 아들 만난 김치, 손으로 쭈욱쭈욱 찢어주는 김치니까 빨갛지."

다 큰 어린 아들이 느릿느릿한 노모 곁에서 군침만 다시고 있다.

팥칼국수

커다란 솥뚜껑을 힘겹게 열었다. 뜨거운 열기가 확 끼쳤다. 손을 놓았다. 솥뚜껑이 산산조각 나고 말았다. 이를 어째……

눈을 떴다. 이곳이 어딘지 낯설었다. 누운 채로 고개를 돌려 보았다. 내 팔에는 링거 주사가 꽂혀 있었다. 이제야 기억이 났다.

입덧이 너무 심해 물 외에는 제대로 음식을 넘기지 못하고 있었다. 회사는 매출이 자꾸만 줄고 있어 다음 월례회의 때는 대안을 제시하는 브리핑을 해야 했다. 뱃속의 아이 때문에 그 좋아하는 커피도 마시지 못하니 피곤했고 지치기만 했다. 결혼 십년 만에 갖은 아이……

엄마는 간간히 아침 일찍 전화를 걸어오곤 했다. 어젯밤에는 잉어 한 마리를 잡았다는 꿈, 어느 날에는 빨간 사과가 어찌나 예쁜지 한 개 따서 품에 안고 왔다는 꿈. 엄마의 들뜬 목소리는 내 임신 소식을

---

* 장마리 / 소설가

기다리는 마음도 있었지만 그보다 더 간절히 기다리는 소식이 있었다.

이번 행사만 잘 마무리되면 팀장으로 승진하는 것은 따 놓은 당상이었다. 그런데 호사다마라 했던가. 기다리던 임신과 승진 기회가 코앞인데, 입덧이라는 복병이 내 발목을 잡을 줄은 상상도 못했다. 지치고 힘들 때마다 불쑥불쑥 전주에 계시는 엄마가 떠올랐다. 전화 한통만 하면 모든 것을 팽개치고 달려와 줄 엄마. 그럴 때마다 김이 모락모락 피어오르는 팥칼국수 생각에 군침이 괴었다. 하지만 불속에 손가락을 대는 일이나 되는 것처럼 10자리 숫자가 눌러지지 않았다. 그 대신 인터넷을 뒤져 전라도식으로 한다는 팥죽집을 남편과 함께 찾아가기도 했다. 열 그릇이라도 뚝딱 해치울 것만 같던 식욕은 어찌된 일인지 한 숟가락도 목으로 넘기지 못했다. 제대로 먹지도 못하고 야근에 시달리다가, 어제 업무 브리핑을 마치고는 그 자리에서 쓰러지고 말았다. 눈을 감았다. 예전 일이 어제 일처럼 떠올랐다.

고소하고 들큰한 냄새가 났다. 잠결에도 팥 삶는 냄새라는 걸 알 수 있었다. 밖은 아직도 어두웠다. 날이 밝으려면 한참은 더 있어야 했다. 나는 이불을 끌어 당겨 얼굴을 덮고 모로 누었다. 하지만 다시 잠들 수 없었다. 이곳으로 이사 온 지 벌써 일 년이 되었다.

고개도 돌릴 필요 없이 한 눈에 들어오는 손바닥만 한 식당. 내 키만한 냉장고를 옆으로 겨우 한 사람이 움직일 수 있는 주방, 그 주방 옆으로 지금 내가 누워있는 두어 평 남짓의 방이 딸린 가게. 처음부터 큰 기대를 하지는 않았지만 이 정도인줄은 몰랐다. 촌스럽게 호들갑을 떨고 싶지도 않았다. 그렇다고 모든 걸 다 이해한다는, 효녀 같은 행동 또한 하고 싶지 않았다. 하여튼 내가 대학을 갈 때까지만 꾹 참고 견디기로 했다.

쨍그랑.

주방 일이 서툰 엄마는 사기그릇이었더라면 오늘도 그릇 하나를 깨는 일로 하루를 시작했을 것이다. 나는 이불을 대충 개켜 놓고 미닫이 문을 열었다.

커다란 솥뚜껑을 열자 후끈한 열기의 하얀 김이, 엄마의 얼굴을 덮쳤다. 엄마는 얼른 얼굴을 옆으로 돌렸다. 화장기가 사라진 얼굴이었지만 여전히 고운 얼굴이었다. 잔뜩 얼굴을 찡그리고 있었지만 그 모습마저도 곱기만 했다. 휴우. 길게 한숨을 내쉬고 손등으로 이마를 훔쳤다.

"벌써 일어났어. 엄마 혼자 할 수 있는데."

나는 엄마 말에는 대꾸하지 않고 얼른 선반 위에 올려놓은 바구니를 들고 고무 함지박 위에 얹었다. 엄마는 뜨거운 김이 일고 있는 팥을 부지런히 플라스틱 바가지로 퍼서 내가 붙잡고 있는 바구니 위에다 쏟아 부었다. 뜨겁고 습한 김은 좁은 가게로 구석구석 퍼져나갔다. 엄마는 찬물을 부어가면서 손으로 팥을 으깨어 걸렀다.

공무원이었던 아빠가 친구의 빚보증을 서준 일 때문에 우리 가족은 길거리로 나앉게 되었다. 아빠에게서 연락이 끊긴지는 벌써 일 년이 넘었다. 아빠가 제일 좋아했던 음식이 바로 팥칼국수였다. 신혼 때 엄마는 팥죽을 좋아한다는 말에 찹쌀로 동글하게 빚어 새알심을 넣어 끓여주었다. 아빠는 국물만 떠먹고 새알심은 그대로 남겨놓았다. 찹쌀로 빚은 새알심은 느끼해서 싫다고 했다. 팥칼국수는 순전히 아빠를 위한 음식이었다. 아빠는 엄마가 끓인 팥칼국수가 세상에서 가장 맛있는 음식이라고 했다. 일 년 내내 먹어도 물리지 않는 최고라고 엄지를 치켜세웠다.

팥을 다 거른 엄마는 솥의 불을 최대한 줄여 놓았다. 반죽을 위해 밀가루 자루가 있는 구석으로 바가지를 들고 갔다. 밀가루를 한 바가지 가득 푸다가 내게 말했다.

"김치찌개 해 놓았어. 얼른 먹고 학교에 가."

"엄마는?"

"반죽마저 끝내놓고 한숟 뜨지 뭐. 찬바람이 부니까 며칠 새 출근하는 사람들이 간혹 들르더라. 어제는 아침에만 열 그릇을 팔았다."

나는 가스레인지 위에서 끓고 있는 김치찌개를 식탁에 놓고 밥을 퍼서 한숟 떴다. 엄마는 커다란 고무통에 밀가루와 물을 붓고 반죽을 시작했다. 밀가루를 이쪽에서 저쪽으로 치댈 때마다 엄마의 작은 몸도 들썩거리며 움직였다. 엄마의 움직임에 따라 고무통이 좌우로 물결치듯 움직이며 손에서 벗어나려 했다. 엄마는 안간힘을 쓰며 놓치지 않으려 사투하고 있었다. 어쩌면 사소한 일이라도 엄마와 나는, 이렇듯 애를 써야 조금 손에 쥐는 인생을 살 것이다. 밥알이 목에 걸려 넘어가지 않았다. 얼른 찌개 국물을 떠넘기고 헛기침을 두어 번 했다. 수저를 놓고 엄마 곁으로 가 앉았다. 그러고는 고무통을 양손으로 붙잡았다.

"야아, 됐다니까. 이제 혼자도 거뜬해. 어서 밥 먹고 학교나 가."

말은 그렇게 하면서도 엄마의 손놀림은 더욱 분주하기만 했다. 커다란 나무 도마에다 반죽한 밀가루를 놓고 생 밀가루를 한 줌 뿌린 후 밀대로 밀기 시작했다. 사방으로 물결이 번지듯 반죽이 쭉쭉 늘어나기 시작했다.

"너무 얇게 밀어도 씹히는 맛이 없고 면발도 빨리 퍼져서 안 좋아. 됐다. 이 정도가 딱 좋아."

너무 면발이 얇으면 씹히는 맛이 없다고 말한 것은 아빠였다. 엄마는 다시 생 밀가루를 한 줌 뿌리고 둥글게 말더니 칼로 송송 썰었다. 양손으로 물에서 고기를 건지듯 국수가닥을 들어 올렸다. 하얀 국수가닥이 엄마 손에서 살아있는 듯 파닥거렸다.

대학에 들어가 기숙사 생활을 하면서 집에는 뜸하게 되었다. 방학 때 한번 다녀오면 그만이었다. 취직을 하고는 바빠진 생활 탓에 발길이 더 뜸해졌다. 엄마는 팥칼국수 집을 해서 대학 등록금을 보내주었고, 자취집을 마련해 주었다. 한가한 여름이 되면 엄마가 나를 보러 서울에 왔다. 하룻밤을 자면 새벽차로 전주로 내려갔다.

"지금은 안 바쁘잖아 하루 더 자고 가세요"

"가게 문을 어떻게 이틀이나 닫아 놓아. 안 돼."

혹시 그 사이에 아빠의 소식을 놓칠까 하는 엄마의 조바심이 느껴져 나는 더 이상 아무 말도 하지 않았다.

팥칼국수

병실문이 열리고 남편과 함께 엄마가 들어왔다. 엄마 손에는 보온병이 들려있었다.

"아이고, 얼굴이 아주 반쪽이 됐네."

엄마가 침대 곁으로 다가와 손으로 내 얼굴을 쓰다듬었다. 손가락마디가 굵고 주름이 가득한 손이지만 부드럽고 따뜻했다. 곁에 서있던 남편이 말했다.

"당신 쓰러졌다는 말 듣고 첫차 타고 오셨어."

"다 아는 병인데 왜 쓸데없이 그랬어."

나는 남편에게 눈을 흘겼다.

"입덧 때문에 아무것도 못 먹는다면서. 집에 들러서 팥칼국수 끓여 가지고 왔는데 좀 먹어 볼래? 나도 너 가졌을 때 어찌나 입덧이 심했

던지. 네 아빠가 그때 팥칼국수를 끓여주더라. 그것 먹고 입덧 가라앉
았다.”

왈칵, 뜨거운 눈물이 솟구쳤다. 엄마는 지금도, 그 누구를 위해서가
아니라 세상의 단 한 사람, 자신의 남자를 위해 팥칼국수를 끓이고 싶
은 여자였다. 엄마가 보온병을 열어 대접에 가득 팥칼국수를 부어 앞
에 놓아주었다.

“밀가루라 그새 국수가 불었네.”

김이 모락모락 나는 팥칼국수를 보자 입 안으로 군침이 고였다. 나
는 얼른 한 수저 떠 입에 넣었다. 달콤하고 고소한 맛이 혀에 닿자마
자 목으로 넘어갔다. 젓가락으로 국수를 건져 입에 넣었다. 쫄깃하고
부드러운 면발 역시 꿀꺽, 물을 넘기듯 목으로 넘어갔다.

티슈를 뽑아 내 이마와 콧등에 솟은 땀을 닦아주며 엄마가 말했다.

“천천히 먹어라.”

“거참, 신기하네. 다른 집 팥칼국수는 한입도 목에 넘기지 못하더
니.”

나는 엄마 손에 있는 티슈를 빼앗아 땀을 닦는 척, 눈가를 훔치고
팽하니 코를 풀었다. 수저로 남김없이 대접에 묻은 팥물을 싹싹 훑어
먹었다. 그때, 아랫배가 꿈틀거렸다. 아이의 첫 태동이었다.

“어, 애가 움직였어.”

남편이 어디, 라고 물으며 내 배에 귀를 댔다. 엄마가 살며시 미소
를 지으며 고개를 끄덕였다.

호박죽

도시에 살면서 좁은 화단에 맷돌호박 모종 두어 개를 심어놓고, '저 걸 어떻게 거두나.' 고민하다 노끈을 한 뭉치 샀다. 호박넝쿨을 사람 다니는 마당으로 뻗게 할 수가 없어서 옥상 쪽으로 오르도록 길을 내 주려는 것이다. 옥상 난간에서 마당 위를 가로 질러 맞은 편 담벼락까 지 노끈을 연결하여 여러 갈래의 길을 냈다. 너른 하늘에 많은 길이 열렸다.

마흔 살쯤 먹은 화단은 거름이 좋아서, 넝쿨은 하루가 다르게 쭉쭉 뻗어나갔고, 제법 굵어지더니 넌출넌출 새끼를 쳤다. 넝쿨을 따라 줄 줄이 매달린 새파란 이파리들이 어찌나 싱싱한지, 귀를 가까이 대어보 면 푸른 혈맥이 흐르는 심장소리가 들리는 듯 했다.

제 갈 길이 아닌 곳으로 방향을 틀어대는 넝쿨을 붙잡아, "그쪽이

* 박예분 / 아동문학가

아니야, 햇빛 잘 드는 이쪽으로 가야 해. 알았지?" 하며, 어린아이를 어르듯 조심스럽게 노끈 길에 매어주기도 하였다. 부모가 길가에 내놓은 어린 자식을 걱정하는 모양새와 별반 다를 게 없었다.

한참 물이 오르는 호박넝쿨은 화단의 동백나무와 해송을 덮더니만, 단풍나무를 타고 이젠 청포도 넝쿨까지 덮치려고 긴 목을 빼고 날름거렸다.

"아니야, 그쪽은 청포도가 익는 곳이야. 서로 좁은 곳에 뿌리를 내렸으니 함께 살아야지."

조금만 함부로 하면 부러지기 쉬운 넝쿨을 조심스럽게 맨손으로 잡아서, 반대쪽으로 잡아주니 넝쿨은 제 몸의 털을 가시처럼 세우고선 내 손바닥을 아프게 콕콕 찔러댔다. 호박잎사귀는 제 갈 길을 방해했다는 듯 넓적한 얼굴을 새치름하게 휙 돌렸다. 얼마나 화가 났는지 뒤통수에 잔털까지 까칠하게 세웠다.

"아무리 그래도 아까 그쪽은 네 길이 아니야!"

넝쿨에게 단호히 말하고 보니 나의 처녀시절이 떠올랐다. 한 번은 내가 친구들과 물가에 놀러 가기로 미리 약속을 해 놓고 아버지께 허락을 구했다. 아버지는 대뜸 화를 내셨다.

"이미 결정 다해놓고 무슨 허락이냐?"

야단을 치는 아버지에게 질세라 나는 또 입을 열었다.

"다른 부모들은 다 허락을 했다는데, 왜 아버지만 유독 별나게 구세요?"

쐐기처럼 탁 쏘아붙이자, 아버지는 또 "이 장마에 어딜 가느냐?"며 내게 더욱 화를 내더니, 금세 낮은 어조로 물었다.

"네가 지금껏 저절로 큰 줄 아느냐?"

아버지의 반문에 나는 입을 꾹 다물어버렸다. 이런 식의 사소한 갈등이 있을 때마다, 나는 반항아처럼 하루 빨리 아버지로부터 해방되고 싶었다. 그 길은 어느 날 꿈 많은 결혼으로 이어졌고, 그간 아들과 딸 셋을 낳아 기르며 뜻하지 않게 다소 우둘투둘한 길을 걸어왔다.

이십여 년이 흐른 지금에 와서 생각해 보면, 그때 나는 참 철없는 아가씨였다. 내가 화단에서 자라는 호박넝쿨을 햇볕 잘 드는 곳으로 잡아주듯, 나 어릴 적에 아버지도 어린 나를 매 순간 그렇게 키우셨으리라.

날씨가 좋은 이른 아침에 마당에 나가보면, 호박잎 겨드랑이에서 피어나는 샛노란 호박꽃은 어쩜 그리 화려한지 바라보고만 있어도 황홀하였다. 누가 호박꽃을 못생겼다고 했는지 도무지 이해가 가지 않았다. 내 손으로 씨앗을 심고 가꾸어 보니, 호박꽃은 그 어떤 꽃보다 제 색이 뚜렷하고 멋졌다. 호박꽃을 알아보는 것은 나뿐이 아니었다.

아침 일찍부터 벌들이 찾아와 꿀을 모으느라 호박꽃 주위를 윙윙거리며 부지런히 날아다녔다. 노랗게 꽃핀 자리에 밤톨만한 연둣빛 호박이 맺으면, 대엿새 후에는 신기하게도 어느새 주먹만 해지고, 또 대엿새 지나면 맷돌 모양의 형색을 갖추기 시작하니 기특함이란 이루 말할 수가 없었다.

내 손으로 물주고 정성들인 호박넝쿨이 옥같이 예쁜 열매를 쑥쑥 낳으니 그 삶 또한 얼마나 옹골진가. 내 어버이도 지금껏 나를 그리 키우며 바라보았으리라.

긴 장마가 지나고서 햇볕 맛을 단단히 알게 된 호박넝쿨은 주체할 수 없이 세를 확장해나갔다. 마당이 좁아서 하늘로 길을 열어주었더니, 우리 집 담을 넘어 이젠 옆집 기와지붕을 엉금엉금 타고 오르기 시작했다. 어느 틈에 용마루까지 성큼성큼 잘도 기어 올라갔다. 마치 푸른 하늘이라도 콕 찌를 듯 넝쿨손으로 허공을 휘어 감으며 원도 한도 없이 뻗어나갔다.

그렇게 푸른 호박들은 여름 내 뜨건 태양에 정면으로 맞서며, 면면이 자리를 잡고 앉아 투실투실 살을 찌우고 누릇누릇 제 속을 익혀갔다. 그런데 유달리 대문 옆에 대롱대롱 매달린 호박 한 덩이가 불안해 보였다.

가느다란 넝쿨에 매달려 대롱거리는 걸 보고 있자니, 조금만 바람이 불어도 톡 떨어질 것만 같아 아슬아슬했다. 넝쿨은 덩이의 무게가 더해갈수록 땅에 떨어뜨리지 않으려고 얼마나 안간힘을 쓰는지 힘줄이 다 시퍼렇게 멍들어갔다. 그렇게 넝쿨은 끝내 호박덩이를 손에서 놓지 않았다.

어쩌면 덩이는 넝쿨의 삶에 있어서 기쁨이자 즐거움이요 축복일지도 모른다. 호박덩이가 누렇게 익을 때까지 손 꼭 잡고 지켜봐 주는 호박넝쿨의 힘, 그것은 바로 나를 잉태하여 열 달 동안 뱃속에서 키워내던 어머니의 탯줄과 같은 것이었다. 호박넝쿨은 호박덩이의 푸른 탯줄이었던 것이다.

호박넝쿨이 어우러진 초록 숲에, 여름 내내 매미들이 놀러와 '맴맴 매애앰' '쓰릅쓰릅' 저마다 음색을 달리하며 노래를 불렀다. 제법 덩치가 커진 호박덩이를 누렇게 익히는 넝쿨의 향이 창가에 그윽했다. 날도 더운데 아이들이랑 어찌 지내느냐, 묻는 어머니의 음성이 가슴에 스몄다. 나는 아직도 어머니의 넝쿨손에 대롱대롱 매달려 익어가는 호박 한 덩이였다. 또한 내 안에도 나를 닮은 호박씨들이 더불어 여물어가고 있다는 걸 알았다.

호박이 무르익을 무렵, 한 골목에 사는 이웃 분들이 자주 우리 집 대문 앞을 맴돌았다.

"아니, 저게 진짜 호박이여? 나는 늙은 호박을 어디서 사다가 올려 놓은 줄 알았네."

"그러게, 젊은 사람이 어찌 그리 호박을 잘 키웠댜."

"하나, 둘, 셋, 넷,…… 저 위에도 있네. 다섯."

"아이고메, 기와지붕 좀 봐. 세상에나 어찌 저그까지 올라갔댜."

이웃 분들이 집게손가락을 세워 가리키는 대로 수를 세어보니 일곱 덩이나 되었다. 나는 마치 자식 잘 키운 어머니가 된 것 같아서 속으로 흐뭇했다. 마음 같아서는 당장 한 덩이씩 나눠 드리고 싶었지만 그렇게 하지 못했다.

이미 호박의 임자를 내 마음 속에 정해 놓았기 때문이다. 늘 내게

긍정의 언어로 힘을 실어 주고, 어려운 현실을 잘 헤쳐 나갈 수 있도
록 물심양면으로 도움을 주는 분들께 보내 드려야겠다고 맘먹었던 터
였다.

호박죽

드디어, 서리가 오기 전에 묵직하게 잘 익은 호박을 땄다. 호박넝쿨
에서 한 아름이나 되는 커다란 호박 덩이를 따서 품에 안고 꼭지를 보
니, 꼭 어머니의 뱃속에서 아기에게 영양을 공급해주던 푸른 탯줄을
자른 것만 같았다. 근 8개월 동안 그 무거운 덩이를 옆구리에 끼고 키
워내느라 얼마나 힘들었을까, 이로써 제 할 일을 다 하였으니 이젠 시
원하겠다 싶었다.

하지만 푸른 탯줄은 끝내 덩이 곁을 떠나지 못하고 화단에 다시 거
름으로 남았다. 자신이 세상에 남겨 놓은 종자가 내년에 더욱 튼실하
게 자라길 바라는 마음으로 동안거에 들어갔다.

늙은 호박 한 덩이를 돈으로 치면 얼마 되지 않지만, 온 힘을 기울여 사랑으로 키운 것이기에 그 무엇보다 값진 선물이라 생각했다. 멀리 사는 지인들에게 세 덩이 부치고, 친정 부모님께 한 덩이, 기와지붕을 기꺼이 내 준 옆집에게 한 덩이, 또 한 덩이는 눈물 날 만큼 날 믿고 지켜봐주는 동갑내기 친구에게, 그리고 한 덩이는 따로 남겨놓았다.

겨울바람 쌩쌩 부는 날, 따끈따끈하게 호박죽을 끓여서 한 골목에 사는 이웃 분들과 정분을 나눌 생각이었다. 고운 빛에 부드럽고 달콤한 호박죽을 한술씩 뜨면서, 도란도란 서로 살아가는 이야기보따리를 풀다보면 어느새 정이 소복이 쌓이기 때문이다.

올 여름은 예년과 달리 비가 많이 와서 호박이 그다지 열리지 않았고, 폭우로 인해 옆집 오래된 기와지붕이라도 샐까봐 조심스러워 아예 그쪽으로는 호박넝쿨을 올리지 않았다. 그만큼 올해는 늙은 호박도 세 덩이 밖에 수확하지 못해서, 작년처럼 지인들에게 한 덩이씩 나눠줄 수 없게 되었다.

대신에 올해는 호박죽을 세 번 쑤어야할 것 같다. 한 덩이는 작년과 마찬가지로 눈 내리는 날 이웃들과 함께 달콤한 호박죽을 쑬 것이고, 한 덩이는 친정어머니가 늘 즐겁게 다니는 복지관 어르신들께, 또 한 덩이는 작년부터 내가 파견 작가로 일했던 최명희 문학관 직원들에게 맛난 호박죽을 끓여 감사한 마음을 전해야할 것 같다. 매년 푸른 탯줄이 키워 낸 누런 호박덩이들이 이래저래 내 삶을 참 푸지게도 이끌어주고 있다.

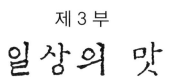

제 3 부

일상의 맛

할머니와 대수리국

얼마 전부터 할머니는 아빠만 보면 어린아이처럼 졸랐다.

"둘째야, 이 가을이 가기 전에 대수리** 잡으러 가야지."

"예, 어머니. 가고말고요."

할머니 말에 아빠는 으레 이렇게 말했다. 그리고는 끝이었다. 직장 일로 바쁜 아빠가 주말이 아니면 좀처럼 시간을 내기 힘들어서였다. 주말이라고 해도 아빠는 거의 집에 있는 일이 드물었다. 무슨 무슨 모임에 참석해야 한다며 주말에도 가족과 외식 한번 제대로 한 적이 없을 정도였다.

그러다 어제 저녁 아빠가 결심이라도 한 듯 내일은 무슨 일이 있어

---

* 유강희 / 시인
** 다슬기의 방언.

도 대수리를 잡으러 가겠다고 할머니와 약속을 했다. 그 말이 떨어지기 무섭게 엄마의 손은 내일 먹을 김밥을 싸느라 바쁘게 움직였다.

그리고 오늘 아침 드디어 할머니가 그렇게 바라던 대수리를 잡으러 가게 되었다. 엄마는 갑자기 감기 기운이 있어서 집에서 쉬기로 했다. 그래서 할머니와 아빠와 나 그렇게 셋이 차에 올랐다.

나는 아빠가 운전하는 차를 타고 마치 소풍이라도 가듯 콧노래가 절로 흘러나왔다. 그래서 차가 시내를 빠져 나와 막 시골길에 접어들었을 때 나는 더욱 소리 높여 노래를 불렀다. 노래를 부르면서도 한손으로는 계속 과자를 입 안에 넣었다.

할머니는 그런 나의 모습을 흐뭇하게 바라보았다. 아빠는 전날 마신 술 때문인지 운전하는 동안 계속해서 생수만 마셨다.

가을 들판은 벌써 노랗게 익은 벼들로 물결을 이루었다. 이미 추수를 끝낸 논들도 있었다. 하늘은 구름 한 점 없이 높고 푸르렀다. 멀리 냇물이 반짝이며 흐르는 게 눈이 부실 지경이었다. 그 냇물을 보고 아빠가 눈처럼 흰 메밀꽃이 냇물 위에 떠 있는 것 같다고 말하자, 할머니가 갑자기 눈을 둥그렇게 떴다. 그리고는 천천히 고개를 몇 번 끄덕였다.

나는 메밀꽃이 어떻게 생긴 꽃인지 잘 몰라 그 느낌을 잘 알 수 없었지만, 그래도 어렴풋이 느낄 수는 있었다. 할머니는 환한 웃음을 지으며 냇물이 눈앞에서 사라질 때까지 오래도록 바라보았다. 저 냇물을 따라가면 아빠의 고향이 있을 것이다.

대수리국

차는 옛길로 가지 않고 산을 뚫어 새로 만든 길을 달렸다. 그래서 집에서 출발한 지 채 두 시간이 못 되어 목적지에 도착했다. 차는 아빠의 고향 마을 부근의 냇가에서 멈추었다.

아빠의 고향이 있는 냇가 쪽은 큰 다리 공사로 바닥이 마구 파헤쳐져 있어서 볼썽사나웠다.

우리가 냇가에 이르렀을 때는 차디찬 이슬로 바짓가랑이가 다 젖어 있었다. 풀들이 빼곡한 좁은 논길을 걸어왔기 때문이다.

◆

나는 처음엔 차가운 물에 선뜻 들어가기가 꺼려졌다. 하지만 물속에 들어가서 조금 있자 곧 따스해졌다. 그리고 돌에 붙어 있는 대수리를 잡기 시작하면서 추운 것도 금방 잊어버렸다.

할머니는 물속에 대수리가 많은 것을 보고 꼭 어린아이같이 좋아했다.

"둘째야, 무슨 대수리가 이렇게 많다니. 온통 대수리밭이구나!"

할머니는 작은 소쿠리를 들고 대수리 잡기에 정신이 없었다. 아빠는 좀 깊은 곳에 들어가 잡았고 나는 얕은 물가에서 잡았다.

할머니는 대수리가 해질 무렵엔 돌 위로 기어 나온다고 했다. 나는 제일 먼저 잡은 대수리를 자랑스럽게 치켜들고 할머니에게 물었다.

"할머니, 대수리는 왜 안경을 쓰고 다니죠?"

내 물음에 할머니가 굽혔던 허리를 폈다.

"안경이라고? 무슨 안경?"

나는 얼른 대수리 앞쪽에 있는 엷은 갈색 막을 가리켰다.

"아, 그거 말이구나. 그게 안경이라고!"

할머니는 나를 보고 허허 웃었다.

"맞아. 그거 물안경이야. 눈에 물이 들어가면 안 되니까."

나는 할머니 말에 깔깔깔 웃었다. 아빠도 그 말을 저만치서 들었는지 따라 웃었다.

우리는 냇물을 거슬러 오르며 작은 고깔 모양의 대수리를 열매 따듯 잡았다. 그러다 나는 물속에 있는 그물 하나를 발견했다. 누가 그곳에 고기를 잡기 위해 놓아두고 잊어버린 것 같았다.

그 안에는 이미 죽은 물고기가 있었다. 그리고 아직 살아 있는 개구리와 송사리도 있었는데, 그것들을 꺼내어 다시 물에 놓아주었다.

우리는 한 시가 훨씬 지나서 점심을 먹었다. 대수리 잡느라 시간 가는 줄도 몰랐던 것이다. 냇가 돗자리만한 평평한 바위에 둘러앉아 엄마가 싸준 김밥과 과일을 먹었다.

◆

할머니는 집으로 돌아오는 차 안에서도 좀처럼 흥분이 가라앉지 않았다. 이렇게 많은 대수리를 잡은 건 처음이라며, 어릴 적 대수리 잡던 이야기도 들려주었다. 새우랑 게도 예전엔 많았다고 했다.

난 할머니 이야기를 듣고 나서야 할머니가 왜 그렇게 대수리 잡으러 가자고 아빠를 졸랐는지 조금은 알 것 같았다.

저녁 일곱 시쯤 우리는 집에 도착했다. 할머니는 하루 종일 대수리를 잡느라 피곤할 법도 한데 저녁도 미루고 대수리부터 삶았다. 나하고 엄마만 따로 먼저 저녁을 먹었다. 아빠는 기다렸다가 할머니가 끓여주는 대수리국을 먹겠다고 했다.

나는 밥을 먹는 둥 마는 둥 하고 할머니가 대수리국을 어떻게 끓이나 지켜보았다. 엄마가 옆에서 도와주겠다고 했지만 할머니는 끝내 고집을 피워 혼자 하겠다고 했다. 내 눈엔 할머니의 움직임 하나하나가 모두 신기하게만 보였다.

다 삶은 대수리를 이번엔 할머니가 작은 절구에 넣고 빻았다. 깨소금이나 마늘을 찧을 때 쓰던 거였다. 여러 번에 걸쳐 빻은 대수리는 껍질째 동그란 체로 걸러졌다. 그러자 속 알맹이는 알맹이대로 껍질은 껍질대로 골라졌다.

"우리 강아지, 이거 한번 볼래?"

할머니는 갑자기 나를 향해 손바닥을 펼쳐 보였다. 손바닥에는 대수리 안경이 가득 붙어 있었다. 알맹이와 함께 뒤섞여 있는 갈색의 엷은 막을 할머니는 그렇게 건져냈다. 그걸 물에 살살 흔들면 모두 떨어져 나갔다. 마치 묘기를 보여 주듯 할머니는 신이 나서 내게 그 모습을 몇 번이나 보여 주었다.

이제 부드럽고 연한 포르스름한 알맹이만 남았다. 할머니는 그걸 가지런히 썬 애호박과 함께 끓였다. 대수리 삶은 물로 끓여 내어 국물은 더욱 파랬다. 호박도 더욱 파래진 게 신기했다.

할머니는 따끈한 대수리국을 끓이자마자 그걸 작은 냄비에 따로 담았다. 그리고는 어디 간다는 말도 없이 부리나케 밖으로 나갔다.

◆

다음 날 저녁 무렵 언덕 끝에 혼자 사는 할머니가 아픈 다리를 끌고 우리 집을 찾아왔다. 병원비가 없어 병원에도 가지 못하고 식당 같은 데서 잔일이나 해주며 산다는 이야기를 엄마에게 들은 적이 있다.

"네가 옛날이야기 좋아한다는 그 손녀 맞지?"

"네. 맞아요"

나는 곧이어 그걸 어떻게 알았죠? 라고 말하려다 그만두었다. 묻지 않아도 할머니가 말했을 거란 건 뻔했기 때문이었다.

"할머니가 갖다 준 대수리국 정말 맛있더구나. 옛날 맛 그대로였어. 어찌나 그게 먹고 싶었던지. 아프면 별 게 다 먹고 싶다더니. 며칠째 집에 누워 있었는데 그걸 먹고 이렇게 일어났지 뭐냐. 잊지 말고 할머니한테 꼭 고맙다는 말 전해 주거라."

"예. 걱정 마세요 할머니. 말씀 꼭 전해 드릴게요."

할머니는 그 말만 겨우 하고 내게 가지고 온 냄비를 건넸다. 그리고 다시 한쪽 다리를 끌고 골목 끝으로 사라졌다.

집안으로 들어와 냄비 뚜껑을 열어본 나는 그만 가슴이 뭉클해졌다. 냄비 안에는 발갛게 익은 홍시 세 개가 담겨 있었던 것이다.

호박댓국

초등학교에 가기 전부터 나는 노래를 배웠다. 그 첫 번째가 동요 <송아지>였는데 대학에 와서 그 송아지가 우리나라 송아지가 아님을 알았다. "엄마소도 얼룩소/ 엄마 닮았네."라는 가사는 우리 송아지는 얼룩송아지가 아니라 누렁송아지라는 것을 일깨워 주고 있었다. 그때 들었던 난감함이 아직도 기억에 남아 있다. 선진국 문화의 간접적 침투 이것이 어찌 음악에 한정되겠는가마는, 아무튼 그때 받았던 충격은 여전히 불쾌하다.

소리꾼의 목은 약간 쉬어 있는 듯한 상태를 최고로 친다. 맑은 목도 아니고 그렇다고 소리목으로 쓸 수 없도록 콱 주저앉은 떡목도 아닌, 약간 쉬어 있는 듯하면서도 높은 음과 낮은 음을 자유자재로 넘나들면서 제 나름의 소리구성을 해내는 목을 소리판에서는 일등으로 쳐준다.

* 이병초 / 시인

왜일까. 맑고 고운 목을 가진 이들의 노랫가락도 제법 들을 만한데 왜 소리꾼들은 그런 목보다는 약간 쉰 듯한 목을 최고의 목이라고 선호하는 것일까. 맑은 소리는 우선 듣기는 좋지만 금방 질려버린다는 데 이유가 있다. 떡목은 소리가 너무 탁해서 듣는 사람들의 귀를 부담스럽게 하므로 소리목으로는 하질에 속한다. 그런데 목이 약간 쉰 듯한 천구성은 처음엔 소리 듣기가 거북한 듯해도 질리지 않는다는 것이다. 세상살이의 쓰고 신 맛과 모진 풍상을 제대로 겪고 난 뒤에야 풀리는 목소리, 쉰 듯하면서도 맑은 음색을 물리치지 않는 목소리를 그래서 최고의 목으로 친다.

이 소리꾼의 목과 꼭 닮아 있는 것이 있다. 우리의 음식문화가 그것이다. 그 중에 호박댓국이 이 글의 화제에 적합하다. 초가을 찬 이슬이 내리기 시작하면 호박은 무성하게 뻗어가던 손을 멈추고 자신이 매달고 있는 열매들을 영글게 한다. 조금 있으면 서리가 내릴 것이고 그러면 늙은 것들은 더 단단해지지만 아직 여린 것들은 곯아터진다. 그러므로 호박은 밖으로 향하던 일손을 멈추고 자신의 내부로 관심을 돌려 젖가슴에 매달린 여린 것들을 어서 여물게 하는 것이다.

호박의 이런 낌새를 가장 먼저 알아차린 분은 어머니다. 호박씨를 심고부터 순이 뻗어 올라오기까지 그리고 호박꽃이 피었다 진 다음 열매가 맺히기 시작하는 순간부터 지금에 이르기까지 호박과 함께 하셨기 때문이다. 이쯤 되면 어머니는 늙은 호박은 더 단단하게 익으라고 내버려두고 순 뻗어간 끝 연한 부분을 손닿는 대로 따서 호박댓국을 끓이신다. 그런데 이 국은 된장을 넣지 않으면 말짱한 맹물일 뿐이다. 독에서 오래 숙성된 된장을 한 대접 퍼 와서 형식도 절차도 없이 손닿는 대로 막 끊어온 호박대를 주먹만 한 호박째 솥에 넣고 푹 끓이는 것이다. 그 것을 한 대접 퍼먹으면 간밤에 먹은 술 때문에 쓰린 속이 개운하게 풀린다.

참 신통하다. 여린 호박순과 된장의 조합일 뿐인데 이런 기막힌 맛은 어디서 우러나는 것일까. 속에 있는 음식물을 토해낸 것은 물론 푸른 위액까지 죄다 쏟아버려서 토악질 자체가 힘든 판인데도, 아무것도 안 먹겠다고 손사래를 치는 판인데도 이 국물에 밥 한 공기를 먹으면 한 시간도 안 되어서 속이 화악 풀리다니. 약국에서 아무리 약을 사먹어도 이렇게 개운하게 속이 풀리는 법은 없지 않은가 말이다.

된장이 가진 속성 때문일 것이라고 나는 생각한다. 된장이란 무엇인가. 생콩을 삶아서 절구통에 찧어서 네모반듯한 메주로 만들어 방에다 띄운 것이다. 메주를 띄운다는 말은 발효시킨다는 말이다. 방금 솥에서 쪄내어 찧은 것이니 메주는 금방 쪄낸 떡처럼 말랑말랑하다. 방 윗목에 짚을 깔고 거기에 메주를 늘어놓는다. 물론 방이 따뜻해야 한다. 메주 거죽이 어느 정도 단단해 지면 이것들끼리 한데 모아놓는다. 이 것이 메주를 띄우는 과정이다. 이때 메주는 가만히 있질 않고 유산균을 만들어내는데 여기까지 걸리는 기간은 달 반이다. 이제 이 메주를 장에 담가야 한다. 장에 담긴 메주는 한 달을 짠 장에 제 몸을 맡긴다. 장에 담긴 메주는 이 과정 속에서도 유산균을 발효시키는데 이것은 장맛을 좋게 하며 제 몸 속에 장맛을 배게 한다. 장에서 나온 메주는 바수어져 독으로 가는데 독에서 꼬박 여섯 달을 더 견딘다. 즉 유산균을 발효시킨다. 그래야 된장이라는 이름표를 달 수 있다.

쌀뜨물에 된장을 풀고 푹 끓인 다음 팔팔 끓는 국물에 여린 호박대순을 집어넣고 다시 푹푹 끓이면 상한 속을 달래주는 호박댓국이 된다. 멸치를 안 넣어도 괜찮다. 조미료는 아예 쓰지 않는다. 장으로 간을 맞추고 나서 뜨거운 국물을 홀홀 마시면 정말로 막힌 억장이 다 풀리는 것만 같다. 세상을 살면서 이래저래 상한 속이며 멍든 어혈도, 누구에게도 속내를 털어놓지 못 해서 화가 끓는 증세도 호박댓국 한 대접이 위로할 수 있다. 누구든지 먹을 수 있다. 누구든지 즐길 수 있다.

소리꾼의 목은 개인의 목이면서 개인의 목이 아니다. 적어도 70~80년 전만 해도 그랬다. 그때만 해도 음악 문화의 현실이 지금과 같이 외국음악과 왜색음악이 뒤섞여 있지는 않았을 것이다. 어떤 소리꾼이 판소리 여섯 마당 중 어떤 대목을 내질러도 청자는 그 내용을 환하게 꿰었을 것이다. 세상을 살아오면서 내색하지 못함 그리움, 내색하지 못한 절망, 분노나 치욕을 소리꾼이 해내는 소리 현실에 빗대어 속골병 든 어혈을 풀어냈을 것이다. 어떻게 개인의 목이 청중 모두의 목으로 치환되어 그들의 그리움을 확인하게 하고 억장 무너지는 고통을 치유하게 하는가. 가난타령을 하면 왜 소리꾼도 울고 청자도 울면서 가난이란 테두리로 합치되어 소리마다 피가 묻어나던가. 소리꾼의 목도 생콩이 된장이 되기까지의 지난한 시간을 통과했기 때문일 것이다.

호박댓국

　최고의 목을 갖기 위한 소리꾼의 공력은 그리움이란 정체불명의 설
렘을 곰삭게 하지 않고는 이루어 질 수 없다. 콩이 자신의 많은 부분
을 포기하고 장에 담가지기까지의 과정을 겪듯 소리꾼도 자신이 가진
많은 부분을 포기하고, 오로지 소리를 얻고자하는 그리움조차 낮추어
오랜 기간 세월과 세파에 시달려야 한다. 사람답게 살고 싶은 그리움,
예술가로서 대접받고 싶은 그리움, 자신의 소리에 역사성을 획득하고
싶은 그리움은 개인의 욕망만으로 해결될 성질의 것이 이미 아니다.
세상과 세월과 사람들의 무관심과 고독 속에서 철저하게 독공으로 정
면승부를 해야 하는 과정 속에서 소리는 사람들의 심중을 울리는 예술
적 울림을 발효할 수 있는 것이다. 그 소리는 맑고 고운 목이 아니라,
콱 주저앉은 떡목이 아니라, 누구든지 들을 수 있고 누구든지 즐기며

공감할 수 있는 소리로 차원 높은 예술성을 획득한다.

호박댓국이든 젓갈이든 김치든 우리의 음식문화는 거의 발효의 범주에 포함된다고 할 수 있고 우리의 판소리 문화도 여기에 많은 부분 기대고 있음을 알 수 있다. 깊이 익은 음식 즉 곰삭을 대로 곰삭은 음식이 개운하듯이, 그 음식이 사람의 육체건강에 유효한 역할을 하듯이 판소리도 개인의 욕망과 한계를 곰삭을 대로 삭힌 다음에라야 사람의 살게 하는데 긍정적인 작용을 한다. 콩이 메주가 되어 된장이 되기까지의 과정이 쉽지 않듯이 그리움이 썩지 않고 익는 과정도 결코 쉬운 일이 아니다. 그리움이 과도하면 사람을 버리게 하고 그리움이 없으면 '존재한다.'고 말할 수 없다. 개인적 욕망이 극대화되어 자신을 살림은 물론 모든 이들을 살게 하는데 긍정적 역할을 할 수 있게 한다면 그것은 더 없는 선(善)이라 할 것이다. 호박댓국과 판소리도 이 지점에서 오늘도 뭔가를 발효시키고 있다.

나귀와 소머리국밥

운암 산간의 저녁은 소리 없이 밀려왔다. 저녁 어스름은 잔잔한 호수 같았다. 천지는 물에 잠긴 듯 어두워져갔고, 지척은 침몰하는 모양이었다. 산맥을 따라 달빛은 겨우 붙어 다녔다. 밤길 위에 걸음은 더디었다. 곁에 당나귀 한 마리 터벅거렸다. 눈이 맑고 귀가 곧게 선 나귀는 잘 울지 않았다. 길을 돌아보며 사내는 신음했다. 나귀는 사내를 올려다보며 삭신의 무거움을 털어냈다. 아침나절 나귀는 긴 울음을 울었고, 밤사이 이름 없이 울던 것들이 몸을 뒤채이며 기지개를 켰다. 길은 깨어나는 모양이었다. 길은 구이 쪽으로 뻗어가 끝을 감추었다.

밤새 숨소리조차 고르지 못한 나귀와 능선을 넘었다. 능선을 오를 때, 파란 이끼가 자란 참나무 사이로 비쳐든 달빛은 참으로 곱게 흘렀다. 안개 낀 모악의 창백함은 시리고도 아름다웠다. 밤새 산맥은 고고

* 서철원 / 소설가

한 깃을 펴 날아올랐다. 참나무 가지마다 짙은 운무가 흰 머리를 내리면 밤 자락은 냉엄했다. 고개에 대한 기억은 날이 밝아서도 생생했다. 간밤의 여정은 감격보다 공허에 가까웠다. 그 허전한 아름다움이, 사내의 눈엔 희뿌연 안개에 지나지 않았다.

정오가 되어서야 구이 저수지에 닿았다. 저수지는 고요하고 한산했다. 낚시꾼은 보이지 않았다. 저수지를 내려다볼 때, 주림은 보편적으로 왔다. 천둥소리가 뱃속에서 들려왔다. 저수지 모퉁이에서 나귀는 무청과 푸성귀를 오래 씹었다. 녀석의 되새김은 한가롭고 게을러 보였다. 저수지를 가로질러 패러글라이더가 저공비행을 했다. 녀석은 입을 오물거리다 말고 신기한 듯 바라봤다. 사내는 나귀와 글라이더를 번갈아 바라봤다. 녀석은 다시 입을 오물거렸고, 사내는 빈 뱃속을 생각했다. 뱃속 저 아득한 골짜기 어딘가 쇠쇠거리는 주림의 미혹은 참기 어려웠다. 어디든 들어가 끼니를 해결해야 할 것인데, 녀석의 되새김은 주린 배를 더 움켜쥐도록 했다. 글라이더의 저공비행은 가물거렸다.

구이 소재지 한 곳에 터를 잡은 밥집은 소박했다. 나귀를 밖에다 세워 두고 사내는 밥집 안으로 들어섰다. 장년의 여주인은 수더분해 보였다. 한우고기를 파는 곳이었으나 점심 땐 소머리국밥을 겸했다. 한 차례 손님이 빠져나간 모양이었다. 등산 동호회 무리는 낮부터 취해 있었다. 사내는 자리를 잡고 앉았다. 식탁은 깨끗했다. 주인장이 다가왔다.

"밥도 있고 고기도 있는데, 혼자 오셨나 봅니다."

"나는 소머리국밥을 먹으며 생의 복잡함을 생각합니다. 국밥을 먹은 뒤 칡차를 곁들이면 그 맛으로 인해 생이 오묘해지는 까닭은 무언가 하고. 그 맛을 기억하는 건 어떨까 하고."

소머리국밥

주인장은 쌀쌀맞지 않았다. 주름살이 많았지만 푸근한 인상이었다. 대답 대신 사내는 주인장을 바라봤다. 차분하고 정갈해 보였다. 많은 것을 뚫어 보는 눈빛을 가지고 있었는데, 말하지 않아도 무엇을 먹을지 아는 것 같았다. 주인장이 주문을 기다렸다. 사내가 대꾸했다.

"국밥으로 해도 되겠죠? 고기는 다음에 먹도록 하겠습니다."

주인장이 고개를 끄덕이며 주방으로 돌아섰다. 멀리에서 새 울음소리가 무늬를 지어 밤을 떠다녔다. 당나귀 울음은 들리지 않았다. 녀석은 곯아 떨어졌을지 몰랐다. 밤부터 아침까지 넘어온 고개만 해도 대여섯 마루는 될 터인데, 녀석의 잠은 무난할지 알 수 없었다.

"등산객들에겐 고기보다 밥이 제격이니 편안히 드세요."

주인장이 음식을 내려놓았다. 뚝배기에 담긴 국밥은 와글거리며 끓어올랐다. 갈치속젓과 배춧잎은 싱싱해 보였다. 갈치속젓은 오래 발효시킨 것 같았다. 사내가 밝은 목소리로 말했다.

"풍성하군요."

"부족하면 말하세요."

주인장이 표정을 순하게 지었다. 주인장은 걸어 다닐 때 그림자가 없는 것 같았다.

국밥을 뜨면서 사내는 나귀를 생각했다. 녀석의 대공은 주린지, 주리고도 편안한 잠을 청하는지, 그 알 수 없는 뱃속의 일과 생면부지의 잠결을 생각하느라 목이 메어왔다. 국밥은 생각보다 뜨거웠다. 담백하고 고소한 맛이 느껴지는 국물은 입 안 천정을 데이고도 감격스럽게 넘어갔다. 육질은 질기지 않으면서 팍팍하지도 않았다. 기름기를 걷어낸 육수는 송송 썰어 넣은 대파를 띄우고도 대범한 맛을 냈다. 아무렇지 않게 그것들이 뱃속으로 들어간다는 게 편했다. 머릿괴기 한 점을 목으로 넘길 때, 뱃속의 허기는 꿈틀댔다. 국물과 함께 밥알을 넘기면 허기가 메워지는 것이 아니라, 뱃속의 공허가 차오르는 것 같았다. 주린 창자 끝에까지 국밥은 내려가는 듯싶었다.

음식을 비우자 주인장이 칡차를 내려놓으며 물었다. 목소리가 맑았다.

"어디서 저 귀한 나귀를 구했어요?"

"제주도에서 건너온 녀석입니다."

주인장이 눈을 말똥거렸다. 나이에 어울리지 않은 천진함이란, 앞에 앉은 장년의 여주인을 두고 하는 말이지 싶었다. 다시 원숙한 여인의 음색을 걷어낸 목소리가 들렸다.

"오랜만에 봐서 그런지 망아진가 했어요."

"데리고 다니면 삽살이보다 낫더라고요."

"사람 말귀를 잘 알아듣나보죠?"

"개보단 떨어지지요. 그래도 벗할 녀석치곤 썩 괜찮습니다."

주인장이 눈빛을 고요히 했다. 개와 당나귀에 대해 따로 말하지 않아도 아는 눈치였다. 개의 순도 높은 충직과 당나귀의 호전적 기질에 대해. 일견 그 차이는 듣지 않아도 느껴지는 모양이었다. 주인장이 덧붙였다.

"잠깐 내다 봤는데 씩씩해 보였어요. 똥도 한쪽에다 조용히 잘 싸났고"

사내가 밖을 내다봤다. 녀석이 그새 남의 밥집 문간에다 똥을 싸질러놨다니, 기분 좋게 들리지는 않았다. 주인장은 아무렇지 않은 표정이었다. 내심 고맙기는 했으나 신경 쓰이는 건 어쩔 수 없었다.

창 너머에서 새들은 모악의 산과 들과 강을 가로질러 배회했다. 무심한 울음을 흘리며 파란 하늘에다 둥근 울음을 남기고는 울음 속으로 날아갔다. 새들은 정해진 유전자를 버리고 제 이름의 빛깔로 우는 모양이었다. 새들은 날아오르는 순간보다 우는 동안 생을 순조롭게 하는 것 같았다. 동편 하늘에 떠가는 패러글라이더가 사내의 눈에 비쳐들었는데, 등짝이 붉은 연어 같았다.

주인장이 칡차를 따라주며 낮게 물었다.

"무슨 일 하는 사람인지 물어봐도 되겠죠?"

지천에 널린 풀들이 좋아 발길 닿는 데로 가는 나그네,라고, 사내는 말하지 않았다. 날건달이나 백수 이상 들리지 않을 게 분명했다. 유치하게 들릴 것도 알았다.

"화가입니다."

사내가 짧게 대꾸했다. 주인장이 젊게 웃었다. 치아가 단단해 보였다. 스케일링을 한지 얼마 되지 않은 것 같았다. 주인장이 분명한 목소리로 말을 받았다.

"처음부터 붓이든 펜이든 많이 쥐어본 사람이라고 생각했어요"

사람을 뚫어보는 눈빛이 흔치 않아 보였다.

"세상 풍경은 늘 거기서 거기 아니겠습니까."

"세상 풍경이라……."

주인장의 목소리는 깊은 곳에서 올라왔다. 그러곤 허랑하게 웃었다. 주인장은 웃음을 털어내는 모양이었다. 사내는 웃지 않고 칡차를 입에 머금었다. 칡에서 우러나온 향은 좋았다. 오래도록 끓인 차는 쓴맛과 떫은맛이 날아가고 단맛과 칡향이 남아 있었다. 주인장의 눈매를 바라보며 사내가 말했다.

"나는 소머리국밥을 먹으며 생의 복잡함을 생각합니다. 국밥을 먹은 뒤 칡차를 곁들이면 그 맛으로 인해 생이 오묘해지는 까닭은 무언가 하고. 그 맛을 기억하는 건 어떨까 하고."

생의 복잡함을 생각하면서, 사내는 그림쟁이로서 갖추어야 할 단순성에서 자유로웠는가, 돌아보았다. 대개의 화가들이 소머리국밥을 좋아할지 순대국밥을 좋아할지, 그 알 수 없는 생각은 버려야 할 것인데, 생각이 생각을 낳고, 생각과 생각이 겹치는 순간을 건너가는 사유를 사유하는 일은 부박하고 외람됐다. 생각은 다시 하염없는 사유의 아래로 내려가는지 사내가 미간에 힘을 주었다. 생각은 소머리국밥보다 뜨겁지 않고 다양한 맛을 드러내지 않아야 하는데, 화가의 사유는 본래 소박하지 않고 단순하지 않은 모양이라고 생각했다.

국밥 값을 치를 때 주인장의 음색은 부드러웠다.

"우리 집 국밥을 먹고 손님처럼 말하는 사람은 아마 손님이 처음일

거예요.”

　주인장이 소리 없이 웃었다. 문을 열고 나오자 나귀 등짝에서 잔잔한 금빛 치어들이 뛰어 올랐다. 녀석은 코를 벌렁거리며 히힝-, 울었다. 녀석의 똥은 보이지 않았다. 화장실 다녀온 사이 주인장이 치웠거나, 당나귀 똥이 몸 어딘가에 좋다는 것을 안 누군가 가져갔을지 몰랐다. 사내가 알바 아니었다. 녀석의 똥까지 생각에 담아두고 싶지는 않았다.

　눈을 들어 모악산을 바라볼 때, 산은 홍엽에 불타올랐다. 산은 망각의 동편에서 타올라 서편 산마루에 붉은 시를 짓는 모양이었다. 나귀를 앞세워 길을 재촉했다. 길은 무한히 넓고 길어 보였다. 앞을 바라보면 막막했다. 햇볕 흥건한 들녘이 사내를 따라 나섰다.

동탯국

　끼니 때 집에 있으면 아내가 뭐 먹을 거냐고 물어오는 것이 나는 불편하다. 메뉴 정하는 일이 얼마나 어려우면, 그래서 아무거나 달라는 사람이 얼마나 많았으면 '아무거나'란 메뉴가 생겼겠는가? 아내야 날 생각해서 물어보는 것이겠지만 나로선 내 안 어딘가에 먹고 싶은 음식에 대한 생각이 있는지 찾아내는 것도 귀찮거니와 혹 있다 하더라도 정작 냉장고에 그 음식을 만들 재료가 있을 지부터 걱정된다면 메뉴를 함부로 말할 수도 없는 것 아닌가?

　오늘 점심에는 직장 동료가 최근에 먹어 본 음식 중에 가장 맛있는 것이 무엇이었냐고, 그 음식점이 어디냐고 물었다. 아마도 그는 요즘 내가 직업상 대접하는 자리를 자주 나가니 게 중 나은 곳이 어디냐는 뜻으로 물었을 것이지만 나는 음식도 음식점도 얼른 떠오르지 않아 대

* 신병구 / 시인

답을 하지 못했다. 맛있는 음식도 시간에 쫓겨 후다닥 해치워야 하는 일이 다반사라서 아무리 그럴싸한 음식이라도 오래 기억에 남지 않는 모양이다. 게다가 좋은 음식점은 맛만으로 평가할 수 없는 일 아닌가. 좋은 음식점이라면 그 집의 분위기라든지 주인의 친절도라든지 음식의 위생 상태까지도 따져봐야 하는 것이어서 누구라도 선뜻 최고를 말할 수 없을 것이다. 맛은 있는데 어수선하다든지, 분위기만 좋고 음식은 형편없다든지 하는 예가 얼마나 많은지……. 또 맛도 분위기도 좋은데 가격이 터무니없이 비싸다면 그것도 좋은 음식점으로 추켜세우는 데 문제가 있을 것이다.

어쨌든 최근에는 일 때문에 이 지역의 내로라하는 음식점을 많이 가볼 기회가 있어서 음식이 맛있는 집도 분위기 있는 집도 또 값이 비싼 집도 가보았다. 하지만 음식을 먹는 데 가장 중요한 것은 역시 먹는 이의 마음이 아닐까 싶다. 굳이 원효대사나 '일체유심조'까지 들먹이진 않더라도 음식을 앞에 둔 사람의 마음자리가 어떠냐에 따라 음식맛이 달라지지 않겠냐는 말이다. 컵라면을 먹더라도 좋은 사람과 즐거운 마음으로 먹는다면 훌륭한 식사시간이 될 것이고 마음에 거리끼는 이와 어쩔 수 없는 식사를 하는 자리라면 아무리 산해진미라도 부담스러울 수밖에 없다.

앞에 이야기로 돌아가서 나는 아내가 무얼 먹고 싶으냐고 물을 때 간혹 자신 있게 말할 때가 있는데 그날은 밥상에 어김없이 동탯국이 올라온다. 누군가 내게 좋아하는 음식을 물을 때마다 여태껏 그럴싸

한 음식을 떠올리지 못하고 동탯국이라고 대답하는 것은 어린 시절의 추억 한 자락 때문이다. 사람의 입맛은 자라온 환경에 의해 굳어질 터인데 그것도 어린 시절에 겪은 음식에 대한 기억은 사뭇 강렬한 모양이다.

이리시 창인동 기찻길 옆 단칸방
한낮에도 햇살 한줌 안 들던
그 굴속 같은 방에서 우린 가끔 동탯국을 먹었다
외할머니에게 아들 둘을 맡겨 놓고
쌀이 떨어지는지 이불이 얇아지는지
어머니는 까마득히 잊고 사셨다
쑥도 냉이도 눈 없는 호박잎도 다 지나가고
반찬값마저 떨어진 그러그러한 저녁때
천만 뜻밖에 올라온 동탯국은 얼마나 반가웠던가
형 그릇에도 내 그릇에도 큼직한 동태 대가리
우리는 밥 더 없냐 국 더 없냐 자꾸만 앙알거렸다
길갓방 새댁이 다듬고 버린 대가리들을 주워 끓인 건지를
그때는 몰랐다
저녁상에 동태찌개를 올린 아내가
어두일미라며 그 동태 대가리를 얼른 건진다

– 拙詩「동탯국」全文

초등학교 5학년을 마친 나를 아버지는 시골에서 익산시내로 전학시

켰다. 당시에는 많지 않았던 조기유학이라고 할까? 익산에서 시골 동네로 들어오는 버스는 하루에 여섯 대, 비포장도로로 1시간 넘게 달려야 시내에 도착하는 당시로서는 학교 근처에 자취방을 얻어 생활할 수밖에 없었는데 어린 아들 둘(형과 나)만 보낼 수 없던 부모님은 혼자 지내시던 외할머니께 부탁해 우리를 맡아주시도록 했다. 집안 형편이 여유가 있었던 것도 아니면서 아버지는 오로지 자식들을 좋은 대학에 보내고 싶다는 일념으로 우리를 그 굴속 같던 창인동 자취생활을 하게 만들었던 것이다. 하지만 농사일에 치어 지내시던 부모님은 딴 살림난 식구들을 챙길 여력이 없으셨다. 지금처럼 전화가 흔하던 시절도 아니어서 쌀이 떨어지고 돈이 떨어져도 외할머니는 속수무책이셨다. 나중에 들으니 제법 친해진 주인집에 혹은 동네 노인들에게 쌀도 꾸고 반찬거리도 얻었다 하셨다. 그때 돈 주고 찬거리를 산다는 것은 언감생심이었으니 외할머니는 손자들이 학교에 가고 나면 상고(지금의 전북제일고) 앞을 지나는 기찻길을 따라 일삼아 나물을 뜯으러 다니셨다. 그것도 한철, 계절이 바뀌고 추워지면 공으로 얻는 반찬거리마저 사라져 외할머니는 얼마나 막막하셨을까? 한참 먹어대는 열 셋, 열 넷 아이들 걱정에 하염없을 그때 외할머니는 보셨던 거다. 십여 개의 방이 다닥다닥 붙어 굴을 이루던 자취집 입구 길갓방 새댁이 다듬고 버린 그 동태 대가리들을. 그 새댁 살림 솜씨가 헤펐던 게 우리로서는 다행이었나? 기억을 더듬어보면 그날 밥상 위 세 개의 국그릇에도 또 곤로 불에 그을린 냄비 속에도 살점 많은 동태 몸통은 없었다. 그 몸통 없던 동탯국이 이상하기도 하련만 항상 배고프던 우리 형제에게는 그저 비린내 섞인 국물에 바람든 무 조각만으로도 훌륭한 만찬으로 지금껏 각인되어 있다.

동탯국

그 후로 30여 년이 지났으니 그때보다 푸짐한 동탯국을 왜 못 먹어 봤겠는가. 그럼에도 여전히 내 기억 속에선 어린 날 외할머니가 끓여 주신 그 동탯국이 가장 선명하고 맛있는 기억으로 남아 있는 건 가난한 시절이 만들어 준 소박한 선물이 아니었던가 싶다. 그러고 보니 음식에 대한 각인은 음식을 먹는 사람의 마음만으로 결정되는 것이 아니다. 당연한 이야기지만 음식을 먹는 사람 이전에 음식을 만든 사람이 있으니 음식을 먹는 사람의 마음자리에 음식을 만든 이의 정성이 가

닿지 못하면 그 음식은 그저 한 끼니 때우는 것으로 그치고 말 것이다. 음식은 예나 지금이나 누군가를 대접하려는 최선의 노력이라 할 수 있을 것인데, 특히 요즘처럼 매식이 일상이고 보면 음식을 사이에 두고 만드는 자와 먹는 자가 기계적으로 구분되기 때문에 이제 예전처럼 음식을 먹으며 만든 이의 정성을 느끼는 일은 아주 어려운 일이 되어버렸다. 더군다나 세상 굴러가는 모양새를 보니 음식을 정성으로 먹는다는 말은 옛말이 될 공산이 크다. 없어서 모든 게 귀했던 시절에는 음식마다에 만든 이의 정성과 먹는 이의 흔연함이 자주 버무려져 성찬을 이루곤 했지만 오히려 돈도 음식도 흔전만전해지니 음식에 대한 고마움도 추억도 찾아보기 어려워진 것이다. 어쨌거나 나는 지금도 동탯국을 먹을 때면 그 굴속방에서 낡은 곤로로 밥을 지어 놓고 기다리시던 외할머니를 생각한다. 어쩌면 아주 오래전에 돌아가신 외할머니 얼굴이 눈에 선한 것도 그때 먹었던 동탯국 때문일지 모른다고 나는 가끔 생각한다.

요새 부쩍 날이 추워져 자꾸 뜨거운 것들이 반가운데 오늘 저녁 퇴근길에는 오랜만에 동태 몇 마리 사가지고 들어가야 할까보다. 들어가서 동태대가리로만 국을 끓여달라고 하면 아내는 어떤 표정이 될까? 보글보글 끓여낸 동탯국이 벌써 눈에 선하다.

막걸리와 마지막 춤을

한옥마을 초입 아늑한 카페다. 영화적 내러티브가 풍기는 카페 분위기에서 모호한 경계를 감지한다. <카사브랑카>의 고전적 헐리웃 씨네마를 연상시키고도 현대적 감각으로 리모델링된 흔적이 보인다. 한쪽 벽면에 걸려 있는 포스터의 베아트리체 달은 우물 같은 눈매를 보인다. 입술을 모으고 두 손으로 턱을 괴고 앉아 한 곳을 하염없이 응시한다. 예측할 수 없는 눈빛이다. 감독 베넥스는 <베티 블루>에다 '37.2 Degrees Morning'라는 부제를 걸었다. '37.2'가 가리키는 숫자개념이 낯설다. 남부 프랑스 휴양지 낮 기온일지 모른다. 남녀가 만났을 때 가장 이상적인 체온을 의미하는지도 그런 완강하고 생생한 경험이 없는 나로서는 쉽게 공감되지 않는다.

좋은 에스프레소가 기대되는 곳이다. K가 손짓하자 바텐더가 메뉴

---

* 서철원 / 소설가

판을 가져온다. 짧은 머리의 젊은 여성 바텐더는 웃지 않고도 화사해 보인다. 바텐더에게 '37.2'라는 숫자가 무엇을 뜻하는지 물어보려다 그만둔다. 그녀가 내 무지에 대해 놀란 표정을 지으면 그것만큼 겁나는 것도 없다.

K가 가벼운 어조로 에스프레소를 주문한다. 목소리에서 테너의 질감이 느껴진다. 영화배우가 되기까지 많은 노력을 기울였다는 K의 이야기는 신뢰감을 준다. 영화에 관해 해박한 지식을 견지해서가 아니라, 영화 이야기할 때면 옆에서 누가 실려 나가도 모를 정도로 극성이라는 데 끌린다.

K는 나보다 '베아트리체 달'을 신뢰하는 모양이다. 감각적인 외모의 베아트리체는 내가 봐도 아름답다. 그러니 K가 얼마나 애태우고 있는지 안 봐도 뻔하다. K에게 베넥스의 의도를 묻지 않은 건 천만다행이지 싶다. 그가 나의 무지에 대해 파격적인 눈빛을 보낼게 눈에 선하다. K의 눈매가 파격이라는 건 아니다. 내 기분이 그렇다는 말인데, 나는 그 이상한 기분을 묘파하면서 동시에 즐긴다. K가 그런 내 마음을 알 리가 없기 때문에 나는 훨씬 유리한 고지에 서서 그 모든 것을 바라본다. 그것도 가끔, 아주 드물게, K의 눈빛이 극도로 사적이고 사실적일 때.

바텐더가 가져온 뜨거운 에스프레소를 입에 댄다. 커피는 식도를 타고 만족스럽게 내려간다. 냅킨으로 입가에 묻은 커피를 닦고는 K에게 묻는다. 내 목소리가 평소 같지 않고 조금 달뜨는 모양이다.

"까베르네쇼비뇽 한 잔 어때요?"

K의 표정이 복잡해진다. 까베르네쇼비뇽은 잘 익은 블랙베리에 자두와 허브향을 가미한 칠레산 와인이다. 블랙체리와 나무딸기 맛이 난다. 담배 맛도 조금 난다. 여기에 멜롯종을 15% 가량 섞어 그 조화가 무슨 천상의 와인 맛이라는데, 나는 전혀 그런 맛을 느껴본 적이 없다.

K가 눈에다 힘을 주며 바라본다. 거의 노려보는 것에 가깝지만, 나는 만족감을 느낀다. 눈빛도 사적이고 강렬하다. 네발 달린 짐승은 이런 눈빛을 발산할 수 없다. 그가 두 발 달린 남자이기 때문일 것이다. 여자에게 지는 것을 죽기보다 싫어하는 남자들만의 나태한 본성 때문이겠지만…….

K가 와인을 주문한다. 바텐더는 의외라는 표정을 짓는다. 와인이 준비되어 있지 않은 암시를 이런 식으로 주는 모양이다. K의 눈빛이 약간 겸손해진다. 바텐더의 목소리가 중성적이다.

"어쩌죠? 우리 가게엔 까베르네쇼비뇽은 없습니다. 대신 안티구아스 레세르바스 까베르네쇼비뇽과 멜롯 레세르바가 있습니다. 같은 칠레산이죠."

이름만 거창하게 길어빠졌지, 그 맛이 그 맛일 게 뻔하다. 보이시한 바텐더는 베아트리체 달처럼 입술을 동그랗게 모으고는 K의 눈빛을 맞받는다. 바텐더의 눈에서 와인빛이 튄다. 둘 사이의 교감에 대해 조금도 신경 쓰이지 않는다. 솔직히 말하면 K가 젊은 여자 바텐더와 소소한 감정 이상 나눠 가질 수 있는 게 없다는 생각이다. 나는 K와 바텐더를 향해 가볍게 던진다.

"그럼 멜롯 레세르바, 그거라도 마셔요."

K가 와인을 주문한다. 저녁나절 푸른 산호초 같은 이층 카페에서, 누가 업어 가도 모를 정도로만 마시지 않는다면 와인 정도는 좋을 것 같다.

잠시 후 얼음을 잰 메탈 용기에 담아낸 칠레산 와인은 출중해 보인다. 파카글라스 잔 두 개와 얼마나 얇은지 종이 같은 푸른 크리스털 접시에 치즈와 햄 조각으로 모양을 낸 앙증맞은 안주도 마음에 든다. 바텐더는 접시를 내려놓고는 금박 알루미늄 재킷을 벗긴 후 코르크마개를 뽑는다. 맑은 퉁소 소리를 내며 코르크마개가 병목에서 빠져 나온다.

나는 글라스의 가늘어빠진 목 부분을 검지와 장지 사이에 끼고 가볍게 치켜든다. K가 오만한 손가락 사이로 와인을 붓는다. 금세 손가락이 차가워진다. 글라스를 입가에 댄다. 코를 자극하는 향이 중국산 가짜 같지는 않다. K의 잔에 와인을 붓는다. 와인을 마실 땐 친절한 것보다 정직한 것을 나는 선호한다. K가 한결 순한 얼굴로 말한다.

"서른 넘어서 영화판에 뛰어드는 사람도 많아요. 사실 난 영화배우보다 바리스타가 되고 싶었습니다."

"그런 개성 있는 얼굴론, 영화배우보다 바리스타가 더 어렵지 않겠어요?"

지금 하는 짓이 잘하는 건지 알 수가 없다. 석 잔째 와인을 들이키는 게 결코 요령 있다고는 볼 수 없겠지만, 적어도 불필요한 제스처이지만은 아닌 것 같다. K는 아직 잔을 비우지 못하고 돌리기만 한다. K에게 와인을 권해야 할 것 같다. 이러다 취하면 나만 손해라는 걸 안다.

"와인을 좋아하지 않는가 보죠?"

"술보다는 커피가 마음에 듭니다. 술은 보편적이지 않습니다. 커피는 감동이지만, 술은 감정의 소산일 뿐입니다."

"술이라곤 와인과 막걸리 이상 마시지 않아요. 하지만 바리스타도 아무나 될 수 있는 직업은 아니지 않겠어요?"

"술과 커피의 차이를 안다면 바리스타로서 절반의 자질을 갖춘 거라고 생각하면 됩니다."

어딘가 모르게 K는 내게 뛰어난 적응력을 보인다. 나는 내게 매혹되는 남자보다 나를 성찰하는 남자가 좋다. 바텐더가 K를 바라본다. 눈빛이 맑다. K를 향한 바텐더의 눈빛을 나는 어쩌지 못한다. K의 목소리에서 테너의 질감이 스민다.

"커피는 술보다 예민한 속성을 지녔습니다. 원두를 볶을 때, 불의 정도와 프라이팬의 재질, 시간도 무척 중요합니다. 술은 마실수록 술에서 가까워지지만, 커피는 알아갈수록 새롭고 어려워집니다. 중요한 건 까베르네쇼비뇽이나 멜롯 레세르바가 칠레산 와인인 것처럼 커피도 재배된 자연환경을 고려하지 않고서는 말할 수 없다는 겁니다."

"영화배우든 커피든 술이든 태생이 중요하다는 말이군요."

"한 가지 예로 안데스 산악지대에서 재배되는 콜롬비아산 커피는 남성적인 맛이 강하고, 아프리카 케냐산 커피는 화사한 여성적인 맛이 특징입니다. 싸한 맛이 곁들여져 있는 콰테말라의 커피는 그곳의 풍토를 빼닮았습니다."

'빼닮았습니다'라고 말할 때, K의 쌍비읍 발음에서 세상을 향한 야유와 적개심이 묻어난다. 속으로 K의 'ㅃ'을 발음해 보지만 쉽지만 않다. 누군가에게 욕설을 퍼붓는 어감이 감지된다. 나는 K의 말에 쉽게 동조한다. 와인 석 잔에 목소리가 부은 기분이다.

"커피는 동적인 요소보다 정적인 요소가 강하다는 생각이 들어요. 처음부터 생존의 푸른 욕구가 자기암시적인 향 하나만 가지고 태어나 그것으로 생을 마감하고 말겠다는 비장함 같은 거 말예요. 색깔만 봐도 짐작할 수 없는 그 무엇을 감추고 있거나 가라앉혀 놓은 것 같아요. 그건 정직하지 않은 것이 아니라, 세상 앞에 드러내지 않으려는 완고함 같은 것이겠지만 말예요. 이를테면 출신 성분이랄지, 생장조건에 알맞은 습도, 강수량, 햇볕, 산소비율, 노동자들의 땀과 피…….

'피'에서 나는 말을 멈춘다. K의 눈빛이 흔들리다가 멈춘다. '피'는 어렵고 두려운 어휘다. '피'라는 단어가 주는 보편적인 이미지가 내게도 전이된 모양이다. 그런 내 속을 뚫어보는지 K의 표정이 어두워진다. 다시 K의 목소리에서 테너의 음색이 새어나온다.

"커피의 절정은 콜롬비아나 케냐, 콰테말라보다 에티오피아에서 찾을 수 있습니다. 진정한 바리스타는 좋은 원두를 찾아 세계 여러 나라로 발품을 아끼지 않습니다."

7세기경 '칼디'라는 에티오피아 목동이 발견한 붉은 열매가 커피의 시초라는 건 대개가 아는 사실이다. 천 년 넘도록 인류와 함께해온 커피 역사가 문득 새롭다. 안타까운 심정으로 K를 바라본다. 나도 모르게 비음을 흘린다.

"그렇게 많이 돌아다녔다가 언제 무명에서 벗어날 수 있겠어요?"

"그만큼 시간과 비용을 아끼지 않는 건, 영화와 다른 무언가가 나를 사로잡았기 때문일 겁니다. 에티오피아는 그야말로 커피 원두의 천혜를 입은 곳이었습니다. 그곳의 원두는 기후, 공기, 토양, 이 세 가지 요소의 극적 조우와 화음으로 탄생한 커피의 귀족이었습니다. 가장 척박하고 낮은 곳에서 이토록 훌륭한 원두를 생산해낼 수 있다는 건 천혜 그 이상이 될지 모릅니다. 세 요소가 맞아 떨어질 때, 금빛 원두의 결정은 바리스타가 꿈꾸는 최상의 원두라고 생각했습니다."

K의 눈에서 물기가 비친다. 파카 글라스를 든 손가락마디의 미세한 진동을 감지하며 짧은 탄음을 흘린다. 와인을 한 모금 들이 킨 다음 글라스를 내려놓고 두 손으로 턱을 괸다. 말똥거리는 눈으로 K를 바라본다. 취기 없는 밝은 목소리로 응대한다.

"멋지네요 그 정도 안목이라면 좋은 영화배우도 될 것 같은데……"

아무렇게 던진 말에 K의 눈빛이 흔들린다. 생각에 잠기거나 말할 때, K의 눈빛은 잔잔한 흥분으로 다가온다. 가변적이지 않은 눈빛의 남자가 몇이나 될까. 생각에 잠겨있던 K가 대꾸한다.

"나는 태생이 중요한 배우보다 누구에게나 짙은 향의 에스프레소 같은 배우를 선호합니다. 세상에서 버려지는 무명배우일지라도, 한순간 불꽃처럼 자신을 던질 수 있는 배우는 몇 명 안 되니까……"

지금까지 얼마나 많은 배우들이 은막에 섰다가 사라졌는지 나로서는 알 수 없다. 그 중에는 성공한 배우도 있고, 이름을 얻지 못한 무명의 배우도 숱하다. K의 눈빛과 목소리에서 이름을 넘어선 배우의 추억을 읽는다. 짙은 눈썹과 콧등의 땀방울, 입술에서도 배우의 인상이 감지된다. 이 남자, 몹시 끌린다. 내 것으로 만들어야 하는데 막막하다. 주체할 수 없을 만큼 머릿속이 복잡하지만, 나는 단순하게 밀고나간다.

"근처에 좋은 막걸리집 있는데, 우리 마시러 가요. 전주 막걸리 유명하잖아요"

아무래도 나는 누구에게나 익숙하고도 향기로운 에스프레소 같은 여자는 아닌 모양이다. 문득 이 남자에게 느끼는 반전의 기분을 나는 어쩌지 못한다. 와인으로 시작해 막걸리로 진전하는 기분은 반전 그 이상의 반전이 될지 모른다. 한옥마을에 온 이상 전통적으로 마시는 것도 보편적인 삶의 방식일 수 있겠다는 생각은, 갑자기 들지 않았다. 그 생각은 오래 전부터 몸에 길들여져 왔다. 몸에 익숙한 맛은 몸이 알아서 찾아가기 마련, 된장찌개를 먹으면서 청국장찌개를 연상하는 것과 같은 이치다. 자장면 먹으면서 짬뽕을 생각하는 건 순전히 식탐일 뿐이다. 와인과 된장은 어울릴 기색이 없지만, 거기에 스민 발효의 생명력은 둘 다 값지고 교훈적이다. 청국장과 막걸리에 밴 발효의 의미가 유전자처럼 연대기적이며 생태학적이라는 사실은 누구나 안다.

더 이상 막걸리에 대한 정체성을 반성하거나 삶의 방식을 파악할 필요는 없다. 어려운 말로 포장할 이유도 없다. 진실은 내 편에 서서 세상을 바라보는 나의 편견이 아니라, 세상의 편에 서서 나를 바라보는 전위적 성찰에 있다.

발효의 원리가 우주가 탄생하는 빅뱅의 원리와 같다는 생각은, 참 오랜만에 떠올려 보는 것 같다.

K가 기다렸다는 듯 순순히 몸을 일으킨다. 이 남자, 와인보다 막걸리를 선호한다고 말하지 못해 뜸들인 것을 안다. 나 역시 영화배우에게 막걸리 마시자는 말 쑥스러웠다. 중요한 건 이제부터라는 생각이다. 내 생각이지만, 막걸리와 영화배우처럼 잘 어울리는 사이도 드물다. 카메라 앞에서 언어의 유희를 풀어가는 고도의 연기력은 막걸리의 발효과정과 결코 다르지 않다. 영화 장르의 낯선 파격이야말로 막걸리가 익어가는 발효의 파격과 무척 닮아 있다. 그 원리는 설명하지 않아도 저절로 알아지는 모양이다.

카페를 나온다. 바텐더가 문간에 서서 K를 오래 바라본다. K는 무뚝뚝한 표정으로 일관한다. 경기전 옆으로 난 길은 조용하다. K의 뒷모습이 군기 빠진 병장 같지 않고, 특전대 중사 같다. 조금 뻣뻣하게도 보였는데, 웃기지도 유치하지도 않다. K의 머리 위로 쏟아지는 햇살이 곱다. 나는 우아하게 걷지 못하고 주저한다. 와인 때문에 얼굴이 익은 모양이다. 사람들이 볼까봐 북어처럼 모가지를 수그린다. 그래도 비틀거리지 않고, 넘어지지도 않는다. 걸으면서 나는 생각한다. 영화를 만드는 감독과 배우들의 삶의 열정에 대해. 지구 반대편에서 커피를 경작하는 노동자들의 고단한 삶에 대해. 풍부한 미향의 막걸리를 생산하는 전주 사람들의 삶의 원형에 대해. 이 모두 땀과 땀이 배어든 노력 없이는 불가능하다.

더 이상 막걸리에 대한 정체성을 반성하거나 삶의 방식을 파악할 필요는 없다. 어려운 말로 포장할 이유도 없다. 진실은 내 편에 서서 세상을 바라보는 나의 편견이 아니라, 세상의 편에 서서 나를 바라보는 전위적 성찰에 있다. 영화는 소통의 산물이며, 막걸리는 발효의 독립이라는 결론이다. 그것은 당대를 지나 다음 시대로 건너가는 한옥마을의 자존감과 같다. 혹시 모를 일이다. 나와 같은 생각을 가지고 스물아홉 살의 가을을 짊어지고 가는 누군가 또 있을지. 저 만큼, '천년 누리'라는 막걸리집 간판이 보인다. 세상 한곳이 천천히 열리는 기분이다.

미역국

대한민국에서 태어나 성장하는 청소년이라면 진학을 위해 대부분 피해갈 수 없는 관문이 하나 있다. 바로 '대학수학능력시험'이다. 아이 셋을 둔 나도 올해 큰아들이 고등학교 3학년이라서 수능을 치른다. 이러한 이유로 우리 집의 아침은 고3 수험생인 큰아들의 식사 시간에 맞춰서 순차적으로 진행된다.

내가 제일 먼저 일어나 밥을 안치면, 다음에 고3 큰아들이 일어나 씻고, 그 다음은 고등학교 2학년인 딸내미가 일어나고, 그 다음엔 중학교 2학년인 막둥이와 함께 남편이 움직인다.

따뜻한 국을 끓이려고 무심코 마른 미역을 꺼냈다가 나중에 끓이기로 하고 다시 찬장에 넣었다. 대신 무를 잘게 썰고 북어를 찢어 참기름 한 방울 넣고 달달 볶아 고소하고 담백한 북어국을 끓였다.

* 박예분 / 아동문학가

아침 식사시간이 되면, 모두 주방으로 나와서 수저를 놓고, 밥을 푸고, 국을 푸고, 반찬을 꺼내 놓고, 각자 딱히 정해진 것은 없지만 함께 어울려 아침 식탁을 차린다. 밥그릇을 제일 먼저 비운 큰아들이 가방을 메고 현관문을 나가고, 20여 분 후에 그 뒤를 딸아이가 따르고, 그 다음에 막둥이가 학교에 간다.

썰물처럼 싹 빠져나간 식구들이 모두 다시 집에 모이는 시간은 밤 11시 30분쯤 된다. 하루 일과를 마치고 돌아와 씻고, 각자 자기 자리로 가서 특별한 경우가 아니면 12시를 전후하여 취침을 한다. 대한민국의 교육현실에 맞추다보니 평일에 가족이 마주앉아 대화를 주고받는 일은 드물다. 다만 집안의 동선을 따라 서로서로 마주칠 때마다 각자 필요한 용건을 간단하게 전할 뿐이다.

고3인 큰아들은 일요일에도 학교에 간다. 그래서 우리는 주로 일요일 저녁에 편하게 대화를 한다. 식사 후, 식탁에 빙 둘러 앉은 아이들이 학교 이야기, 선생님, 친구, 시험, 연예인 이야기 등을 나누며 깔깔거린다.

하얀 플라스틱 포크와 찹쌀떡이 놓인 식탁 앞에서 아이들의 대화가 흥미롭다. 하얀 포크는 큰아들의 학교 동아리 후배가 선물했다. 포크 손잡이엔 'ㅇㅇ오빠 수능 만점'이라는 문구가 쓰여 있다. 정답만 콕콕 찍어서 만점 맞으라는 뜻이란다. 그 옆에 찹쌀떡은 시험에 찰싹 잘 붙으라는 의미로 옆집 할머니가 사 주셨다.

식구들은 시험을 며칠 앞둔 큰아들의 얘기에 귀를 기울였다. 야간자

율학습을 끝내고 계단을 내려오는데, 후배들이 계단에 촛불을 쭉 켜놓고서 시험 잘 보라는 응원가를 불러주었다고 한다. 큰아들은 그때 기분이 이상했단다. 아마 시험에 대한 긴장감과 후배들의 감동어린 응원가가 한데 어우러져 가슴이 뭉클했을지도 모른다.

수험생을 격려하는 선물도 우리 때와는 달이 다양하다. 힘내라고 초콜릿을 주고, 시험시간 잘 조절하라고 아날로그 시계를 선물하고, '수능 대박'이라고 직접 쓴 부적을 스티커나 핸드폰 줄로 만들어서 선물한다.

SK는 2008년부터 2010년까지 EBS 장학퀴즈에 출연했던 학생들 중에 올해 수능을 보는 수험생 300명에게 선물을 했다. 응원의 메시지를 담은 편지와 휴대용 공기청정기를 선물했다. 개성이 강한 요즘 아이들에게 찹쌀떡이나 엿은 한마디로 너무 흔한 선물이 되었다.

친정어머니도 큰아들의 수능을 응원하러 오셨는데, 엿이나 찹쌀떡이 아닌 하얀 편지봉투를 내미셨다. 봉투에는 'ㅇㅇ아, 파이팅, 외할머니가'라고 쓰여 있었다. '외할머니는 너를 사랑한다.'고 길게 쓰고 싶었지만, 그 또한 시험 앞둔 아이한테 부담이 될지 몰라서 짧게 썼단다.

"엿이나 찹쌀떡은 다른 사람이 사줘서 있을 테고, 시험 끝나고 결과가 나올 때까지 기다리자면 어린 마음에 얼마나 초조하겠어. 그때 요긴하게 쓰라고 용돈 좀 넣었다."

손자를 깊이 사랑하는 친정어머니의 표현방식은 늘 이렇게 새롭고 간결하고 감동적이다.

큰아이는 시험 당일에 점심으로 무얼 먹을까 고민하였다. 다른 친구들은 속이 편한 죽을 먹는다고, 이미 죽전문집에 예약까지 해 두었다고 한다. 나는 그 말에 동의할 수 없었다.

"하루 종일 시험을 치르는 학생이 죽을 먹으면 어떡해? 밥을 먹어야 뱃속이 든든하지."

어쨌든 나는 따뜻한 밥을 해서 보온 도시락에 싸 줄 생각이었다. 마침 옆에 앉아 있던 딸내미도 죽보다는 그게 좋겠다고 거들었다. 다음은 도시락 반찬으로 무엇을 준비할까 고민하다가, 시험 보는 날 아침에 아이의 속을 따뜻하게 해줘야겠다는 생각에 이르렀다.

"시험 보는 날 아침에 미역국 어때?"

큰아들이 눈을 똥그랗게 뜨고 나를 바라보았다. 딸내미도 역시나 어이없다는 눈빛이었다.

"왜, 어때서? 그동안 시험 보는 날도 미역국 자주 끓여 줬잖아."

딸내미는 그래도 그건 아니라며 고개를 저었다. 큰아들은 아예 입 꾹 다물고 시선을 피했다. 나는 그래도 미역국을 끓이겠노라고 밀어붙였다. 죽은 먹으면서 왜 미역국은 아니냐고, 미역국이 미끌미끌해서 시험에 떨어진다면, 죽도 마찬가지로 시험 완전히 죽 쑤는 거라고 그래도 꿈쩍 않은 큰아들에게 바짝 다가앉아 입을 뗐다.

"너희들 셋을 낳은 후, 엄마가 제일 먼저 먹은 게 미역국이야. 그만큼 좋은 거란 말이지."

그랬다. 열 달 동안 뱃속에서 키워낸 새 생명을 세상 밖으로 내 놓고, 기진맥진한 몸으로 땀을 줄줄 흘리며 후루룩 후루룩 맛있게 먹던 그 따뜻한 첫국밥. 그 미역국으로 나는 다시 뼈를 추스르고 피를 맑게 하였다.

미역국

그뿐인가. 내가 아기를 잉태할 때마다 시어머니는 중앙시장에 가서 산모용 미역을 제일 좋은 상품으로 잔뜩 구입해 놓으셨다. 그리고 내가 몸을 풀 때, 친정어머니가 오셔서 그 미역으로 커다란 찜통에 국을 한가득 씩 끓여주셨다.

나는 출산 전까지 미역국의 참맛을 몰랐다. 그런데 스물아홉에 첫아이를 낳으며, 꼬박 16시간 동안의 산고를 겪었다. 거의 탈진상태에서 하얀 밥과 미역국은 그 어디에서도 느낄 수 없는 가슴 뭉클한 맛이었다. 그 후로 나는 웬만한 육체적 고통은 '아무리 힘들어도 산고만 하랴'는 마음으로 견뎌냈다.

둘째를 임신했을 때는 양수가 미리 터져서 예정일보다 한 달이나 빨리 아기를 낳았다. 의사가 말하길, 아기가 너무 작으면 인큐베이터에 들어갈 수 있다고 했으나, 감사하게도 딸내미는 2.6킬로그램으로 아주 건강하였다. 나는 그때 작게 낳은 아기를 튼튼하게 키우고 싶어서 뜨끈뜨끈한 미역국을 시시때때로 한 대접씩 먹었다. 내가 먹는 미역국은 곧 젖을 먹는 아기에게 살을 찌우고 뼈를 세울 것이기에.

셋째를 낳고도 나는 여전히 미역국이 물리지 않았다. 시어머니는 미역국이 너무나 맛없어서 남편을 낳고도 시래기 국을 끓여 드셨다고 했다. 그런데 내가 미역국을 아주아주 잘 먹고 몸도 빨리 회복하니까 보기가 좋았는지 흐뭇해하셨다.

첫아이를 낳고 먹었던 미역국에 매료되어, 나는 몸이 좀 무겁거나 속이 헛헛할 때는 시원하게 미역국을 끓여 먹었다. 심지어 사우나나 찜질방에 가서 땀을 빼고도 식당에서 미역국을 주문해 먹었다. 어미인 내가 미역국을 자주 즐겨 먹으니, 아이들도 어릴 때부터 거부감 없이 미역국을 잘 먹었다.

하지만 어쩌랴. 미역국을 먹으면 시험에 떨어진다는 속설 때문에 큰 아들은 더 이상 나의 설득에 넘어가지 않았다. 그렇다고 미역국에 대한 속설을 뒤집을 만큼 무모한 실험을 강행할 순 없었다. 솔직히 큰아들에게 시험 보는 날 미역국을 억지로 먹였다가, 엄마 때문에 떨어졌다는 소리를 들을 까봐 염려스러웠다. 아니, 그보다 괜히 미역국을 먹고 큰아들이 시험 보는 내내 심리적인 부담을 갖게 될까봐 더는 권하지 않았다. 누군가 용기 있게 그 징크스를 깨줄 만한 위인이나 유명 인사가 나타난다면 모를까.

그런데 애들아, 너희들 그거 아니? 엄마가 동아일보 신춘문예에 당선될 때도, 미역국을 끓여 먹고 그 길로 우체국에 가서 작품을 응모했다는 것.

삶을 모시는 밥

그 노인네에게 농사라는 건 바로 밥 짓는 것이었다. 그리고 그 밥 짓는 것은 밥을 모시는 일이었고 그 밥을 모시는 것이 흔히 하는 말로 그가 존재하는 이유였다. 하루를 사는 동안 가장 소중하고 절실한 것은 한 끼의 밥을 먹는 일이었다. 하루 한 끼의 밥을 모시기 위해 잠자고 그 한 끼의 밥을 모시기 위해 눈을 뜨는 것이었다. 그가 하루를 꼬박 움직여 한 끼의 밥을 모시고 먹는 것은 그에게 있어서 가장 신성한 시간이고 유일하게 그의 입이 움직이는 시간이고 그것은 그의 종교였다.

내가 그 노인을 만나야겠다고 생각한 것은 대학시절 함께 언더에서 활동을 했던 한 선배 때문이었다. 이 선배는 나이 마흔 고개를 바라보는 어느 날 갑자기 산으로 들어가 땅 파먹고 살겠다며 도시를 떠났다. 딱히 직장이랄 것도 없는 NGO 단체에서 이런저런 돈 버는 일과는 무

---

* 박두규 / 시인

관한 일만 하다가 무엇이 계기가 되었는지는 몰라도 언젠가 훌쩍 사라져 연락이 두절된 까맣게 잊힌 선배였다. 그런데 10여 년이 흐른 어느 날, 어느 잡지에서 나는 우연히 이 선배를 보게 된 것이다. 귀농학교 관련 기사와 함께 인물 취재에서 성공한 귀농인으로 이 선배가 집중 조명을 받았던 것이다.

나는 잡지사에 전화를 해서 수소문 끝에 선배를 만날 수 있었다. 선배는 많이 변해 있었다. 아니 변했다는 말보다는 완전히 다른 사람이 되어있었다. 우선 외모부터가 달랐다. 반백의 긴 머리를 상투를 틀어 올렸으며 희끗한 긴 수염을 기른 풍모며 가무잡잡한 얼굴에 몸은 말라 있으면서도 단단해 보였다. 말하자면 자연농법을 하는 사람답게 자연에 어울리는 풍모를 하고 있었던 것이다.

그리고 그의 자연농법을 들으며 나는 또 한 번 놀랐다. 논농사나 밭농사 할 것 없이 모두 모종은 하지 않고 씨를 뿌리는 농사였는데 김매기를 거의 안 한다는 것이었다. 쉽게 말하면 씨만 뿌리고 그냥 내버려두면 스스로 크고 나중에 수확만 하면 된다는 것이었다. 적어도 나에게는 그렇게 들렸다. 풀과의 전쟁이라는 농사짓는 사람들의 말은 참으로 부질없는 말이었던 것이다. 자연농법에 대해 이런저런 이치와 이런저런 방법들을 열심히 설명하는 선배를 보며 무엇인가에 미친다는 것이 삶의 정수에 이르는 길이구나 하는 생각을 했다. 그리고 그런 선배가 있기까지의 배후에 그의 스승이 있었다는 것을 알게 되었다. 이야기의 중간에 가끔씩 등장하는 그의 스승은 나의 호기심을 발동시키기에 충분했다. 우선 선배의 인생관과 가치관을 완전히 바꿔놓은 그가 궁금했고 선배의 자연농법은 그 스승의 삶 속에서 나온 것이며 그 스승이라는 사람은 자연 속에서 고라니나 멧돼지 같은 하나의 개체로 자연 그 자체가 되어 살고 있다는 것이었다.

이야기 끝에 내가 한번 만나보고 싶다고 하자 선배는 그러라고 하며 찾아가는 길을 자세히 일러 주었다. 그리고 한 마디를 덧붙였다. 가면 점심때 찾아가서 꼭 밥 한 끼 얻어먹고 오라는 것이었다. 나는 그때까지만 해도 '밥 한 끼'가 가지는 비유와 상징을 전혀 눈치 채지 못했다.

그 스승이 있다는 곳은 노선버스가 하루에 두세 번 다니는 산마을에서 한참을 걸어가야 했다. 골짜기의 초입을 지나 선배가 일러준 대로 한참을 갔는데 산의 중턱쯤에나 이르렀을까 나무 사이로 어설픈 집 한 채가 보였다. 높다고는 할 수 없으나 참으로 깊은 곳에 위치한 집이었다. 가까이 가서 보니 집의 골격을 제대로 갖추지 못한 집이었지만 이곳저곳 잔손이 간 다부진 집이었다. 집에는 아무도 없었다. 사람을 찾기 전에 우선 집을 둘러보기로 했다. 마당이랄 것도 없는 집 앞의 공간에는 크고 작은 독들이 있었고, 나무로 짠 후 비닐장판을 덧댄 작은 평상 위엔 고추, 밤, 감, 옥수수 등의 각종 수확물들이 많지도 않고 적지도 않은 양만큼 널려 있었다. 비닐을 두세 겹 덧대어 낸 부엌이 있었고 산에서 내려오는 물을 받고 있는 빨간 고무다라에는 비닐로 밀폐한 몇 개의 용기들이 둥둥 떠있었다. 그 집의 냉장고라고나 해야 할 것이었다. 활짝 열려진 방을 들여다보니 촛대에 초가 꽂혀 있었고 천정을 보니 형광등이 없었다. 전기가 안 들어오는 곳이었다. 사람을 찾아보려다가 얼추 점심때가 되어가는 듯해서 기다리면 오겠지 하는 마음으로 평상의 귀퉁이에 앉아 시야에 들어오는 주위 풍경을 보고 있었다.

그때 기척이 나면서 사람이 나타났는데 깜짝 놀랐다. 웬 백발의 노인이 상체를 벌거벗은 채 낫을 들고 오지 않은가. 햇살은 있었으나 이미 가을이 깊어 해만 구름에 가려도 으스스한 때인데 아무리 일을 한다고는 하지만 노인네가 이 가을에 상의를 입지 않고 다니는 것은 이해가 되지 않았다. 하지만 그 몸은 칠십 객의 노인네 몸이 아니었다. 구릿빛의 탄탄한 근육질로 군더더기 하나 없는, 그저 꼭 필요한 만큼만 붙어있는 탱탱한 살이 가을빛을 받아 빛나고 있었다. 인사를 나누고 나중에 알고 보니 원래 그렇게 산다고 했다. 옷이 없는 것은 아니나 그게 더 편하다는 것이었다.

어쨌든 선배의 말대로 밥 한 끼를 얻어먹게 되었다. 아니 노인께서는 언제나 누군가가 오면 반드시 밥을 나눠 먹는다고 했다. 어둡고 작은 방의 방바닥은 울퉁불퉁했으나 밥상은 평평했다. 자신이 농사한 채소와 곡식들로 차린 소박한 밥상이었는데 밥이 좀 이상했다. 밥그릇도 평범한 그릇인데 밥은 형형색색의 잡곡밥이었다. 현미와 콩, 조, 수수, 율무, 보리, 검정깨, 팥, 땅콩, 옥수수 등 자신이 추수한 14가지 잡곡으

로 만든 밥이라고 했다. 그리고 그 밥은 뜸을 들이지 않은 반숙 상태
의 밥이었다.

완숙을 하는 것보다 훨씬 더 많은 양의 저마다 곡식들이 가진 영양
소와 열량을 그대로 섭취할 수 있다는 것이었다. 그래서 밥 한술에
200번 정도를 씹은 후에 삼켜야 한다고 했다.

밥

우리는 밥을 씹는 동안 이런저런 이야기를 나누었지만 원래는 입
안에 있는 그 낱알 하나하나에 대한 고마움을 생각하며 씹어야 한다고
했다. 오로지 밥 한 그릇을 비우는 데만 소요되는 1시간 동안 그 곡식
들이 자랄 수 있도록 도와준 햇볕이며 비며 거름이 되어준 낙엽들이며

땅을 갈아준 지렁이들을 고마워해야 한다는 것이다. 그리고 또 그것들이 존재할 수 있도록 도와준 구름이며 나무며 흙이며 그런 것들을 생각하면 세상은 그 자체로 고마운 것이고 벌레 하나라도 없어서는 안 될 것들이며 모두가 고맙지 않은 것이 하나도 없다고 했다. 그래서 그 밥을 먹고 있다는 자체도 고맙고 숨 쉬고 존재하고 있는 현재가 기적이며 얼마나 존귀하고 고마운 것인지 모른다는 것이다. 실로 밥 한 그릇에는 세상이 담겨 있고 우주가 담겨 있는 것이었다. 이 밥이야말로 세상에서 가장 귀하고 고맙고 맛있는 밥이 아니고 무엇일까.

그런데 진짜 200번을 씹으니 그 거칠던 밥이 죽처럼 이겨져 달착지근한 것이 그렇게 맛있을 수 없었다. 태어나서 먹어본 밥 중에서 정말 가장 맛있는 밥이었다. 노인께서는 그 밥을 하루에 점심 한 끼만 잡수신다고 했다. 아침은 몸님이 수축되어 있고 덜 깨어난 상태라서 완전히 몸의 모든 세포가 깨어 활발해질 때까지 기다렸다가 점심 한 끼를 모신다는 것이다. 저녁은 몸님이 극도로 이완되어 피곤한 상태이니 과일 하나 정도를 먹든지 아예 안 먹고 수면을 통해 쉬는 것이 좋다고 했다. 그러고 어떻게 하루 종일 일을 하시느냐고 하니까 한 끼를 완전연소하기 때문에 그 열량은 일반 사람들 세 끼의 열량보다 많으면 많았지 적지는 않을 것이라고 했다. 보통 사람들의 식사는 몸이 완전 흡수를 하지 못하고 절반 정도는 똥과 함께 배출되지만 당신의 하루 한 끼의 식사는 14 종류의 곡식을 완전히 흡수한다는 것이다. 그리고 원래 사람의 몸은 동면을 할 만큼의 열량을 기본으로 가지고 있으며 그게 건강한 몸이라는 것이다.

어쨌거나 나는 세상에서 가장 맛있는 밥 한 끼를 모시고 난 후 그분이 싸주시는 이런저런 나물과 씨앗 봉지를 받으며 무심코 여기에서 이렇게 살면 가난이라는 것은 모르고 살겠네요 그랬더니 "가난이라는 것은 원래 없는 것이오. 자연에 어디 가난이 있습니까? 매미는 가난하고 꿀벌은 부자인가요? 감나무는 부자고 고욤나무는 가난한가요? 자연에는 풍요만이 있을 뿐입니다. 사람이 자연의 하나가 되는 순간 가난은 없는 것입니다. 아니 원래 사람은 자연인데 사람들이 스스로 구분하면서부터 가난도 생기고 욕심도 생긴 겁니다. 자연은 모두가 그 존재 스스로를 나누는 것들이어서 가난이라는 개념 자체가 없지요" 나는 그 말을 듣는 순간 점심때에 모신 '세상에서 가장 맛있는 밥'을 먹을 자격이 없었다는 생각이 들었다. 노인께서 굳이 오는 자들에게 밥한 끼를 대접하는 이유를 비로소 알 수 있었다.

시간을 먹는 맛, 발효식품

1. 시간의 맛

발효음식은 기다림의 음식이다. 장맛을 지키는 것이 가풍인줄 알았던 우리네 어머니들에게 기다림은 음식을 완성하는 또 하나의 레시피였다. 그들은 음식을 만들 때 먹을 사람이 누군지를 생각하며 만들었다. 항아리 속에서 시간이 흘러 단단한 결기 같은 것들도 물컹해질 무렵 음식은 그리움의 자세를 갖게 되었을 것이다. 날카롭고 거친 것들도 무화시키는 시간의 힘으로 발효는 썩지 않게 된 것이다.

우리의 선조들은 음식의 간을 맞출 때 소금보다 간장을 주로 썼다. 간장으로 양념을 하면 재료가 가진 깊은 맛이 지배하지 않고 끌어낼 수 있었기 때문이다. 그들에게 세상의 모든 것들은 먹을거리였다. 가난한 탓도 있겠지만 오랜 기간 저장이 가능하고 또 바쁜 일손에 근처

* 박태건 / 시인

에서 구할 수 있는 재료를 먹을 수 있게 하는 것은 발효의 힘이다.

기다림은 발효음식의 맛과 깊이를 만든다. 대표적인 것이 장과 젓갈이다. 장은 시간의 깊은 맛이 배어날수록, 젓갈은 공간의 서늘함까지 더해 오래 기다린 자들에게 자신을 내어준다.

나는 실갈치라고 불리는 갈치조림을 맛보고 군산에 반해 버렸다. 갈치조림은 작은 갈치를 소금에 절여 바닷바람에 잘 말렸다가 간장양념에 졸여 낸 것이다. 생선을 간장에 조려 먹는 법은 예전부터 내려오던 방법. 과거 제주도에서는 갈치조림을 간장만으로 맛을 냈다. 고추 농사를 짓지 않아 고춧가루가 귀했기 때문이다. 하지만 지금은 고춧가루나 고추장 범벅의 갈치조림이 흔하다. 군산쪽 식당은 국도변에 위치한 허름한 식당 중 아무데나 가도 갈치조림이 상위에 올라온다. 팔지 못할 갈치들이 훌륭한 한 끼 밥반찬이 되는 것이다.

군산지역의 서민식당에서 반찬으로 나오는 갈치조림을 지난 주말 군산시 나포면에 가서 먹었다. 겨울바람이 금강의 탁한 물길을 뒤집을 듯이 부는 날이었다. 나는 소설가 L과 강을 옆에 끼고 무작정 달려갔다. 째보선창에서 출발한지 얼마 안 되어 점심때가 되었고 나포면사무소 인근에 시골밥상이라는 함석간판의 식당에 들렀다. 식탁은 4~5개 정도, 인근의 공사인부들이 밥을 대어 먹는지 식당 안은 북적거렸다. 손가락이 찬물에 불어 빨갛고 두툼한 주인여자가 아이를 하나 딸린 여자와 함께 밥을 나르고 있었다. 나는 갈치조림을 먹으며 나포의 강가에 흰 갈치가 빨래처럼 늘어져 말라가고 있었을 것을 생각했다. 이 지역의 여자들은 꾸덕꾸덕 잘 마른 갈치를 툭툭 끊어다가 멸치와 간장을 넣고 은근한 불에 졸여냈을 것이다. 겨울의 강바람이 제법 추운 날이었다. 식당 안은 손이 바빠서인지 채 치워지지 않은 자리가 많았다. 누가 먹고 간 자리는 그 삶이 지나간 자리다. 나는 그 중 한 사람이 지나갔을 자리에 앉았다. 밥공기는 알뜰히 비워져 있었고, 나물 몇 접시와 손가락이 두툼한 주인여자가 내었을 갈치조림이 접시에 반 남아 있었다. 나는 누군지 모를 그가 먹고 남긴 이 자리에 앉아 밥을 청해 먹으며 겸상했어도 좋았을 거라고 생각했다. 그는 이 시골식당에 무슨 일로 들렀던 것일까? 혼자서 생선가시를 발라내었을 그를 생각하니 갑자기 허기가 졌다. 주변엔 아직 상을 받지 못한 사람들이 멀건히 텔레비전을 보면서 말없이 앉아 있었다. 뉴스특보를 하고 있었는데 몇 명의 군인이 사망했다는 보도와 현장사진이 반복해서 흘러 나왔다. 어제의 뉴스와 그리 달라진 내용이 없었는데도 사람들은 멍하니 바라보고만 있었다. 믿기 힘든 일이 발생하면 현실과의 간극이 클수록 그것은 비현실적으로 느껴진다고 생각했다. 특별한 내용이 없이 뉴스속보는 계속되었고 음식은 나오지 않고 식당 미닫이 문밖으로 큰 차가 지나가면 유리문이 떨었다.

기다림은 인내를 동반한다. 인내하면서 시간을 보내면서 소금도 젓갈의 재료도 서로 이해하는 법을 배우는 것이다. 서로를 이해하는 맛이 담겨 있기에 젓갈은 짜면서도 단맛을 낸다. 시간의 맛이 이런 것이라면 우리는 기다리는 법을 좀 더 배워야 할지도 모른다. 내 마음이

손가락이 찬물에 불어 빨갛고 두툼한 주인여자가
아이를 하나 딸린 여자와 함께 밥을 나르고 있었
다. 나는 갈치조림을 먹으며 나포의 강가에 흰 갈
치가 빨래처럼 늘어져 말라가고 있었을 것을 생각
했다.

갈치조림

강 너머에 있을 때 잠시의 시간을 두고 두 명의 전직 대통령이 사망했다. 그들은 햇볕정책이라는 것을 시행했는데 요지는 어렸을 적 동화책에서 봤던 내용이었다. 그러나 사람들은 해가 지면 얼마나 추워지는 것을 잘 몰랐다. 밥을 기다리는 차례가 다가오자 갑자기 허기가 지는 이유처럼.

2. 발명과 발견 사이

나는 왜 금강을 찾아 왔던가? 문득, 출근하고 싶지 않은 12월의 아침이었다. 시인이라는 이름을 받고 십 몇 년이 지났으나 변변한 시집을 상재하지도, 이렇다 할 시 한 편 남기지 못했다. 나는 언어의 발명가를 꿈꿨던가? 세상에 존재하는 언어들을 나만의 방식으로 요리해 한 상 잘 차려내고 싶었다. 그러나 돌아보면 생활이 먼저였다. 언어 이전의 사유는 넘치는 용광로 같았고 시뻘건 쇳물을 담은 거푸집을 깨면 황금의 언어들이 튀어 나올 것만 같았다. 그러나 꿈이 깨면 나는 나의 연금술은 실패했다.

강바람 맛이 밴 갈치는 살을 바르기엔 너무 작았다. 뜨거운 밥 한술에 갈치조림을 입 안에 넣고 우적우적 씹어 먹었다. 프리랜서(-솔직히 반백수)로 일하다가 직장에 들어간 것이 올 초의 일이다. 긴 백수시절 가장 부러웠던 것은 직장인들의 회식. 늦은 밤까지 동료들과 어울려 2차, 3차를 하는 것을 푸념삼아 늘어놓는 친구들을 만날 때마다 괜한 투정으로 생각했다. 사회에서 혼자서 견딘다는 것은 어차피 강해져야 가능한 일. 연금술사를 꿈꾸었으나 내 입에서는 못 생긴 말만 나올 뿐이었다. 이런 생각이 들면 괜스레 잘 하지도 못하는 술을 사러 집 근처 슈퍼에 간다.

얼마 전까지 라면과 파를 샀던 그곳은 기업형 슈퍼마켓으로 바뀌어 있었다. 맥주 몇 캔과 과자봉지의 바코드를 찍으며 나도 누군가에 바코드로 찍으면 얼마가 나올지 생각했던 시절이 지긋지긋해 하던 올해 초 조직생활을 시작했다. 일 보다 사람과 사람사이의 관계가 얼마나 힘든지 배웠다. – 아마 그들도 그랬으리라.

일은 아침 9시에는 시작된다. 사람들을 상대하기 위해선 먼저 감정을 희석시켜야 한다. 나는 종종 테트리스 게임의 구부러진 막대이거나 요철이 되곤 했다. 어디선가 처치 곤란한 상자가 떨어지기도 하고 구겨 넣을 구멍도 없이 긴 막대가 대책없이 떨어졌다. 그렇게 한 칸씩 나를 지우다 보면 어느새 오후 4시가 된다. 이 시간에 나는 책상위의 지우개처럼 조금씩 작아져 희미해진다. 발명을 위해 구석진 곳으로만 돌아다녔으나 내가 얻은 건 한 줌의 먼지.

나는 나를 증명할 수 없었다. 그렇게 문득 불혹이 되었다. 나는 더 이상 발명을 하지 않는다. 대신 주변을 예전보다 세심히 보게 되었다. 새로운 것으로 세상을 놀라게 하고 싶은 욕망이 스르르 사라졌다. 발견은 주변의 공기를 새롭게 한다. 생활이 새삼스러워 졌다. 사물과 사물, 사람과의 관계 속에서 미묘한 촉이 생겨난다. 그리고 만남보다 만남의 결과가 현재의 삶이, 무작정 make up되기만을 기다려온 날들이 부질없게 느껴졌다. 나는 세상에게 증명 받고 싶어서 나를 항아리 속에 유배시키고 살았던 건 아닐까? 웅크리고 앉아 무엇이 될지도 잘 모르면서 그렇게 살아온 것이다.

웅포금강을 찾아 온 것은 아마도 사람에 대한 생각 때문일 것이다. 내 휴대폰에 저장된 수백 명의 이름들은 자획별로 흩어지는 기분이었다. 기억도 발효가 되는 걸까? 강물속에서도 추억과 상처가 부딪쳐 물소용돌이를 만든다. 철새 한마리가 휘리릭 그 위를 차고 지나간다. 기다림만이 식욕의 허방에서 사람을 구원한다. 멀리 충청도 쪽으로 방파제가 나 있었고 묶여있는 작은 배가 물결에 휘청거리고 있다. 시간의 맛이란 그렇게 흔들리며 깊어지는 것이라고 나는 생각했다. 항아리 속에 혼자 있으면 발효는 되지 않는다. 발효는 서로의 호흡이 만나 일어나는 화학적 변화다.

강경의 젓갈은 전국적으로 유명했다. 금강변을 중심으로 쇄곡선이 구한말 충청 호남의 물류를 이곳으로 날랐다. 사람이 많으면 미식가들이 생기는 법. 그들의 까다로운 입맛을 떠올릴 수 있는 웅포 8미에서 곰개 포구의 젓갈김치가 으뜸이다. 항아리 속에서 발효가 된 강경젓갈은 기찻길을 따라 전국으로 이동했을 것이다. 각자의 목적지를 향해 흩어지던 젓갈은 흔들리며 좀 더 곰삭아졌을까? 강 너머의 바람이 구름을 몰고 왔다. 진눈깨비가 내릴 것만 같은 오후다.

'평화' 한 그릇

K형!

그동안 잘 지냈소? 형에게 편지 받고 얼렁덜렁 하다 보니 오늘에야 답장을 쓰오. 미안하오. 내 이 융통한 성질머리가 아직도 이 모양 이 꼴이오. J형을 통해서 형의 건강이 매우 염려스럽다는 말을 들었소, 어찌된 일이오. 내 짐작하는 바가 있어 하는 말이지만, 형은 혼자가 아니라는 사실을 알아야 할 것이오. 나도 술깨나 마시지만 형의 그 돼먹지 않은 강짜일랑 이제 슬슬 졸업할 때가 되지 않았소? 술은 술대로 마시더라도 밥은 꼭 챙겨 드시오. 제수씨를 일터에 보내놓고 글깨나 쓴다고 깨작거리고 있는 형의 모습이 눈에 선하오. 형은 나를 가납사니라고 할 줄 모르나 이만큼이라도 형에게 오매불망하는 사람이 어디 흔할 것 같소?

* 오장근 / 시인

일전에 형이 '음식'의 이것저것에 대한 원고를 부탁했을 때 나는 좀 난감했더랬소 나야 원래부터 글구멍이 약한 사람이라 진수성찬을 올리기는 턱없이 부족한 게 사실이고 보니 더럭 겁부터 납디다. 집에 들어와 문 닫아 걸고 곰곰거렸소 그래서 얻은 결론은 가갸거겨가 별거 냐였소 어쩔 땐 무식한 게 또 착실한 무기 아니겠소? 삼층밥이 되든 오층밥이 되는 괴발개발 써보리다.

K형!

나는 지금도 밥은 이밥을 고집하오 요즘은 웰빙이다 뭐다 해서 왜 각거리지만 나는 지금도 하얀 이밥이 가장 맛있소 누구나 음식에 대한 추억 하나쯤은 가지고 있을 것인데, 나에게도 '음식'에 대한 유별난 기억이 몇 있소 특히나 '밥'에 얽힌 구구한 이야기가 절절하오.

형도 그랬겠지만, 내 고향은 시쳇말로 저녁이면 삵이 자주 출몰하던 곳이었소 손바닥만 한 논들이 다닥다닥 붙어서 하늘만 바라보고 있는 형국이었소 가을소출이래야 염소오줌만큼 찔끔거리니 어디 배부르게 먹고 살 수 있었겠소? 그나마 가실해서 반은 장리쌀로 주고 나면 세 끼 중 겨우 한 끼 정도 흉내 낼 정도였으니 열두 달 중 쌀밥을 먹는 날이 어디 흔했겠소? 그래서 쌀밥으로 밥 짓는 날이면 괜스레 세상 모든 것을 다 가진 것처럼 행복했고, 코를 벌름거리며 부엌 주변을 서성거렸더랬소 검은 무쇠 솥에 지은 쌀밥을 한입 가득 떠 넣으면 들큰한 맛이 반찬이었고 그것이 내 사상이었소 하지만 요즘 먹는 밥은 옛날 같지가 않소 버튼 몇 번만 조작하면 스스로 밥이 되는 편리한 세상이 되었지만, 아무래도 가마솥에 지은 밥만큼은 아닐 것이오 나는 지금도 밥을 하면 언제나 밥솥에서 밥을 한 수저 떠서 한입 가득 넣는 버릇을 고치지 못했소(너무 원초적이라 타박하지 말기 바라오).

밥에 대해 되넘스럽게 지껄이다 보니 불현듯 생각나는 게 있소

지금이야 밥과 국(찌개)이 같이 올라야 구색이 맞는 밥상이 되지만 어렸을 적 고향에서 그것은 없으나 있으나 매일반이었소 아니 할 말로 국이나 찌개가 없는 날이 훨씬 많았던 걸로 기억하오

아마도 '시래기국'은 70년대 시골에서 먹었던 가장 흔한 국일 것이오 나도 겨울에 가장 많이 먹는 국이 '시래기국'이었소 이즘이야 별미가 되었지만 당시만 해도 '시래기국'은 어쩔 수 없이 먹는 것에 불과했소 내 기억이 맞다면 대개 12월 초쯤 집집마다 김장을 하는데, 시래기는 김장의 과정에서 나오는 부산물이오

시래기를 만드는 순서는 다음과 같소 김장을 하기 위해 배추 겉잎을 솎아내는데 솎아낸 것들을 지푸라기로 엮은 다음 처마 밑에 매달아 말리오 적어도 보름 이상은 바람과 비, 눈, 서리가 섞어쳐야 시래기는 비로소 '시래기'로서 다시 태어난다 할 수 있소 사전적 의미로 '시래기'는 무청 윗부분을 말린 것을 말하고 '우거지'는 푸성귀 따위의 겉잎을 말린 것이라고 하는데 어찌된 일인지 고향에선 싸잡아 '시래기'라고 하였소

김장을 하기 위해 배추 겉잎을 솎아내는데 솎아
낸 것들을 지푸라기로 엮은 다음 처마 밑에 매달아
말리오. 적어도 보름 이상은 바람과 비, 눈, 서리
가 섞어쳐야 시래기는 비로소 '시래기'로서 다시 태
어난다 할 수 있소.

시래기국

'시래기'를 맛있게 먹으려면 터울거려야 하오 좋은 시래기는 너무 구드러져서도 안 되고 그렇다고 서근거려서도 안되오. 시래기는 적당하게 사들해야 아삭하면서도 들척한 맛을 느낄 수 있을 것이오

'시래기'를 적당히 말렸으면 일단 폭삭하니 삶은 다음 찬물에 한 나절 정도 담가두면 오긋해질 것이오 그러면 그것을 뽈깡 짜서는 어슷하게 썰어 놓은 다음, 막된장을 적당히 풀고 마늘을 찧어서 넣은 물에 시래기를 넣고는 한소끔 진득하니 끓이면 되오 여기에 풋고추나 붉은 고추를 버슷하게 썰어 넣으면 얼추 먹을 준비는 되었다 할 수 있을 것이오 중요한 것은 밥은 시래기보다 적어야 한다는 것이오 그래야 시래기국의 진미를 맛볼 수 있기 때문이오 요즘에는 소고기를 비롯해 온갖 양념을 넣어 양껏 먹는다지만 나에게 그런 '시래기국'은 좀 꺼끌거립디다. 시래기국은 양념을 많이 넣기보다는 되도록 적게 넣는 것이 본래의 맛을 살릴 수 있는 길이라 나는 감히 생각하오

K형!

형은 '추어탕'을 무엇이라 생각하오 나에게 '추어탕'은 '탕(湯)'이 아니오 그것은 '평화'였소 왜냐? 어릴 적 우리 식구들은 '추어탕'을 먹는 시간만큼은 서로가 참 우애 좋은 가족이었기 때문이오 평소에는 왁실덕실 거리다가도 음식만 차려지면 평화도 그런 평화가 없었소 그 중에서도 단연 '추어탕'을 먹는 시간은 압권이었소 다른 때와 달리 먹으면서 추어탕이 빨리 없어질까봐 서로 눈치 보는 일은 없었소 추어

탕만큼은 양껏 먹을 수 있었기 때문이었소. 기억하기론 주식으로 먹으면서 밥이 가장 적게 필요한 음식이 추어탕이었소.

형도 알다시피 미꾸라지는 주로 가을에 많이 잡히오. 지금이야 거의 볼 수 없지만 그 당시만 해도 논도랑이나 개울에는 오염되지 않은 미꾸라지가 지천이었소. 굳이 삽을 들이밀지 않고 손으로 움켜도 잡을 수 있을 정도였다면 형은 믿을 수 있겠소?

가을걷이가 끝날 때쯤이면 누가 먼저랄 것도 없이 삽과 곡괭이, 독대(뜰채), 그리고 비료푸대를 들고는 고랑물이 찰박한 곳을 찾아서 파보면 거기엔 어김없이 미꾸라지들이 퍼덕거리고 미끈거렸소. 나는 주로 주도적인 역할은 못하고 그저 비료푸대를 들고 다녔지만 그것대로 헌걸찬 바가 있었소.

미꾸라지를 잡아서 집으로 돌아갈 때쯤이면 어머니는 가마솥에 물을 끓이고 있기 십상이오. 미꾸라지를 동이에 넣고 소금을 뿌리면 마치 뜨거운 물을 뒤집어 쓴 것처럼 와글거리며 거품을 쏟아낼 때는 괜스레 내 마음 한쪽이 짠해지기도 하였소.

거품이 적당해졌다 싶으면 미꾸라지를 소금물에 여러 번 헹구고 가마솥에 넣어 오랜 시간 끓이면 되오. 오랜 시간 끓인다는 것은 죽처럼 걸쭉하거나 미꾸라지가 흐물해지도록 끓이는 것을 말하오. 가마솥에서 드글거리도록 끓여졌다 싶으면 체로 건져내어 확독(사투리로는 '학독'이라 하오.)에 가는 것이 그 다음 순서라 할 수 있소. 한쪽에서 미꾸라지를 확독에 갈고 있으면, 다른 쪽에서는 '시래기'를 아주 잘게 쫑쫑

썰고, 매운 고추와 고춧가루, 생강 찧은 것 따위를 준비하오.

포실거리는 물에 준비한 것들을 넣고 한소끔 끓이다가 솥뚜껑을 열고 주걱으로 천천히 저어주오. 보다 맛있는 '추어탕'이 되기 위해서는 국물이 너무 많거나 반대로 너무 적으면 안 된다는 것이오. 또 한 가지 '시래기국'을 끓일 때처럼 '추어탕'에도 양념을 너무 많이 넣으면 맛이 수그러진다는 것을 명심하시오. 소금으로 건건하게 하는 것이면 족하다 할 것이오.

K형!

우리 민족만큼 '먹거리'에 대해 애면글면하는 민족도 드물 것이오. 하기사 먹는 일 만큼 중요로운 일거리가 또 있겠소?

형도 알고 있듯이 나는 먹는 걸 유독 밝히는 편이오. 그렇다고 미식가도 못되고 맛을 찾아다니는 식객도 아니오. 그저 어릴 적 맛본 몇 가지 음식맛에 겨워 눈과 코를 뒤룩거리는 융통한 대식가에 불과하지만 지금도 나의 이런 편식은 바꿀 생각이 없소.

꿩국이며, 민물탕, 돼지찌개 등 진진한 이야기가 오롯하지만 형을 위해 다음 기회로 미루겠소(너무 섭섭해 하지 마시오).

부디 이 글을 읽거든 술맛은 그만 보고 밥맛에 바지런해지길 간절히 바라오. 다 갖추지 못함을 용서하오. 더불어 내 안계를 넓혀줄 수 있는 글 기대하겠소.

추신 : 근일에 통영 서호시장에서 '시락국(통영에서는 시래기국을 '시락국'이라 한다 하오.)' 한 그릇 했으면 하오 연전 통영 여행길에 우연히 서호시장에서 해장을 할 일이 있어 들어갔는데 그만 그 맛에 반해 버렸소 어렸을 적 먹던 '시래기국'의 맛과 많이 닮았기 때문이었소

홍어 아빠

"아휴, 이거 무슨 냄새야. 홍어, 또 너지?"

지상이가 코를 부여잡고 용수를 놀립니다. 용수는 그런 지상이를 상대하지 않고 수업 준비를 합니다. 교실에서 이상한 냄새라도 나면 지상이는 용수를 가리키면서 '홍어'라고 놀립니다. 용수는 처음에는 억울해서 내가 아니라고 변명을 하였지만, 이제는 가만히 있습니다. 그래야 지상이가 놀리는 것을 그만두기 때문입니다.

용수가 깨끗한 아이라는 것을 반 친구들 모두가 알고 있습니다. 하지만 오늘은 다릅니다. 지상이가 놀리니까, 친구들도 용수에게서 냄새가 나는 것 같다고 수군거립니다. 참고 있던 용수가 버럭 화를 냅니다.

"왜 내가 홍언디? 홍어가 뭔디?"

"나도 몰라. 근데 넌 홍어야. 전라도 시골에서 이사 왔잖아."

---

* 백상웅 / 시인

"전라도랑 홍어랑 뭔 상관인디? 응?"

"인터넷에서 봤거든. 전라도 사람들은 다 홍어래!"

지상이의 대답에 용수는 아무런 대답도 하지 못하고 고개를 떨어뜨립니다. 용수도 인터넷에서 그런 댓글을 자주 봤습니다. 전라도 관련 기사만 나면, 댓글에 '홍어'라는 소리가 나옵니다.

전라도만 그러는 게 아닙니다. 인터넷에서 사람들은 경상도, 충청도 사람들도 다른 말로 놀립니다. '전라디언들!', '멍청도 사람들!', '경상디언들!' 이러면서 서로 싸웁니다. 용수는 이 말이 무엇을 뜻하는지 도저히 이해할 수가 없습니다.

학교가 끝나도 용수는 분이 풀리지 않습니다. 집 대문을 열기도 전에 엄마를 부릅니다. 엄마가 화들짝 놀란 눈으로 용수를 바라봅니다.

용수는 엄마를 붙잡고 다시 정읍으로 이사 가자고 조릅니다. 엄마는 어이가 없다는 표정으로 용수를 바라봅니다.

"애가 왜 이런댜. 서울이 좋다믄서."

"애들이 놀리자녀. 홍어라고."

"홍어가 얼매나 맛있는 것인디. 서울 것들은 입도 없다냐."

홍어가 맛있다는 엄마의 말에 용수는 귀가 솔깃합니다. 맛있는 것이라면 자다가도 벌떡 일어서는 용수가 맛있다는 말을 그냥 넘어갈 일이 없습니다. 용수는 지상이가 놀리던 일도 잊어버리고 이제는 홍어를 사 달라고 엄마를 조릅니다.

"아이고메, 느이 아버지도 홍어를 그렇게 좋아하드만."

"홍어가 얼매나 맛있는 것인디.
서울 것들은 입도 없다냐."

홍어회

"아버지도 홍어를 좋아했어?"

"말도 못하게 좋아했지. 기다려봐라 엄니가 후딱 시장에 가서 사올랑게."

용수는 아버지도 홍어를 좋아했다는 말이 듣기 좋습니다. 용수는 아버지처럼 되기 위해 노력하고 있습니다. 용수는 엄마가 자신을 두고 아버지를 닮았다고 하면 기분이 좋습니다.

병에 들어 침대에서 몇 년간 누워서 지낸 아버지에게서는 이상한 냄새가 났습니다. 엄마는 그런 아버지를 매일 씻겨주었습니다. 처음에 용수는 냄새 때문에 좀처럼 아버지에게 다가가지 못했습니다. 하지만 매일 아버지를 씻겨주는 엄마를 보고 생각을 고쳐먹고, 매일 아버지와 대화를 나누었습니다. 엄마를 잘 보살펴 드리라고 아버지가 말했습니다. 그리고 아버지가 돌아가셨습니다.

아버지가 돌아가시고 나서 아버지가 얼마나 대단한 사람이었는지 용수는 깨닫고 있습니다. 아버지처럼 할 수 있는 게 하나도 없습니다. 용수는 못도 박지 못합니다. 식탁도 쉽게 나르지 못합니다. 엄마를 웃겨 드리지도 못합니다. 아버지처럼 되기가 세상에서 가장 어려운 일 같습니다.

아버지를 생각하는 동안, 용수는 깜빡 잠이 들었습니다. 어느새 시장에 다녀온 엄마를 홍어 사왔다면서 용수를 흔들어 깨웁니다. 용수는 벌떡 일어나 주방으로 달려갑니다.

"음메, 이거 무슨 냄시여. 엄니, 서울에도 푸세식 화장실이 있나벼."

"홍어 냄시지 뭔 냄시겠냐."

용수가 코를 부여잡고 말하자, 엄마가 웃으며 대꾸합니다. 엄마는 홍어회를 소금에 찍어 용수에게 먹여줍니다. 용수는 망설이다가 냉큼 한입에 물고, 우물우물 씹습니다. 아버지가 좋아했다는 홍어를 냄새 때문에 피하기는 싫습니다.

하지만 용수는 홍어회를 입에 담는 순간부터 후회가 밀려옵니다. 코가 뻥 뚫리는 느낌이 밀려옵니다. 코끝이 알알합니다. 눈물 한 방울이 눈가에 맺힙니다. 홍어가 입이며 코를 톡톡 쏘고 있는 것 같습니다. 시골에나 있는 옛날 화장실 냄새도 참을 수가 없습니다.

"엄니, 이거 사람이 상한 것 같은디?"

"야도 참, 원래 이렇게 먹는 것이여. 이 맛에 먹는당게."

엄마는 말이 끝내기가 무섭게 홍어회를 입에 물고는 행복한 표정을 짓고 있습니다. 엄마 얼굴만 보면 홍어회가 세상에서 가장 맛있는 음식 같습니다.

"너도 크면 이 맛을 알 수 있을 것이여."

"그게 뭔 소리여."

용수는 엄마의 말을 이해하지 못하겠습니다. 커야 맛있는 음식이 따로 있다니, 생각지도 못한 일입니다. 가만 생각하니, 돌아가시기 전 아버지에게서 나던 냄새도 이런 냄새였던 것 같습니다. 병원 침대에 누워 있던 아버지 모습이 떠오릅니다. 하루 내내 천장만 바라보며 누워 있던 아버지, 엄마가 씻겨주고 밥을 먹여주지 않으면 아무 것도 못했던 아버지가 생각이 납니다.

"홍어는 푹 삭혀야 제 맛이여. 느이 아버지 죽기 전에도 얼마나 이 것을 먹고 잡다고 했는디."

엄마도 아버지 생각이 나는 것 같습니다. 톡톡 쏘는 홍어회 때문인 지, 아버지 때문인지 엄마도, 용수도 눈이 벌개졌습니다. 엄마는 눈을 훔치고는 김이 펄펄 나는 냄비에서 고기를 꺼냅니다. 그리고 묵은 김 치에 삶은 고기와 홍어회를 싸서 용수에게 먹여줍니다.

"어뗘, 맛있지? 이게 삼합이라는 거여."

용수는 홍어회만 먹을 때랑 다른 맛을 느낍니다. 이번에는 톡 쏘는 느낌이 덜합니다. 홍어 때문인지 고기가 더 맛있게 느껴집니다. 혀끝 을 얼얼하게 만들 정도로 시원한 묵은 김치도 홍어와 어울립니다.

엄마와 용수는 말없이 홍어회를 먹습니다. 이렇게 맛있는 음식으로 왜 사람들을 놀리는지 이해할 수가 없었습니다. 냄새가 난다고 다 나 쁜 음식은 아니라는 것을 용수는 깨닫습니다.

다음 날, 용수가 교실 문을 열기가 무섭게 지상이가 나타납니다. 지 상이가 또 코를 부여잡고는 용수를 놀립니다. 용수는 방그레 웃으며 지상이에게 한 마디 던집니다.

"홍어가 얼마나 맛있는 것인지 모르지?"

"그런 거 안 먹어도 되거든?"

지상이가 황당하다는 듯, 입을 삐죽거리며 말합니다. 용수는 아랑곳 하지 않고 엄마에게 전해들은 홍어의 효능을 이야기 합니다. 홍어를 먹으면 피부가 고와지고, 고단백 저지방 식품이라 다이어트에 좋다고 말합니다. 그리고 기관지를 건강하게 해줘서 감기도 예방해주는 홍어 맛을 모르면 어른이 아니라고 말합니다. 홍어는 삭혀서 먹을 때, 제 맛을 낸다는 엄마의 말도 그대로 전합니다.

"냄새 좀 난다고 맛이 없는 게 아니여!"

"아이고, 용수가 뭘 좀 아네."

용수는 깜짝 놀라 뒤를 돌아봅니다. 아까부터 선생님이 와 있었는데, 용수는 몰랐습니다. 선생님은 용수에게 꿀밤을 살짝 먹이고 자리로 들려 보냅니다.

"용수 말처럼 홍어는 건강에 좋은 음식이란다."

선생님은 수업은 하지 않고 홍어 이야기만 계속합니다. 용수는 눈을 동그랗게 뜨고 선생님의 말을 듣습니다. 사람도 그렇게 삭아가야 한다는 선생님의 말은 이해하기 힘들지만 뭔가 중요한 말 같습니다. 그때, 용수 뒷자리에 앉은 지상이가 용수를 부릅니다.

"야, 그거 진짜 맛있어?"

"진짜 맛있어. 우리 집에 올래?"

용수는 지상이와 친한 친구가 될 수 있을 것 같아서 기분이 좋습니다. 홍어같이 푹 삭은 그런 친구가 될 것 같은 기분이 들었습니다.

닭죽과 고추김치로 열어 준 마음의 길

최근 몇 년 전부터 우리 부부는 겨울에 여행을 떠난다. 주말농장도 농사랍시고 겨울이 되어야 시간을 낼 수 있다. 게다가 남편에겐 역마살이라도 있는지 틈만 나면 여행길에 오르고 싶어 한다. 그러다 보니 나도 이제는 여행 보따리 싸는 데 도사가 됐다.

며칠 전에도 남편은 퇴근길에 여행 티켓을 끊어 와서 하는 말이, 내일 아침 일찍 기차를 타려면 새벽 5시쯤 집을 나서야 한다는 것이다. 급하게 세면도구와 옷 몇 가지를 싸면서 겨울 유목인이 따로 없다고 구시렁거렸으나 자정이 되기 전 여행 보따리는 이미 머리맡에 놓여졌다.

밖으로 돌아다니기 보다는 집에서 서랍을 정리하거나 앨범 꾸미는 걸 좋아하는 나로선 이런 '번갯불에 콩 구워먹는' 여행이, 그것도 추운 겨울에 다니는 여행이 달가울 리 없다. 그러나 '연륜은 지식보다 지혜

* 서금복 / 아동문학가

롭다' 하지 않던가. 이왕 떠나기로 작정한 여행이라면, 무조건 기분 좋게, 가능하면 짐 가볍게, 따라 나설 일이다. 물론 이렇게 되기까지 많은 세월동안 삐걱 거리는 마찰과 소음이 있었던 건 사실이다. 홀쩍 떠나는 여행에서 스릴마저 느끼는 남편과는 달리 무슨 일이든 미리미리 준비해야 하는 걸 철칙으로 알고 있던 나는 여행길에 올라서도 걱정이 많았다. 그래서 미처 정리정돈 해놓지 못한 집 걱정, 챙겨줘야 할 아이들 끼니 걱정에 여행으로 들떠있는 남편의 기분에 찬물을 끼얹었던 적이 한두 번이 아니었다.

그럼에도 불구하고 틈만 나면 남편 따라 여행길에 오르는 까닭은 여행에서 만나는 사람들과의 고마운 인연 속에 자리 잡고 있는 음식에 대한 따뜻한 추억 덕분이 아닌가 싶다.

20년 전에도 그랬다. 모임 선배가 임실에 살고 있다는 이유만으로 여행코스를 전북일대로 정했다. 지금 같으면 이것저것 따지면서 선배의 집으로 숙소를 잡지 않았을 텐데, 그때는 참 철이 없었다. '여름에 오는 손님은 호랑이보다 더 무섭다'는데, 우리 가족은 그런 걱정하지 말라는 선배의 말만 믿었다.

선배의 집은 좁고 낡았다. 더욱이 집 옆에 축사가 있어서 뜨거운 열기와 뒤섞인 돼지 냄새가 벽으로 파고들어 밤새도록 뒤척였던 기억도 또렷하다. 그러나 우리 부부는 그동안 다녔던 여행 중에 그때의 여행을 최고로 꼽는다.

특히 지리산 골짜기에서 선배 부부가 끓여준 닭
죽은 지금까지도 잊을 수 없다. 엄나무와 황기를
넣고 끓여낸 닭백숙의 쫄깃쫄깃했던 맛과 그 국물
에 미리 불려놓은 녹두를 넣고 푹 끓인 닭죽.

닭죽

그 이유 중 첫 번째는 선배부부가 진심을 다해 우리를 맞아주었다는 것이고, 두 번째는 선배의 음식솜씨 덕분이다. 들깨를 듬뿍 갈아 넣어 만든 보신탕과 기름이 반지르르 흘렀던 장어구이…… 그러나 그런 특별한 음식보다는 고추김치라든가 취장아찌 같은 밑반찬이 지금도 눈에 삼삼하고 떠올릴 때마다 세월과 상관없이 입에 침을 고이게 한다.

소금물에 살짝 절여놓은 고추에 부추와 양파, 당근 등을 통깨와 버무려 익힌 고추김치. 새콤달콤한 취장아찌는 서울이 고향인 내게는 별미로 느껴졌다.

특히 지리산 골짜기에서 선배 부부가 끓여준 닭죽은 지금까지도 잊을 수 없다. 엄나무와 황기를 넣고 끓여낸 닭백숙의 쫄깃쫄깃했던 맛과 그 국물에 미리 불려놓은 녹두를 넣고 푹 끓인 닭죽. 가끔 그 맛을 흉내라도 내볼 양으로 끓여보지만 그때 그 맛에는 어림도 없다. 선배의 음식솜씨도 솜씨지만, 그날 우리는 그 어떤 것을 먹었어도 세상에서 최고로 맛있는 걸 먹은 날로 기억될 만한 특별한 사건이 있었다.

선배의 음식솜씨가 그 동네에서도 소문이 났는지, 지리산으로 출발하기 전 이것저것 챙기느라 자동차 위에 잠깐 올려놓은 밥통 보따리를 누군가 집어간 것이다. 그래도 선배는 별로 당황하는 기색이 없었다. 누군가 자기가 한 밥을 꽤 먹고 싶었나보다며 이미 잃어버린 것에 대해선 빨리 잊자고 했다.

아마도 선배는 그것 말고도 먹을 건 많으니 걱정하지 않아도 된다고 생각했나 보다. 그런데 아뿔싸! 닭죽을 먹으려고 하니 수저가 없었

다. 잃어버린 밥통 보따리 속에 숟가락과 젓가락도 함께 들어 있었다
는 것이다.

급한 대로 숟가락은 과자 상자를 찢어서 대충 만들고 젓가락은 남
편이 부랴부랴 나뭇가지를 꺾어 여행용 칼로 다듬었다. 생각해 보시라.
지리산 계곡 끝자락 어느 다리 밑에서 녹두 닭죽과 고추김치, 취장아
찌를 종이 숟가락과 나뭇가지 젓가락으로 먹을 때의 그 맛을……

그 여행을 다녀온 후 우리 가족은 몇 차례 더 발길을 전북으로 향했
다. 임실의 옥정호와 사선대, 진안의 마이산, 장수에 있는 논개사당,
남원의 광한루와 바람으로 눈을 뜰 수 없었던 지리산 노고단. 정읍 내
장사와 전주의 덕진공원…… 특히 두 아들이 입대하기 전에는 부안
의 변산반도를 돌았는데, 아마 우리가 이렇게 그곳으로 발길을 자주
돌린 까닭은 가는 곳곳에서 만난 사람들의 따뜻한 마음과 어우러진 맛
깔스런 음식 덕분이 아니었을까 싶다.

사랑은 내리사랑이라고, 누군가에게 받은 사랑은 또 반드시 꽃 피우
기 마련인가보다. 우리도 손님을 자주 맞는 편이다. 뒷문을 열면 바로
피라미와 모래무지가 잡히는 개울이 있다. 사람 좋아하는 우리는, 특
히 어릴 때 냇가에서 놀던 추억으로 가득 차 있는 남편은 만나는 이마
다 꼭 놀러 오라며 어린애처럼 한바탕 신나게 놀아보자고 손님을 청한
다. 하지만 막상 손님이 오면 남편은 제대로 놀 시간이 없이 바쁘다.
텃밭에서 키운 상추며, 깻잎, 고추 등을 따다 나르고 또 개울에서 잡은

물고기에 깻잎과 고추 숭숭 썰어 넣은 매운탕에 수제비를 띄우는 것도 남편 몫이다. 또 나는 어떤가. 부엌과 마당 한가득 늘어놓은 그릇과 조리기구들을 설거지하는 건 아무 것도 아니다. 손님이 다녀간 후 화장실 청소며, 이부자리를 빠는 것도 온전히 내 차지다. 그때마다 '별장을 갖기보다 별장 가진 친구를 사귀라'는 말이 떠올라 피식 웃어보기도 하지만, 여행을 갈 때마다 수 많은 사람들의 도움을 받았던 걸 떠올리며 용기를 내곤 한다. 우리 부부가 특별히 봉사활동을 하고 있진 않지만, 우리 집에 놀러온 사람들에게 마음 편하게 놀다 갈 수 있도록 해주었다면 이것 또한 복 짓는 일 아니겠느냐며 손님이 다녀간 후 서로의 어깨를 두들겨 준다. 그러는 사이에 여름은 다 가고, 텃밭에 있는 콩 거둬들이고 나면 가을도 지나가니 겨울이 돼야 여행을 떠날 수 있게 된 건 아쉽지만.

그리고 보면 임실의 선배가 우리에게 심어 준 닭죽과 고추김치의 어린 나무가 제법 잘 자라준 것 같다. 내가 좀 힘들고 불편하더라도 이웃과 정을 나누며 추억의 꽃을 함께 피울 수 있는 마음의 길을 열어주었으니 말이다. 비록 닭죽 대신 숯불에 구은 삼겹살과 매운탕이 그 맛을 대신하고 있지만, 내년에는 좀 더 많은 고추김치를 담그려 한다. 다행히 우리 집 텃밭에선 상추와 깻잎도 잘 자라지만 그 중에서도 고추가 병 없이 쑥쑥 잘 크는 편이니 우리 집에 놀러온 사람들에게 선배의 닭죽과 고추김치에 대한 20여 년 전 이야기를 들려줄 수 있을 것 같다.

더덕구이를 먹으며

우리 가족은 금산사를 다녀오는 길에, 주차장 가까이 있는 작은 전각에 들러 돌부처를 만났다. 전각을 나오자마자 솔솔 더덕구이 냄새가 코끝을 간질였다. 지난번, 한가할 때 찾아오면 돌부처에 얽힌 이야기를 들려주겠다고 약속했던 할머니 식당을 찾아갔다. 점심때가 한참 지난 시각이라서 식당 안은 우리 가족 세 사람뿐이었다.

더덕구이를 한 접시 시켜 먹었는데, 부드러우면서도 쫀득쫀득하고 그윽하게 퍼지는 향이 최고였다. 눈 깜짝할 사이에 더덕구이를 다 먹어버렸다. 아빠가 더덕구이 한 접시를 더 주문했다.

나는 더덕구이를 기다리는 동안 식당할머니를 졸라 궁금했던 돌부처 이야기를 들을 수 있었다.

* 이성자 / 아동문학가

동이 할머니는 오늘도 모악산에서 캐온 더덕을 흐르는 물에 깨끗이 씻었다. 두꺼비잔등처럼 생긴 몸통에 더덕더덕 붙은 잔뿌리들을 떼어내고, 껍질을 벗기자 더덕이 어느새 뽀얀 살을 드러냈다. 떼어낸 잔뿌리들은 바구니에 따로 담아두었다.

"할머니, 이거 먹어도 돼?"

손자인 동이가 바구니 안에 담겨있는 작은 더덕뿌리 하나를 들고 물었다.

"암, 되고말고"

동이를 바라보는 할머니의 눈에 그렁그렁 눈물이 고였다.

더덕뿌리를 입 안에 넣고 오물거리던 동이가 손바닥으로 할머니의 눈물을 쓱 닦아주었다. 더덕향이 방안 가득 퍼졌다.

"할머니, 내가 껍질 벗겨볼까?"

거칠어진 할머니 손등을 바라보며, 동이가 물었다.

"껍질은 할미가 벗길게, 더덕 펴는 것이나 도와줘."

"알았어! 할머니."

동이는 안으로 들어가 밀대를 들고 나왔다.

껍질이 벗겨진 통통한 더덕을 할머니가 반으로 쪼개자, 동이는 도마 위에 올려놓고 밀대로 밀기 시작했다.

"으쌰! 으쌰!"

밀대를 두어 번 굴리자, 더덕은 금세 납작하게 펴졌다.

"우리 손자, 힘이 장사네!"

할머니의 칭찬에 아홉 살 동이는 신바람이 났다.

납작하게 펴진 더덕을 할머니가 촘촘한 석쇠 위에 올려놓고 초벌구이를 했다. 초벌구이가 끝나자, 이번에는 커다란 접시 위에 올려놓고, 양념간장, 고추장, 고춧가루, 마늘, 깨소금, 매실청 등으로 옷을 입혔다. 그러고는 잠시 재워두었다가 다시 한 번 살짝 구워냈다.

향긋한 더덕구이를 예쁜 접시에 가지런히 올려놓고 통깨를 솔솔 뿌렸다.

"우와, 맛있겠다!"

동이가 코를 벌름거리자, 더덕향이 코끝으로 스며들어왔다. 가을향도 한꺼번에 스며들었다.

더덕구이가 담긴 접시를 쟁반에 받쳐 들고, 할머니와 동이는 모악산 아래 금산사로 올라갔다.

"할머니, 잠깐만!"

가던 길에, 동이가 아기단풍잎 한 장을 따오더니, 더덕구이 사이에 살짝 끼워 넣었다.

"이건, 금산사 솔바람이 주는 선물이에요"

신바람이 난 동이 입이 동그랗게 벌어졌다.

"오늘은 더덕구이 맛이 훨씬 좋겠구나!"

깊게 패인 할머니의 주름이 살짝 펴지는 듯했다.

크고 작은 바위 사이를 조심조심 지나고, 풀밭을 지나 부처님이 계시는 법당 안으로 들어섰다.

부처님 앞에 더덕구이를 올려놓고, 할머니와 동이가 기도를 올리기 시작했다.

"맛있는 더덕 잡수고, 우리 아들 폐가 씻은 듯 낫게 해주세요. 아들만 살려주시면 평생 더덕구이를 바치며, 부처님 곁에서 살겠습니다."

할머니의 간절한 기도소리가 법당 안을, 금산사 주변을 돌아 모악산으로까지 퍼져나갔다.

더덕구이

"부처님, 우리 할머니가 직접 캐서 만든 더덕구이에요. 아삭아삭 씹히는 맛이 기막힐 거예요. 그러니 우리 아빠 꼭 낫게 해주세요!"

덩달아서 동이도 기도했다.

납작 엎드려 절을 하는 할머니와는 달리 동이의 엉덩이는 들썩들썩 하늘로 향했다. 그 바람에 더덕향이 온 법당 안으로 퍼졌다.

할머니와 동이는 하루도 거르지 않고, 금산사 법당의 부처님께 더덕 구이를 올리며 기도했다.

"더덕구이 맛이 일품이구나!"

공양을 드시던 노스님이 칭찬을 하셨다.

"이렇게 맛있는 더덕구이는 처음 먹어보는 것 같아요!"

금산사를 찾아 온 신도들도 입이 마르게 칭찬하며, 할머니에게 더덕 구이 만드는 법을 배워갔다.

어느덧 아기 단풍잎이 빨갛게 물들기 시작했다.

간절한 기도 덕분이었는지, 동이 아빠의 병이 점점 차도를 보이기 시작했다. 드디어 기침까지 뚝 멎었다.

더욱 고마운 일은, 건강을 회복한 동이 아빠가 신도들의 도움을 받아 금산사 아래 더덕구이 집을 차리게 된 것이다.

"할매 더덕구이"

사장님은 바로 할머니였다.

할머니의 손맛을 기억하는 사람들은 줄지어 "할매 더덕구이" 집을 찾았다. 덕분에 많은 돈을 모을 수 있었다.

동이가 열한 살이 되던 봄, 동이 아빠와 엄마는 동이를 교육시키기 위해 서울로 이사 가겠다고 고집 피웠다. 하지만 할머니는 금산사 부처님께 한 약속을 저버릴 수가 없었다.

"그렇담 어머니 혼자서 그 약속을 지키세요!"

냉정하게 돌아서는 아들을 바라보며, 할머니는 눈물을 찍어냈다.

"할머니, 내가 빨리 공부 끝내고 내려올게."

동이는 할머니 손을 잡고 위로했다.

이사 가는 날, 할머니는 동이 모습이 보이지 않을 때까지 손을 흔들었고, 동이도 몇 번이나 뒤돌아보며 눈물을 닦았다.

금산사의 아기단풍이 몇 번이나 물들어 떨어졌다.

그러나 서울로 떠난 아들 소식은 들을 수 없었다. 빨리 공부 끝내고 내려오겠다던 동이도 끝내 나타나지 않았다 .

더덕구이를 할 때마다, 밀대로 더덕을 납작하게 밀어주던 동이가 보고 싶어서 할머니의 눈가는 마를 날이 없었다.

"언젠가는 동이가 이 할미를 꼭 찾아올 거야!"

할머니는 부처님 앞에서 보고 싶은 아들네 가족이 건강하기를 빌고 또 빌었다. 금방이라도 쓰러질 것 같았지만, 동이가 찾아올지도 모른다는 희망하나로, 정성스레 더덕구이를 만들며 살아가고 있었다.

아기 단풍잎이 다 떨어지고 찬바람이 몹시 부는 날이었다.

금산사에서 기도를 마치고 내려오던 신도 한 사람이 할매 더덕구이 집을 찾았지만, 할머니의 모습이 보이지 않았다. 무슨 일인가 싶어 일부러 안으로 들어가 보니 글쎄, 할머니가 선 채로 돌부처가 되어 있었단다.

돌부처 이야기를 마친 식당할머니는 초벌 구운 더덕에 열심히 양념을 바르기 시작했다.

"금산사 기도도량에서 더덕구이를 먹으면 일 년 내내 아주 건강해진다우."

잠깐 허리를 펴며, 식당할머니가 우리를 돌아봤다. 그러고는 식당할머니도 오래전 돈을 벌겠다며 서울로 떠난, 하나뿐인 아들이 돌아올 날을 손꼽아 기다린다고 했다.

"더덕구이 맛이 그리워서 고향으로 꼭 돌아 올 거예요!"

엄마가 진심으로 식당할머니를 위로 했다.

"그렇게 믿고 살아야지요!"

참깨가 듬뿍 뿌려진 더덕구이를 탁자 위에 올려놓으며, 할머니가 너그럽게 웃었다. 꼭 살아있는 돌부처를 보는 것 같았다.

우리 가족은 식당할머니와 이야기를 주고받으며, 두 번째 접시의 더덕구이도 금세 비워버렸다. 내가 더 먹고 싶다며 입맛을 다시자, 아빠는 다음에 사주겠다고 약속했다.

버스를 타기 위해 정류장으로 향하는데, 방금 전에 먹었던 더덕구이 향이 그윽하게 퍼지며 줄곧 우리 뒤를 따라오는 것 같았다.

그녀의 백합죽

　어둠이 내렸다. 어둠은 취객처럼 비틀거리며 가게 안으로 선뜻 발을 들여놓지 못했다. 나는 불을 껐다. 불이 꺼지자 한쪽 벽에 기대고 있던 어둠이 쓰러지듯 덮쳐왔다. 두 평 남짓한 가게가 감당하기에는 벅찬 어둠이었다. 가게 문을 닫고 나는 가방을 메고 밖으로 나왔다. 가방에는 막 싼 도시락이 들어 있었다. 어쩌면 마지막이 될 지도 모른다는 조바심이 일었는지도 모르겠다. 딱 한 번만이라도 그녀에게 백합죽 한 그릇을 건네주고 싶었다. 그래서 오래전 기억을 더듬어 간신히 백합죽을 끓였다. 물 좋은 백합을 구하기 위해 새벽바람에 격포까지 다녀온 터였다.

　나는 도시락이 든 가방을 메고 빛과 어둠이 경계를 이루는 선을 따라 걸었다. 걷다보면 나는 어둠 속에 있었고, 걷다보면 나는 밝음 속

* 문 신 / 시인

에 있었다. 백합조개의 물결무늬 패각처럼 빛과 그림자가 밀려들었다. 건물과 자동차 그리고 무수한 사람들이 때로는 밝음 속에 때로는 어둠 속에 있었다. 어둠 속에 그녀가 일하는 안마 시술소 간판이 밝게 빛났다.

그녀는 안마사였다. 피곤하고 살찐 남자들이 그녀의 고객이었다. 고객들은 그녀의 손끝을 원했고 덤처럼 그녀의 몸을 원했다. 그녀는 손끝을 주었고 몸도 주었다.

안마 시술소 문을 들어서자 주인 사내가 알은체를 했다. 주인 사내는 그녀와 나의 관계를 알지 못했다. 나는 그녀를 만나기 위해 안마 시술소를 드나들었고 주인 사내에게 나는 하나의 단골 고객일 뿐이었다.

"지금은 다른 손님이 있는데."

늘 그녀만을 찾는 내게 주인 사내는 과장되게 새끼손가락을 펼쳐 보이며 말했다. 내가 들을 수 없다는 사실을 안 뒤부터 주인 사내는 말을 하면서 손짓 발짓을 덧붙였다. 주인 사내는 단골 고객에 대한 서비스를 그런 식으로 표현하고 있었다.

대기실로 안내하며 주인사내가 드링크 한 병을 내밀었다.

"다른 아가씨는 어때? 괜찮은 애가 새로 왔는데."

나는 고개를 가로 저었다. 주인 사내가 대기실을 나갔다. 대기실은 1인용으로 소파 하나와 텔레비전 한 대가 놓여 있었다. 나는 소파에 몸을 묻고 눈을 감았다. 눈만 감으면 나는 세상과 연결된 모든 소통로를 차단할 수 있었다. 오늘은 무슨 말을 해야 할까? 혼란스러웠다. 그녀는 보지 못했고, 나는 볼 수 있었다. 그녀는 말을 할 수 있었고, 나는 들을 수가 없었다. 그녀와의 소통은 그렇게 어긋나 있었으나 완전히 차단된 것은 아니었다. 나와 그녀 사이에는 징검다리처럼 아슬아슬한 소통로가 간헐적으로 놓여 있을 뿐이었다.

그렇지만 그녀는 늘 먼 곳에 있었다. 내가 가까이 다가가면 그녀는 그만큼 달아났다. 기를 쓰고 쫓아가면 그녀는 어느새 실루엣처럼 어렴풋한 거리에 서 있곤 했다. 나와 그녀 사이에는 도저히 닿을 수 없는 거리가 지나온 세월처럼 묵묵히 가로놓여 있었다. 그 거리는 그녀가 스스로 눈을 닫아버린 것만큼 아득했다.

바다가 내려다보이는 억새밭에서 무슨 일이 있었던 걸까? 나는 애써 외면했지만 결코 그날을 지워내지 못했다. 나는 사내 녀석들에게 둘러싸여 있던 그녀를 지켜주지 못한 죄책감에 한동안 악몽에 시달려야 했다. 하지만 그날 저녁, 그녀가 스스로 눈을 찔렀을 때 나는 기겁을 하거나 슬퍼하지 않았다. 내가 듣지 못하고 말하지 못하는 것처럼 그녀는 이제부터 아무 것도 볼 수 없을 뿐이라고 생각했다. 그녀는 눈 대신 손끝으로 세상과 맞서기 시작했다. 그녀의 손끝은 숯불처럼 이글거리던 눈동자보다 뜨거웠다. 그 뜨거움이 나에게 점자를 배우게 했는지도 몰랐다.

나는 그녀 몰래 점자를 익혔다. 점들은 호흡하며 살아 있었고 독가시를 감춘 활엽수처럼 날카롭게 대치했다. 점들은 때로 태산보다 높이 솟구쳤다가 잦아들었고, 잦아들어 무덤처럼 고요했다. 점들은 의미를 건너뛰어 산산이 흩어졌다가 이내 모여들어 새로운 뜻을 만들기도 했다. 오래 그 점들을 만지고 있으면 어느 순간에는 눈보다 손끝의 감각이 더 현실적으로 느껴지기도 했다.

점자에 익숙해질 무렵 나는 비로소 그녀에게 말을 건넬 수 있었다. 나는 칼로 나뭇가지에 점자를 새겼다. 나뭇가지 한쪽 면을 평평하게 다듬고 그곳에 돋을새김을 이어갔다. 돋을새김은 고요했다. 고요한 가운데 무의미한 점들이 스스로 의미를 만들어냈다.

— 두 눈을 잃은 대신 열 개의 눈을 새로 얻었어.

그녀는 느리게 손가락을 움직이며 수화로 대답했다. 그녀의 수화 솜씨는 여전히 서툴렀다. 뭐든 익숙해질 때까지는 더듬거려야 하는 법이었다. 내가 새겨놓은 점자도 서툴기는 마찬가지였다. 그러나 그런 게 의미의 소통을 방해하지는 못했다.

— 열 개의 눈?

— 손가락 말이야. 손가락 끝에도 눈이 있어. 그래서 눈으로 볼 수 없는 것들을 보여주지. 네가 귀 대신 온몸으로 소리를 듣는 것처럼 말이야.

— 나는 처음부터 듣지 못했으니까 세상의 소리가 어떤 건지 몰라. 하지만 너는 다르잖아.

— 다르지 않아. 나는 처음부터 아무 것도 보지 못했어. 내가 보았던 것은 상상이었어. 내가 본 하늘은 내가 상상하는 하늘이었어. 바다도 나무도 모두 내 상상 속에 있었던 거야. 실체가 아니었지. 하지만 이제

는 실체를 볼 수 있어. 눈 대신 온몸이 세상의 실체를 느끼게 해줘.

그녀는 마치 처음부터 앞을 보지 못한 사람처럼 굴었다. 나무도 하늘도 그녀에게는 손끝으로 느낀 것만이 사실이었다. 내가 온몸으로 소리를 듣듯 그녀는 온몸으로 세상을 보았다. 그러나 그것은 불구였다. 그녀가 귀로 듣는 소리와 내가 온몸으로 느끼는 소리는 다른 것이었다. 내가 눈으로 보는 세상과 그녀가 온몸으로 느끼는 세상은 분명 다른 것이었다. 그녀와 나 사이에는 결코 공유할 수 없는 것들만이 있는 것 같았다.

깜빡 졸았던 모양이다. 주인 사내가 어깨를 흔들었다. 나는 주인 사내를 따라 그녀의 방으로 갔다. 그녀의 방은 처음이었다. 그녀는 나를 방에서 맞아준 적이 없었다. 그동안 나는 다른 안마사들이 비워놓은 방에서 그녀를 만났다.

그녀의 방은 정갈했다. 거울 없는 경대 하나와 3단 서랍이 달린 옷장이 한쪽 면에 놓여있었다. 볼 수 없으면서도 마치 모든 것을 꿰뚫고 있는 것처럼 그녀의 방에는 먼지 하나 보이지 않았다. 그녀의 방에서 오래된 들꽃 냄새가 났다.

"일단 계산부터."

주인 사내가 돈을 챙겨들고 나갔다. 단둘이 남게 되자 방안 공기가 무겁게 내려앉았다. 압착기로 누르는 그 힘을 그녀와 나의 보이지 않는 긴장이 지탱하고 있었다. 그 긴장의 끈을 먼저 슬며시 놓는 쪽은 그녀였다. 쿵, 하고 방안 공기가 바닥으로 떨어졌다.

나는 뒤돌아 앉은 그녀 앞에 백합죽 도시락을 내려놓았다. 아직 온기가 남아 있었다. 침묵이 흐르는 방안에 옅은 백합죽 향이 퍼졌다. 그녀의 어깨가 미세하게 흐느꼈다.

백합죽

― 오늘이 마지막이야.

그녀는 서두르지 않고 손가락을 움직여 말했다. 미리 준비하고 오래 연습한 것처럼 그녀의 수화 솜씨는 날렵했다.

― 곧 떠날 거야.

그녀의 눈꺼풀이 잔잔하게 흔들렸다. 그 흔들림에도 방안 공기는 민감하게 반응했다. 보이지 않는 파장이 날카롭게 찔러왔다. 나는 앉은 걸음으로 다가가 그녀의 손을 잡았다. 그리고는 그녀의 손가락으로 바닥에 글씨를 썼다. 보지 못하므로 그녀는 내 수화를 읽을 수 없었다. 말하지 못하므로 나는 그녀의 귀를 열어줄 수 없었다. 그래서 나는 그녀의 손가락으로 글씨를 쓰는 방법을 선택했다. 소통의 엇갈림 속에서 발견해 낸 방법이었다.

― 그래, 떠나자.

그녀는 수화를 했고, 나는 그녀의 손을 잡고 글씨를 썼다. 그녀는 느리게 손가락을 움직였고, 나는 급하게 써내려갔다. 그녀는 나에게서 도망치려 했고, 나는 그녀를 붙잡으려 했다.

― 백합조개는 저마다 무늬가 다르다고 하지.

― ……?

― 어쩌면…… 우린 같은 종이면서 같아질 수 없는 사이인지도 몰라. 늘 바라보지만 서로를 품을 수 없게 견고한 패각으로 스스로를 감싸고 있는 거야.

그렇게 말하는 그녀의 손가락이 주춤거렸다. 그러나 그녀는 단호하게 말을 끝맺었다. 나는 그녀가 거짓말을 하고 있다고 생각했다.

　— 그렇지 않아.

　그러나 나는 차마 그 문장만큼은 쓰지 못했다. 그녀의 손가락을 잡은 내 손이 허공에서 머뭇거렸고, 잠시 후 나는 힘없이 그녀의 손을 놓았다.

　우리는 침묵했다. 우리의 말들은 서로에게 닿기 전에 허공에서 흩어졌다. 우리의 소통은 휘발성이었다. 잠시라도 한곳에 머무르지 못하고 증발해버렸다. 우리의 소통은 일방적이었다. 그녀는 그녀의 언어로, 나는 나의 언어로 서로를 견제하고 얽어맸다. 다시 방안 공기가 무거워졌다.

　— 안마 해줄게.

　이번에도 그녀가 먼저 무거운 공기를 걷어냈다. 무거운 공기를 떠받치고 있던 나는 쓰러지듯 그녀 앞에 엎드렸다. 그녀가 내 목을 지그시 눌렀다. 목뼈 마디가 끄르륵 무너지는 소리를 냈다. 아픔은 없었다. 그녀는 목에서부터 엉덩이까지 뼈마디를 중심으로 자근자근 눌러댔다. 그녀의 손끝은 내 몸에서 소리를 읽어냈다. 내 몸 구석구석 숨어 있는 빈 소리들이 그녀의 손끝에 튕겨져 음악이 되었다. 가야금을 퉁기듯 그녀는 소리의 중심을 집요하게 파고들었다. 소리는 끊어질 듯 이어지고 이어지다가 침묵했다. 소리는 거칠게 내달리다가 한곳에 모여 깊어졌고, 이내 좁은 여울을 타고 낮은 곳으로 흘러갔다. 소리는 무겁게 뭉쳤다가 풀어졌고, 풀려서 결국은 무게감 없이 증발했다. 내 몸은 울림

통이 되어 소리의 끝자락을 오래 붙들어 놓았다. 그녀의 손끝은 가락을 좇았고, 내 몸은 악기가 되었다.

그녀는 내 몸에서 문장을 읽어냈다. 태어난 이후 줄곧 내 몸에 묻어두었던 문장들이 그녀의 손끝을 통해 살아나고 있었다. 그녀는 점자를 더듬듯 내 몸을 쓸어내렸다. 어깻죽지 근처에서 쓸쓸한 문장이 꿈틀거렸다.

달아나자. 나는 온몸으로 말했다. 그는 무서운 사람이야. 그녀의 손끝이 말을 받았다. 오금 언저리에서 분노가 치밀어 올랐다. 칼을 가질 거야. 내가 말했다. 칼을 믿지 마. 그녀가 대답했다. 그녀는 불쑥 고개를 쳐드는 말들을 다독거려 다시 묻어두었다. 그때는 어쩔 수 없었어. 알아. 용서해줘. 지난 일이야. 때로는 해독할 수 없는 문장들이 떠올라 그녀를 당혹하게 했다. 그날 왜 거부하지 않고 나를 받아들였어? 그녀는 손놀림을 멈추고 문장들이 스스로 잠잠해질 때까지 기다렸다. 그러나 문장들은 그녀의 숨통을 조이듯 거침이 없었다. 단어와 단어들이 서로 포개고 겹쳐 검은 점이 되었다가 곧 흩어져서 알 수 없는 기호가 되기도 했다. 내 몸은 한 권의 책처럼 끝없이 페이지를 넘겼다. 문장은 마침표를 찍지 못하고 영원히 계속될 것 같았다. 그러나 그녀의 손끝이 어루만지는 동안 문장은 지워지고 내 몸에는 마침내 여백만 남게 되었다.

소리가 사라지고 문장이 지워진 자리에 그녀의 땀방울이 스몄다. 그녀의 이마에서 흘러내린 땀방울이 내 등을 적셨고, 그녀의 목덜미에서 흘러내린 땀방울이 내 어깨를 물들였다. 그녀는 울고 있는지도 몰랐다. 엎드려서 눈을 감은 채 나는 땀방울과 눈물방울을 구별하지 않았다. 땀방울도 눈물방울도 모두 그녀의 것이었다. 나는 그녀를 온몸으로 받아내고 싶었다.

─ 백합조개는 아무리 갑갑해도 평생 딱딱한 껍질에 갇혀 살아야 하는 법이래. 그게 운명이래.

안마를 끝낸 그녀가 냉정하게 돌아앉았다. 그녀의 귀밑머리가 땀에 젖어 있었다. 나는 끝내 사랑한다는 말을 하지 못했다. 그렇지만 나는 그녀가 내 몸에서 그 말을 이미 읽었을 거라고 생각했다.

나는 뒤돌아 앉은 그녀 앞에 백합죽 도시락을 내려놓았다. 아직 온기가 남아 있었다. 침묵이 흐르는 방안에 옅은 백합죽 향이 퍼졌다. 그녀의 어깨가 미세하게 흐느꼈다. 나는 슬그머니 방문을 닫고 나왔다. 오래전 그녀의 눈이 아직 세상을 향해 있었을 때 그녀가 좋아했던 백합죽이었다. 백합죽을 입에 넣고 눈을 감으면 바다 깊은 곳까지 잠수하는 기분이야. 나는 그녀의 말을 떠올리며 그녀가 세상 깊은 곳까지 잠수해갈 거라고 믿었다.

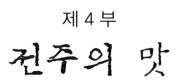

제 4 부

진주의 맛

비밀스런 꿈을 마시는 곳, 전주 막걸리

　사람 사는 동네가 다 고만고만하다지만 간혹 유별나게 복작대는 곳이 있기 마련이다. 그곳에는 저녁마다 운동화, 구두, 슬리퍼, 작업화 들이 뻔질나게 드나드는 통에 그리 높지도 않은 문지방이 닳고 닳아 남아나지 않을 지경이다. 그 정도라면 으레 화려하고 뭔가 큰 힘 가진 사람들이 문전성시를 이룰 것이라고 생각하곤 한다. 물론 그런 곳들도 많이 있다. 하지만……, 이제 슬그머니 찾아들어 기웃거릴 곳은 그런 곳이 아니다.

　일반적으로 사람의 정상체온은 36.5도라고 알려져 있다. 의학적으로 보면 그 사실은 변함이 없다. 하지만 사람마다 생김이 다르고 그 성정과 취미가 다른 것처럼 사람마다 체온이 조금씩은 다르지 않을까? 정상체온을 중심으로 조금 더 높은 사람도 있고 다소 낮은 체온을 가진

* 문 신 / 시인

사람도 있을 것이다. 또 그날의 기분에 따라 체온의 높낮이가 다르게 드러나기도 한다. 그런데 이곳을 찾는 사람들은 백이면 백 모두 뜨거운 피를 가진 사람들뿐이다.

사람의 몸을 적외선 카메라로 투사하면 체온에 따라 붉고 푸른색이 나타난다. 그와 같은 방법으로 인공위성에서 적외선 카메라로 전라북도를 투사하면 전주시 삼천동이 가장 붉게 표시될지도 모르겠다.

"왜냐구요? 뻔한 것 아닙니까? 심장이 뜨거운 사람들이 잔뜩 모여 있잖아요"

삼천동 막걸리 골목을 지나는 아무나 붙들고 물어보면 이런 말을 들을 수 있다. 심장이 뜨겁다는 것은 그만큼 치열하게 살아간다는 증거. 사무실에 앉아 기획서를 준비하는 사람이든, 기름때 묻혀가며 생산현장에서 근무하는 사람이든, 또 아니면 운전석에 앉아 골목길을 누비고 다녔던 사람이든 오늘 하루를 허투루 보내지 않은 사람들이다. 그런 사람들이 삼삼오오 모여 뜨거운 이야기들로 안주삼아 막걸리 주전자를 비워내고 있다.

"경기침체, 감원, 마이너스 성장, 제2의 IMF…… 너무 자주 듣다보니 그 말들이 먼 옛날 화석처럼 느껴지죠. 그런데 정작 이 몸, 이 숨소리, 이 텅 빈 지갑이 못 살겠다고 아우성이지 뭡니까?"

아우성!

여럿이 함께 기세를 올려 부르는 소리를 말하는 이 말은 소리뿐만 아니라 마음까지도 함께 부추긴다. 마음이 맞으니 손이 맞고 손이 맞으니 소리가 맞는다. 그래서 막걸리집에 가면 왁자지껄한 소리들이 하모니를 이룬다. 각자가 자신의 목청을 돋우지만 그 소리들이 서로 엉키지 않고 제자리를 찾아든다. 혀가 꼬일지언정 말이 꼬이지는 않고, 소리는 오로지 곧은 지향점을 향한다.

막걸리 골목을 순회하다가 골목 어귀까지 들려오는 어떤 목소리를 따라 들어가 보았다. 나이를 짐작하기 어려운 사내가 한창 열변을 토하고 있었다. 속이 타는 건지 목이 타는 건지는 몰라도 이야기 중간중간에 벌컥벌컥 막걸리 잔을 비워낸다. 입술을 쓱 훔쳐내는 손등이 거칠다. 젓가락으로 탁자를 톡톡 두드리는 품이 적당한 안주감을 고민하고 있다. 안주가 너무 부실해서가 아니라 거추없이 많아서 고민이다. 탁자가 비좁아 포개놓은 안주 접시가 층층이다. 그것만 봐도 그가 몇 주전자의 막걸리를 마셨는지 가늠할 수 있다. 사내가 마침내 조린 무 한 토막을 집어 든다.

"너, 왜 이 탁자가 꼭 이만한 크기인 줄 아냐? 크지도 않고 작지도 않고 딱 세 뼘 만큼인 이 탁자 크기가 바로 마주앉은 사람의 인간적인 거리다. 흉허물 없이 속내를 털어내도 좋을 거리라는 말이다."

사람과 사람 사이가 너무 넓으면 정 붙일 데가 없어 버석거린다. 반면 너무 가까우면 몸이 알아서 긴장하고 밀어내려고 한다. 그래서 어른 뼘으로 세 뼘 정도의 거리가 적당하다고 한다. 인간(人間)이기 때문에 우리는 서로 적당한 거리를 두게 되는 것이다. 그것을 인간적인 거리라고 해둘까?

남자의 말처럼 막걸리는 따뜻한 술이다. 그리고 책임감 있는 술이다. 그래서 자신의 삶에 책임을 질 줄 아는 사람들의 눈빛은 아무리 술에 취해도 맑고 밝고 또렷하다.

미셸 투르니에의 산문집 『예찬』의 첫머리에는 나무와 숲을 통해 거리에 대한 이야기를 하고 있다.

"지금부터 25년 전 나는 우리 집 뜰에 전나무 두 그루를 심었다. 이제 그 나무들은 한 15미터 정도의 크기로 자랐고 그 아래쪽 가지들이 서로 닿을 만큼 되었다. 그런데 좀 떨어져서 유심히 살펴보면 그 나무들이 똑바로 자라는 것이 아님을 알 수 있다. 그들 사이의 거리에도 불구하고 마치 서로에게서 떨어지기 위해 약간 비스듬히 뻗어가고 있는 것 같다."

고독한 존재로서 자신만의 활동영역을 보장받지 못하면 우리는 기울어지게 된다. 대화를 하다가 상대방이 가까이 다가오면 저절로 물러서는 것과 같다. 이러한 현상은 술자리에서 잘 드러난다. 때로는 물러났다가 또 어느 순간에는 바짝 다가간다. 마음이 맞으면 서로 얼굴을 맞대기도 한다. 술잔을 딱 부딪칠 만큼의 거리라면 서로 적당하지 않을까?

그런 생각을 하는데 한쪽에서는 넥타이까지 맨 젊은이 둘이 마주 앉아서 제법 심각한 표정을 짓고 있다. 이 젊은 친구들을 막걸리 골목으로 이끈 고민은 무엇일까? 사랑? 취직? 아니면 또 다른 무엇? 그 고민이 무엇이건 간에 이들은 고민 상담도 치열하게 벌이고 있다. 바로 푸짐한 안주가 마련되어 있는 인간적인 거리를 마주하고서 말이다.

이처럼 막걸리 골목에 발을 들여놓은 사람들은 열나게 생각이 많은 사람들이다. 그래서 열나게 또 마시는 것이다. 이열치열(以熱治熱)이라

했으니 열은 열로 다스린다는 세상 이치를 터득한 사람들이다. 그렇게 막걸리 골목을 거쳐 간 사람들이 맞이하는 아침은 그래서 또 치열하게 살아갈 만한 가치가 있는 날이다.

시간이 제법 흘러서 밤이 아주 깊었다. 그래도 한 쌍의 연인은 막걸리 잔을 부딪치며 그저 바라보기만 해도 좋은 모양이다.

"호프집에서 맥주 마시면서 만난 아가씨는 맥주처럼 거품이 많은 사람이었죠. 소주집에서 만난 아가씨는 또 소주처럼 어찌나 쏘아대던지…… 그런데 막걸리 집에서 만난 아가씨는 참 순수하고 다정다감합니다."

남자의 말처럼 막걸리는 따뜻한 술이다. 그리고 책임감 있는 술이다. 그래서 자신의 삶에 책임을 질 줄 아는 사람들의 눈빛은 아무리 술에 취해도 맑고 밝고 또렷하다. 막걸리 먹고 취하면 제 부모도 알아보지 못한다는 옛말이 있지만 그건 아마도 망나니들에게나 통하는 말이다. 아무리 취해도 지킬 건 지키는 사람들만이 막걸리를 마실 자격이 있다. 왜냐하면 막걸리 자체가 결코 잔꾀 부리거나 남을 기만하지 않는 술이기 때문에.

곡식과 물 그리고 바람과 햇살이 만들어내는 막걸리. 그러다보니 제조 방법이 동일하다고 해도 각 지역마다 그 맛과 향이 다르기 마련이다. 지형이 가파르고 척박한 곳에서 빚은 막걸리는 텁텁하고 제법 성깔을 부리는 맛이다. 반대로 원만한 지형에 유유히 흘러가는 순한 물줄기가 있는 지역이라면 막걸리도 그 맛이 온후하고 부드러워 사람들의 마음에 위안을 준다. 애초에 전라북도의 지형이 그렇듯 포근하고, 더구나 모악산에 안긴 전주의 물길이 그렇듯 너그러우니 삼천동에서 맛보는 막걸리의 맛이란 다정하지 않고 어쩌겠는가.

"친구야! 우리 영원한 친구 맞지?"

다정(多情)의 맛을 몇 주전자씩 나누어 마신 사람들이 서로의 어깨를 겯고 어울려 골목을 걸어간다. 그들이 마신 술은 막걸리임에 틀림없지만 그들이 마음에 품고 가는 것은 분명 친구와 동료들의 인정(人情)일 것이다. 그들이 유유히 사라진 골목길에서 나직한 휘파람 소리가 들려오는 듯도 하다. 삼천동 막걸리 골목의 하루가 그렇듯 끊어질 듯 이어지는 하나의 선율처럼 저물어간다.

이 밤, 꿈을 꾸는 사람들이 많을 것이다. 인공위성에서 적외선 카메라로 투사해보면 그 꿈들이 보일까? 보이지 말았으면 좋겠다. 그 꿈을 혼자서만 비밀스럽게 간직할 수 있도록 말이다.

고루고루 비빔밥

어린 반달곰이 코를 벌름거리며 지리산 숲 주위를 두리번거립니다. 엄마를 잃고 며칠째 지리산 숲속을 돌아다니며 도토리만 몇 개 주워 먹다 보니 배가 몹시 고팠습니다. 이제 도토리도 눈에 띄지 않습니다.

"무엇이든 먹고 싶어!"

어린 반달곰은 나무며 바위를 열심히 헤집고 다닙니다. 하지만 깊은 산 어디에도 어린 반달곰의 먹이는 눈에 쉽게 띄지 않았습니다. 이젠 나무껍질이라도 벗겨 먹어야할 판입니다. 그런데 바람을 타고 어디선가 아주 맛난 냄새가 났습니다.

"흠흠, 이게 무슨 냄새지? 흠흠, 대체 어디서 나는 거야?"

어린 반달곰은 코를 킁킁거리며 사방을 둘러보았습니다. 분명 바람결에 맛있는 냄새가 났습니다. 냄새를 따라 한 발 한 발 내려 오다보

---

* 김자연 / 아동문학가

니 어느새 산 중턱 개똥이 할머니네 밭까지 내려오고 말았습니다.

"분명 이 근처야. 흠흠, 냄새가 나는데!"

어린 반달곰은 콧구멍을 크게 열고 벌름거렸습니다. 배 속에서 꼬르륵거리는 소리가 났습니다. 가만히 아래를 내려다보니 개똥이 할머니가 밭두렁에 앉아 뭔가 쓱쓱 비비고 있었습니다. 고소한 냄새가 반달곰 코에 솔솔 달려들었습니다.

"저게 대체 뭘까?"

반달곰은 마른 침을 꼴깍 삼켰습니다. 그리곤 개똥이 할머니 곁으로 몰래몰래 조금씩 다가갔습니다. 개똥이 할머니는 반달곰이 가까이 다가오는 줄도 몰랐습니다. 생강을 캐다 배가 고파 새참으로 가지고 온 콩나물, 고사리, 도라지와 고추장, 참기름을 듬뿍 넣고 밥을 한 양푼 비비고 있었습니다.

개똥이 할머니는 비빈 밥을 한 숟갈 푹 떠서 입에 넣고 우적우적 깨물었습니다.

"음음, 언제 먹어도 비빈 밥은 역시 꿀맛이여. 우리 개똥이도 증말 좋아하겠는 걸! 개똥아, 개똥아, 할미가 밥 비벼놓았다. 어서 와 밥 먹자 잉! 근데 이 녀석이 온다간다 말도 없이 어디 갔을꼬!"

개똥이 할머니가 개똥이를 찾으려고 자리에서 일어났습니다.

순간 소나무 뒤에 숨어 있던 어린 반달곰 눈이 반짝였습니다. 반달곰은 얼른 내려와 밥이 든 양푼을 덥석 들고 숲으로 달아났습니다. 개똥이 할머니가 쫓아 올까봐 뒤도 돌아보지 않았습니다. 어찌나 열심히 달렸던지 하마터면 돌부리에 발이 걸려 넘어질 뻔 했습니다.

"휴, 여기까지 할머니가 올라오지 못하겠지."

반달곰은 넙적 바위에 앉자마자 양푼에 담긴 비빔밥을 손으로 퍼서 허겁지겁 우적우적 몰아넣었습니다.

"워, 워, 음음, 꿀맛이다! 세상에 이렇게 맛있는 것도 있었네! 음음, 이런 맛은 처음이야. 냠냠. 둘이 먹다 셋이 죽는다는 말이 바로 이거로군!"

고소한 냄새를 맡고 노루랑 너구리, 토끼랑 산새들이 어린 반달곰 앞으로 다가왔습니다. 노루랑, 너구리, 토끼랑 산새가 옆에서 침을 꼴깍꼴깍 삼켰습니다. 어린 반달곰은 노루랑, 너구리, 토끼와 산새에게 비빔밥을 조금씩 던져 주었습니다.

"우와, 이게 뭐야? 맛있어."

"처음 먹어 본 음식인데 넘 맛있어, 쩝쩝."

"반달곰님, 이게 뭐예요?"

"사람이 먹는 고루고루 밥."

"고루고루 밥요?"

"이것저것 고루고루 다 섞여 있으니 고루고루 밥이지. 음음."

"그런데 이렇게 맛난 고루고루 밥 어디서 났어요?"

"산 중턱 개똥이 할머니네 밭."

"네? 개똥이네 할머니 밭이요?"

"음음, 밥 먹는데 말 시키지 마."

동물들은 반달곰 눈치를 살피며 입맛만 쩍쩍 다셨습니다.

"고루고루 밥 넘 맛있다!"

"도토리 보다 맛있다!"

"아냐 벌레보다 맛있어!"

그래도 어린 반달곰은 동물들에게 고루고루 밥을 더 이상 주지 않았습니다.

지리산 숲속에 고루고루 밥 소식이 쫙 퍼졌습니다.

"이렇게 맛있는 음식은 처음이야!"

"나도"

"나도야!"

다음 날 산속 동물들이 개똥이 할머니네 밭으로 우루루 몰려갔습니다. 한참 밭일을 하고 있던 개똥이 할머니는 숲속 동물들이 한꺼번에 몰려오자 너무 놀랐습니다.

"뭔 일이래? 개똥아, 개똥아 어서 이리와라, 어서."

개똥이 할머니는 호미를 내던지고 어린 개똥이를 붙잡고 집으로 달아났습니다. 신발이 벗겨지는 줄도 몰랐습니다. 할머니는 얼른 방문을 안으로 걸어 잠갔습니다. 가슴이 쿵쿵 뛰었습니다. 동물들이 행여 개똥이에게 해코지를 할까봐 덜컥 겁도 났습니다.

"할머니가 사는 집이다."

동물들은 개똥이네 할머니 집까지 따라왔습니다. 그리곤 개똥이네 할머니 집에서 떠날 생각을 안 했습니다.

할머니는 팔을 걷어 부치고 커다란 양푼에 밥과
함께 나물, 배추를 썰어 넣었습니다. 고추장을 넣
고 숟가락 두 개로 쓱쓱 고루고루 밥을 비볐습니
다. 개똥이도 숟가락으로 열심히 밥을 비볐습니다.
할머니가 마지막으로 참기름을 넣고 밥과 나물을
살살 뒤적였습니다.

비빔밥

"개똥이 할머니? 우리도 고루고루 밥 좀 줘요. 넘 먹고 싶어요. 고루고루 밥 좀 주세요. 네에?"

그러나 개똥이 할머니는 동물들의 말을 알아들을 수 없었습니다.

"갑자기 동물들이 왜 저러는지 모르것네. 혹시 배가 고파서 그런가?"

개똥이 할머니가 동물들에게 감자를 던졌습니다.

동물들이 고개를 저었습니다.

이번엔 고구마와 옥수수를 던졌습니다.

동물들이 고개를 절레절레 흔들었습니다.

"할머니, 그것 말고 고루고루 밥요! 반달곰이 먹은 밥 좀 줘요."

"대체 뭣 때문에 저러는지 알 수가 있어야지, 원."

할머니가 개똥이를 꼭 끌어안고 안절부절 못합니다. 답답하기는 동물들도 마찬가지였습니다.

"안 되겠다. 양푼을 가지고 오자."

노루 말에 동물들이 숲속으로 달려가 반달곰이 깨끗이 비운 양푼을 찾아왔습니다.

"할머니, 이거요. 고루고루 밥요."

동물들이 양푼을 마루에 올려놓았습니다.

"할머니, 저것 우리 양푼이야!"

"뭐? 그럴 리가."

개똥이 말에 할머니가 문구멍으로 밖을 내다봅니다.

"응? 맞다. 저건 틀림없는 우리 양푼이다. 그런데 동물들이 어떻게 저걸 가지고 있지? 아이고 이거 내가 뭐에 홀렸능갑다. 개똥아, 얼른 할미 얼굴 좀 꼬집어 봐라, 얼른"

개똥이가 할머니 볼을 잡아당깁니다.

"아얏! 얼굴이 아픈 걸 보니 뭐에 홀린 건 아닌 것 같고 가만가만. 그럼 어제 내가 비벼 논 밥을 동물들이 가져다 먹었다는 거야? 맞다! 시상에!'

"할머니, 고루고루 밥. 고루고루 밥요"

동물들의 소리는 이제 점점 더 커졌습니다. 꼭 개똥이가 할머니에게 떼쓰는 것 같습니다. 할머니 귀가 먹먹합니다.

개똥이 눈이 똥그래졌습니다. 개똥이 할머니 눈도 똥그래졌습니다. 지리산에서 오래 살아왔지만 이런 일은 처음입니다. 동물들이 다시 양푼을 달그럭거립니다.

"그래. 밥은 내가 맛있게 비비지."

개똥이 할머니가 슬그머니 밖으로 나왔습니다. 개똥이도 할머니 치맛자락을 잡고 따라 나왔습니다. 할머니는 팔을 걷어 부치고 커다란 양푼에 밥과 함께 나물, 배추를 썰어 넣었습니다. 고추장을 넣고 숟가락 두 개로 쓱쓱 고루고루 밥을 비볐습니다. 개똥이도 숟가락으로 열심히 밥을 비볐습니다. 할머니가 마지막으로 참기름을 넣고 밥과 나물을 살살 뒤적였습니다. 맛난 냄새가 동물들 코에 달라붙습니다.

"와, 고루고루 밥 냄새다!"

"정말 고루고루 밥 냄새다!"

동물들이 침을 흘렸습니다.

개똥이 할머니가 비빈 밥 양푼을 밖에 살그머니 내놓았습니다. 그리고 부엌문 틈 사이로 밖을 바라보았습니다. 개똥이도 눈을 크게 뜨고 할머니를 따라 밖을 내다보았습니다.

동물들이 양푼 주위로 우루루 몰려왔습니다.

"으와! 고루고루 밥이다"

"넘 맛있어! 개똥이 할머니 고루고루 밥 넘 맛있다."

"냠냠 쩝쩝"

동물들은 비빈 밥을 정말 맛있게 먹었습니다.

"시상에, 시상에나!"

할머니는 벌린 입을 쉽게 다물지 못합니다. 개똥이도 마찬가집니다. 눈 깜작할 사이에 비빔밥 한 양푼이 동이 났습니다.

비빈 밥을 먹은 노루, 토끼, 너구리, 새들의 얼굴과 손이 빨갛습니다. 코와 눈 여기저기 밥풀이 대롱대롱 매달려 있습니다. 개똥이 할머니와 개똥이는 그 모습이 너무 우스워 그만 깔깔 웃었습니다.

전주천변에서 즐기는 보양, 오모가리탕

'전주천으로 나가 한벽당 아래 수양버들 그늘에 자리잡고 앉아서 전주천의 명물 모자로 만든 <오모가리> 안주를 불러놓고 컬컬한 목을 전주 약주로 달랜 다음 숲이 울창한 완산칠봉으로 발걸음을 옮겨 해설피 울기 시작하는 귀촉도의 목멘 소리를 들으러 가기로 합시다.'
　　　　　── 신석정 시인의 수필 「전원으로 내려오십시오」 중에서

'한벽루 음식점 허름한 골방에 모여 우리는 전주의 명물 오모가리를 놓고 술을 마셨다. 나는 생전 처음으로 마셔보는 술이었다. 물론 상 위에는 우리가 펴낸 동인지가 수북히 쌓여 있었다.'
　　　　　── 하재봉 소설가의 수필 「나의 습작기」 중에서

* 최기우 / 극작가

오모가리는 뚝배기의 전주 사투리다. 전주천에서
잡아 올리는 메기·동자개(속칭 빠가사리)·피라
미·쏘가리·모래무지 등 민물고기를 사람 수에
따라 크고 작은 오모가리에 얼큰하게 끓여내는 매
운탕이 바로 오모가리탕인 것.

오모가리탕

전주천은 푸지다. 안도현 시인은 "대도시의 한가운데를 통과하는 시냇물 중에 전주천 만큼 맑은 물빛을 간직한 곳을 아직 보지 못했다"며 "천변에서 키들거리며 '연애'를 거는 고등학생들처럼 전주는 여전히 맑고 싱싱하다"고 소개한다. 그리고는 전국 문인들과 독자들에게 한번쯤 전주를 맛 볼 것도 권한다. 이럴 때 전주사람이라면 한벽루 일대 늘어선 수양버들과 은행나무, 그 아래 오밀조밀 자리 잡은 평상들이 떠오르기도 할 것이다. 고은 시인도 그 평상에 앉아서 강연회 일정도, 집으로 돌아갈 생각도 잊은 채 한나절을 보냈다. 차가운 물살과 그 속에 뛰노는 아이들의 함성과 아이들의 다리를 비집고 유유히 숨바꼭질하는 쉬리 떼들과 곧 지천으로 흩날릴 은행나무의 가쁜 숨소리를 들으면서…… 그리고는 "전주는 흥이 차고 넘치고, 볼수록 들을수록 감칠맛이 도는 곳"이라고 감탄사를 내뱉었다. 그 감칠맛은 전주천이 선사한 '오모가리탕'에서 시작된다.

　　1980~90년대 전주천은 전라도의 대표적인 '똥물'이었다. 간간이 잡히는 붕어도 등이 휘어져 있었다. 인구가 늘고 생활하수가 스며들면서 서서히 자정능력을 잃어갔고, 치수(治水)한답시고 둔치에 시멘트를 바르면서 강의 생명들도 푸졌던 모래톱과 함께 사라져간 탓이다. 그러나 '전주천이 심한 오염으로 고기가 살고 있는지 여부를 확인할 수 없었다.'(1995년 건설교통부 '도시하천의 환경정비 기법 개발' 문건)던 전주천은 다시 살아났다. 제1회 전주국제영화제가 열렸던 2000년 '자연형 하천' 조성사업 계획이 확정된 이후 이곳에 쉬리가 터를 잡기 시작한

것이다. 그렇다고 해도 한강에 익숙한 서울 촌놈 눈에 전주천은 여전히 보잘것없어 보일지도 모른다. 냇가보다 넓고 깊지만, 강폭도 수량도 도저히 강에 범접하지 못할 모양새. '말라깽이 팔십 할머니 젖가슴만도 못한' 전주천이지만, 그 팔십 할머니가 전하는 손맛은 풍성하다.

전주천은 고기 병을 묻어두면 팔뚝만한 메기나 쏘가리도 심심찮게 들던 천렵(川獵)장으로 유명했다. 가장 많이 잡혔던 물고기는 모래 속을 파헤치면서 사는 모래무지다. 예전에는 한벽당 아래 천변을 비롯해 전주 남천·서천·남고천, 삼례 한내 등 모래가 있는 전주지역 개천이면 한 뼘 정도 크기의 모래무지가 어디에서나 발견됐다. 일급수에서만 서식하는 모래무지는 고기 자체가 깨끗하고 맛이 담백해 지짐이나 탕으로 끓여먹는 요리가 성행했다. 특히 한벽당 부근에는 뚝배기에 모래무지 등 민물고기를 끓여먹는 전문 식당들이 들어서기도 했다. 그곳 식당들은 여름철 시원한 강바람을 마주하러 나온 사람들에게 매운탕을 끓여내게 된 것이 입소문이 난 것. 오모가리탕이다.

언뜻 민물고기 이름으로 착각하기 쉽지만 오모가리는 뚝배기의 전주 사투리다. 전주천에서 잡아 올리는 메기·동자개(속칭 빠가사리)·피라미·쏘가리·모래무지 등 민물고기를 사람 수에 따라 크고 작은 오모가리에 얼큰하게 끓여내는 매운탕이 바로 오모가리탕인 것. 식당 주인 말로는 "오목헌디다 끓잉게 오모가리탕이지……" 한다.

빨간 기름장이 한 겹 얹힐 정도로 걸쭉하게 끓여 나온 탕은 보기만 해도 땀이 솟을 정도로 매워 보인다. 실제로 매우면서도 얼큰한 맛이 그만이다. 특히 아끼지 않고 넣은 묵은 시래기가 일품이다. 부드럽게 씹히는 시래기는 매운탕의 시원한 맛과 감칠맛에 구수한 맛과 걸쭉한 맛을 더한다. 굳이 고기를 꺼내지 않아도 민물고기와 한데 어울려 푹 삶아진 시래기 줄기에는 고기 살들이 듬뿍 묻어난다. 그걸 젓가락으로 들어서 소주 한 잔에 탁, 털어 넣으면 그 맛은 거의 '죽음'이다. 얇게 저며져 으깨진 가시들의 씹히는 맛 또한 별미다. 걸쭉한 생선국물은 말할 필요조차 없다. 된장 맛이 진해 다른 지역의 매운탕과는 다르게 구수하다. 시원하면서도 감칠맛이 난다. 민물새우에서 우러난 국물 맛이 어우러져서 그렇다.

푸진 양념은 전주의 인심이라, 더 맛이 깊다. 지금도 한벽당 아래 오모가리탕 집에서는 모래무지를 이용해 매운탕을 선보이고 있다. 공급량의 절대 부족으로 맛을 보기가 쉽지 않고, 타 지역에서 잡아온 것이 대부분이지만. 그래도 전주에서 끓이는 탓에 맛은 변함없다.

오모가리탕은 고기에 따라 메기탕, 쏘가리탕, 빠가사리탕, 피래미탕 등으로 나뉜다. 자가미매운탕은 뼈를 발라가면서 먹는 맛이 좋고, 메기매운탕은 기름진 육질을 맛볼 수 있다. 피래미탕은 이빨 틈으로 사각사각 바스러지는 피래미 씹는 맛이 좋다. 전주천 인근에서 메기탕은 <김제집>에서 처음 시작했다. 처음 메기를 손질할 때 메기 특유의 점막을 다 씻기 위해 힘들어 하고 있을 때 지나가는 손님이 "아주머니 메기 코 빠져 버리면 맛 없는 게 애지간히 씻으시오."라는 말을 할 정도로 아무 것도 모른 채 장사를 시작했다고 한다. 오모가리탕의 진미는 배가 불러도 자꾸 숟가락을 들었다 났다 하는 것에 있다. 특히 반주를 즐기는 주객이라면 이 맛을 쉽게 거부하지 못한다. 아무리 술 못 마시는 사람이라도 소주 한 병은 너끈히 마실 정도로 오모가리탕은 소주에 딱이다. 먹어도 잘 취하지 않고, 취한다고 해도 금세 말짱하다. 다음 날 속이 허한 느낌도 없다.

오모가리탕이란 간판을 단 식당들이 우후죽순 생기고 있지만, 오모가리탕의 참 맛은 한벽루와 전주천의 정취가 더해져야 맛볼 수 있다.

'마술'을 끓여내는 그 집들은 전주천이 흘러드는 한벽교 아래 둑길을 따라 버드나무와 은행나무가 우거진 냇가에서 찾을 수 있다. 여름날이나 가을바람이 선들선들 부는 날, 버드나무 그늘 평상에 둘러앉아 오모가리탕에 소주라도 곁들이면 옛날 한벽루에 앉아 풍류를 즐기던 양반들이 부럽지 않은 경지를 만끽할 수 있다.

식당 주인들이 전하는 오모가리탕의 연원은 이렇다. 60여 년 전, 한벽루 부근에 한 집에서 하숙생을 치고 있었다. 하숙생에게 밥을 해줘야 하는 집주인은 마땅한 반찬이 없어 바로 앞에 흐르는 전주천에서 물고기들을 잡아다 끓여줬다. 당시는 스테인리스 냄비가 귀해 오모가리(뚝배기)에 끓여서 내놓았다. 이 오모가리에 끓여 내놓은 탕 맛이 소문을 타고 퍼지면서 하숙 치던 집이 오모가리탕 전문점 <화순집>이 되었고, 이후 <남양집>과 <김제집>이 자리를 잡았다. 굳이 식당에서 끓이지 않더라도 사람들은 전주천에서 천렵을 해 즉석에서 탕을 끓여먹는 왁자한 풍경이 흔하게 연출됐었다.

"내가 온 게, 한 집이서 이것을 허고 있어. 할머니 하나가 허는디. 아이 뭣을 여서 맨드는가, 갈키돌란게, 안 갈치 줘. 영, 안 갈치 줘, 비밀을 지키고. 나 먹고 사는 농사니깐, 그건 못 일러 준대. 그려, 그러는가 허고 걍 눈으로만 바라보고 걍 가고, 바라보고 가고. 뭣을 대처 늫는가를 모르겄어. 그려 와서 삼년을 고생을 혔어, 혼자. 고생을 많이 혔어, 삼년. 그서 인자 삼년 넘어감서나 에이, 내가 머리 써서 한번 맨들어 보자. 그리갖고 간판 써서 걸고, 내가 시작헌거여. 근디 그때는 나 혼자 기양 반지락도 좀 사다 넣고, 그때는 소 물방댕이가 싸. 옛날이라. 그것을 걍 솥 하나 걸고 막고와서, 뼛물을, 뿌연 물 소 뼛물. 그것을 한두 국자석들 넣은 게, 아 그냥 맨들었더니 걍 손님이 걍 막 미어터지는 거여 걍 막. 딴 집으 가도 않고 걍. 근게 나중이는 그 할머니가 안 갈치 주더니 저 놈으 각시가 뭣을 히서 이렇게 사람을 끌냐, 허고는. 도대체 자네 비밀이 뭣인가, 그려. 아, 나, 이렇게 이렇게 맨들어요, 아무것도 안 혔어요. 아이고 참 이상허다. 이게 내 운이 왔던가봐. 운이 왔어."(남양집·이순덕)

지금도 한벽교를 건너기 직전 옆으로 빠지는 좁은 길(굴다리)로 내려서면 첫 집인 〈한벽집〉을 시작으로 화순에서 올라온 할머니가 처음 시작한 〈화순집〉, 친정어머니의 대를 이어 60여 년 같은 자리를 지키고 있는 〈남양집〉, 전통문화센터를 사이에 두고 조금 비켜서 있는 〈김제집〉까지 오모가리탕 집은 가리내길을 가득 메우고 있다. 계절에 따라 오모가리탕을 찾는 손님들이 많고 적음이 뚜렷하지만, 손님이 적다고 장사를 잠시 쉬는 일은 없다. 어느 구름에 비 올지 모르듯, 자리 비울 때 단골손님이 왔다 가기 때문에 언제나 준비 완료다.

일오삼 뚝배기에 가고 싶다

"뭘로 하시겠어요."

여주인이 물잔을 내려놓으며 묻는다.

"뼈다귀 둘요."

메뉴를 고민할 필요가 없다. 여주인도 그저 습관적으로 물은 것이다. 이 집에선 당연히 뼈다귀 탕이다. 이제껏 다른 걸 주문해본 적이 없다.

이른 시간이어서 손님이 없다. 실내가 따뜻한데도 어깨에 두른 숄을 여민 아내가 실내를 새삼 둘러본다. 일주일 새에 인테리어가 바뀌었을 리 없건만, 아내의 눈길은 여기저기 오래 머문다. 밤사이에 볼이 더 움푹 들어갔다. 간밤에 아내는 쉬 잠들지 못하고 오래 뒤척였다.

"추워?"

* 이준호 / 소설가

"아니."

아내 얼굴에 잔잔한 웃음이 떠오른다. 걱정하지 말라는 뜻이다. 요즘 아내는 집에서도 옷을 대충 걸치고 있는 법이 없다. 셔츠 단추도 다 채우고, 양말도 챙겨 신는다. 딱히 추워서만은 아닐 것이다. 나는 이렇게 해석한다. 자기 몸을 지켜야 한다는 무의식에서 비롯된 것이라고.

여주인이 밑반찬을 날라 온다. 늘 차려지던 가짓수보다 두 가지 더 많다. 시금치나물과 미역 초무침. 아내가 맛있다고 한 걸 용케 기억하고 있었나 보다. 말수 적은 여주인의 배려이다. 표 나지 않게 아내를 잠깐잠깐 바라보는 눈빛에 짠한 마음이 그대로 드러나 있다.

"맵지 않으려나?"

아내가 풋고추를 들어 냄새를 맡는다.

"괜찮아요. 안 매워요."

개방식 주방 너머로 여주인이 대답한다.

음식을 준비하면서도 신경은 온통 이곳에 쏠려있었나 보다. 고개를 살짝 숙여 보인 아내가 된장에 풋고추를 찍는다. 병색이 완연한 아내의 얼굴빛과 푸른빛이 감도는 연두색이 기묘한 대조를 이룬다. 아삭. 싱싱하고 연한 걸 깨물 때의 경쾌한 소리가 난다. 이다음에도 저 소리를 들을 수 있을까. 나는 복잡한 머릿속을 헹구기라도 하듯 물을 마신다.

아내는 첫 번째 수술 뒤로 입맛이 변했다. 육고기로 끓인 탕 음식은 입에도 대지 않던 사람이 갑자기 뼈다귀 탕을 탐하기 시작한 것이다. 육개장도 있고, 설렁탕도 있는데, 꼭 뼈다귀 탕만 고집했다. 그동안 먹지 못한 걸 별충이라도 하듯 외식만 하면 뼈다귀 탕이었다. 무슨 조홧속인지 감자가 들어간 감자탕은 또 싫다고 했다. 이 집을 알려준 건 고등학교 동창 녀석이었다. 워낙 외진 곳에 있어 인터넷을 검색해도 나오지 않았다.

다른 집에 비해 가격이 저렴했다. 그보다 아내와 내 마음을 사로잡은 건 정갈한 반찬과 깊은 맛이 배어있는 국물이었다. 그런데 상호가 특이했다. '일오삼 뚝배기'.

네 번째인가 왔을 때, 물은 적이 있다.

"상호에 있는 일오삼이 무슨 뜻입니까?"

"그냥, 성경에 있는 내용이에요……."

수줍게 말한 여주인이 말끝을 흐렸다. 궁금하지만 무슨 사정이 있나 싶어 더 묻지 않았다.

인터넷으로 '153'의 뜻을 검색해보았다. 성경과 관련된 숫자가 맞았다.

　　'시몬 베드로가 올라가서 그물을 육지에 끌어올리니 가득히 찬
　　큰 고기가 일백쉰세마리라 이같이 많으나 그물이 찢어지지 아니
　　하였더라'

(요한복음 21:11)

새로운 사실도 알았다. 어느 집에나 하나쯤 있는 모나미 볼펜 표면에 쓰인 숫자 '153'도 같은 의미였다. 그러니까 '153'은 축복의 의미라

고 했다.

축복.

흔하디흔한 수사에 불과한 그 단어가 새삼스럽게 다가온다. 큰일을 앞둔 아내에게 이보다 더 절실한 게 있을까.

아내와 내 앞에 들깨가루와 잘게 썬 파가 듬뿍 뿌려진 뼈다귀 탕이 놓인다. 오늘따라 뼈다귀가 푸짐하다. 나는 여주인에게 보일락 말락 눈인사를 보낸다. 여주인 역시 눈인사로 답한다.

나는 수저와 젓가락을 아내에게 건네준다. 내 손과 아내 손에 잠깐 닿는다. 아내 손이 냉혈동물처럼 차갑다.

"왜 이렇게 차."

아내 손을 꼭 쥐어준다. 순간적으로 빼려던 아내가 손을 내맡겨둔다.

"어서 먹어."

체온이 돌아온 다음에야 손을 푼다.

"고마워."

아내가 머리칼을 귀 뒤로 넘겨 왼손으로 고정시킨 다음, 뼈다귀에서 살점을 분리해 겨자소스에 찍는다. 살점을 우물거리는 아내를 보자 그만 가슴이 먹먹해진다. 표정을 들키지 않으려고 물잔을 얼른 입에 댄다.

아내가 숟가락으로 뜬 국물을 후루룩 소리를 내며 먹는다. 원래 무슨 음식이든 맛있게 먹긴 하지만 오늘은 유별나다. 부러 그러는 것처럼.

뼈다귀를 집어 올리다 떨어뜨린다. 그 바람에 국물이 눈으로 튄다. 눈이 활활 타는 것 같다. 정신이 아찔해진다. 눈물이 줄줄 흐른다. 냅킨이 있는 곳을 손으로 더듬는다.

"괜찮아?"

아내가 냅킨을 쥐어준다. 나는 냅킨을 받으며 고개를 주억거린다. 눈물은 냅킨 두 장을 적시고서야 겨우 멈춘다.

"여보, 그거 생각나?"

나는 씹던 동작을 멈추고 고개를 든다.

"당신 취직됐을 때 내가 선물했던 거."

기억나고말고. 아내가 취직 축하선물로 준 건 와이셔츠 두 벌이었다. 지금은 몸이 나서 입지도 못한다. 찾아보면 베란다 창고에 쌓아둔 박스 어딘가에 처박혀있을 것이다. 아내가 버리겠다는 걸 한사코 버리지 말라고 했으니까.

"그건?"

뭐? 나는 눈으로만 묻는다.

"현민이 다섯 살 때 잃어버렸던 거."

"그럼, 얼마나 놀랐다구. 일하다 말고 부랴부랴 달려갔잖아."

현민이는 첫째아이다. 아내는 예전 일을 회상하는 횟수가 부쩍 잦아졌다. 나는 그게 머지않아 닥칠 불길한 조짐처럼 느껴져 께름칙하기 짝이 없지만, 맞장구를 치거나 잘못된 기억을 바로잡아주면서 모른 척할 따름이다.

젓가락을 내려놓은 아내가 물로 입을 가신다. 억지로라도 먹으려는데 잘 안 되는 모양이다.

"그땐 나도 삼십대 초반이었는데……."

아내의 눈이 아련함으로 흐려진다. 정체성을 잃은 데다 눈빛마저 흔들리자 더 안쓰럽다. 내 어깨 너머 어딘가에 고정된 아내의 눈엔 아무것도 담겨있지 않다. 목구멍을 뭔가가 꽉 틀어막는 느낌이다.

"왜 이렇게 눈물이 나지? 먹을 땐 몰랐는데 국물이 많이 매운가봐."

나는 눈가를 찍어낸 냅킨을 들여다보는 시늉을 한다. 뼈다귀 탕 덕분에 아내 앞에서 눈물을 보이는 민망함은 면했다. 그러고 보니 뼈다귀 탕은 이런 좋은 점도 있다. 울고 싶지만 여의치 않을 때, 국물이 눈에 들어간 것처럼 연기하면서 그 핑계로 눈물을 흘리는 것 말이다.

"이 버릇은 언제 고칠 거야?"

밉지 않게 눈을 흘긴 아내가 뼈다귀가 담긴 접시를 자기 앞으로 가져간다. 대충 살점만 발라먹은 뼈다귀엔 살점과 연골이 군데군데 붙어있다. 아내가 두 손으로 뼈다귀를 조각내 살점과 연골을 발라내 내 뚝배기에 넣어준다. 아내는 벌겋게 문든 손을 물수건에 닦는다. 나는 국물에 밥을 말아 볼이 미어지게 떠 넣는다.

"맛있어?"

"그럼. 당신도 더 먹어. 먹어야 힘을 내지."

잠을 설쳐 입 안이 깔깔하다. 하지만 아내 앞에서 내색을 할 수 없다. 내가 먹는 모습을 물끄러미 보던 아내가 갑자기 두 손으로 뼈다귀를 들고 뜯는다. 삶에 대한 집착을 그런 식으로 표현하는가 싶어 나는 안도한다. 내 연기가 효과가 있었나 보다.

"뼈다귀 좀 더 드릴까?"

텔레비전 채널을 이리저리 돌리던 여주인이 말을 건다.

"아니요."

입가에 벌건 국물로 테를 두른 아내가 웃는다. 입 꼬리에 자잘한 고깃점도 묻어있다. 아내가 웃자 나도 덩달아 기분이 좋아진다. 입에 든 걸 서둘러 삼키고 여주인에게 말을 건넨다.

"아주머니."

"예."

"전에도 말씀드렸지만 식당을 시내로 옮기시지 그러세요. 제가 손님 많이 끌어다드리겠습니다."

여주인은 이렇다 저렇다 말없이 빙긋이 웃어넘긴다. 잔잔하면서도 수더분한 웃음이다. 화학조미료를 넣지 않고 오래 우려낸 육수 같은 웃음이다. 격려와 위로가 된다. 갑자기 식욕이 돈다. 꾸민 게 아니라 가슴 밑바닥에서 솟구친 진짜 식욕이다. 수저질이 빨라진다.

국물까지 비웠더니 배가 부르다. 오랜만에 느껴보는 포만감이다. 아내도 밥은 남겼지만 뼈다귀는 다 건져먹었다.

분리 그릇에 뼈다귀가 수북이 쌓여있다. 자기 할 일을 다 했다는 듯 무질서하게 담긴 뼈다귀들은 살점 하나 붙어있지 않다. 아내의 솜씨다. 아낌없이 살을 내주고, 분리 그릇에 들어앉은 뼛조각들은 평온하고 고요하다. 설사 아내가 잘못된다고 하더라도 나는 살아남아 개처럼 뼈를 핥아야 할 것이다. 그게 삶이라면…… 나는 순응해야 할 것이다. 그건 뼈다귀들이 내게 주는 준엄한 교훈이었다.

의사는 이번 수술이 고비가 될 거라고 했다. 최선을 다해보는 거다. 그래야만 했다. 나는 아내에게 들키지 않게 심호흡을 한다.

"갈까?"

내 물음에 아내는 숄을 여미는 걸로 답한다. 그 동작이 이전까지와는 다르게 해석된다. 결전을 앞둔 전사가 갑옷을 점검하는 적극적인 행위라고.

"수술 잘 받으시구랴. 그리고 이거……."

식당 밖까지 따라 나온 여주인이 꾸러미를 내민다.

"이게……."

"밑반찬 몇 가지 썼어요."

"고맙습니다. 잘 먹겠습니다."

나는 꾸러미를 받아든다. 아내가 고개를 숙여 고마움을 표한다. 차에 올라 간판을 쳐다본다. 일오삼. 축복의 숫자라고?

크게 뭔가를 깨달은 사람처럼 고개를 끄덕인 나는 시동을 건다.

전주 지(泫 · 漬)거리뎐

음식 사치(奢侈) 유명한 전라도 전주 땅은, 예로부터 음식 재료 실한 것으로도 유명했는데, 호사가들 전주 땅을 가리키어 식재전주라.

다가산으 이팝나무 백설같이 차린성품
손에꼽는 열가지를 전주십미 하였난데
딱지하나 밥세그릇 금강참게 한내 게
청정한속 전주천변 모래무지 지천이고
통통하고 고소하다 사정골으 콩나물
난들난실 샛노랗다 오목대으 청포묵
한줄기난 스물두통 신풍리으 애호박에
혀끝에서 사르르르 선왕골으 파라시라

* 최기우 / 극작가

연하고도 사각사각 기린봉으 열무배추

배보다도 더달다던 삼례봉동 둥근무시

임금님 수라상엔 서원너머 돌미나리

민초들 식후삼경 대흥리으 서초담배

전주십미 하나같이 한민족의 미식이라

하나라도 맛못보면 두고두고 한이되리

전주부성 맛깔스런 십미 중에 뽄이 나게 이름 높은 기린봉 열무가 시작된 곳이, 아중저수지 건너 왜망실. 전주 동쪽 어금니같이 깊고 깊은 왜망실 짓거리라.

"짓거리? 짓거리?"

짓거리, 짓거리 하니까,

"그것이 무슨 해괴망측한 짓거리요? 전주를 전봇대라고 허는 같잖은 농짓꺼리요? 전주를 이번 주 지난주라고 허는 뻘짓꺼리요? 컹컹컹컹 개가 짖는 개짓거리, 욕짓꺼리, 뻘짓꺼리, 쌈짓꺼리요?"

험선 말짓거리 허는 놈도 있것지만, 전라도 사람이믄 다 아는 전주 말이, 짓거리, 짓거리, 짓거리, 김칫거리라.

부침개는 적이요, 누룽지는 깜밥, 냉이는 나숭개, 달래는 달롱개, 김치는 지(菹), 묵은 김치 묵은지, 신김치는 신지, 김치꺼리는 짓거리, 이 말이 전라도 토종 사투리라.

귀싸대기 귀빵매기, 개구리는 깨구락지, 귓구멍은 귓구녕, 형님은 성님, 어쭈는 음마, 나참은 워따, 한번만 봐주라는, 아따 왜 그러씨요

각설 허고,
지금은 큼지막한 비닐하우스서 사시사철 채소야채 철없이 키워내고, 사방천리 널리고 널린 마트에서 그 철없는 채소들을 파는 때라.
왜망실 짓거리도 자식주고 내가 먹는 소일거리 텃밭신세 되얏지만, 팔달로 관통로 기린로 들어설 때만해도 왜망실서 짓거리 농사가 술찬히 많았다고 하는디.

기린봉으 줄기따라 푸른기운 그득한데
푸릇푸릇 배추열무 반듯반듯 커있것다
어여쁘고 깨끗하고 달디달고 시원허다
전주사람 좋아하는 기린언덕 동쪽기슭
왜망실 왜망실 왜망실으 짓거리라

왜망실 짓거리는 키우는 것부터 남달랐는데,

앞산뒷산 언덕배기 어기영차 올라가서
풀을뜯어 말려놓고 불을질러 거름내고
상추씨 배추씨 무씨 김씨이씨 박씨최씨

아줌씨 아자씨 한움큼씩 씨를 들고

열무열무 던지놔도 반듯반듯 자라나고

봄날이면 봄비맞어 여름이면 뜨건 햇살

짓거리라 지껄지껄 포기포기 어여쁘게

버물버물 사각사각 아따, 고것 참 맛나것다

쑥, 밭에서 뽑아온 짓거리를 흙만 툴툴 털어 아삭아삭 씹어 먹고,
정짓간에 들어서면 무쳐먹고 절여먹고, 보리밥 새까만 봉우리에 귀닳
아진 달챙이 숟가락 푹 꽂아 수북이 떠올린 위에다가, 잘 익은 왜망실
열무김치 한 가닥을 돌돌 감아 얹어놓고,

열무김치 들어간다 아구리 딱딱 벌려라

열무김치 들어간다 아구리 딱딱 벌려라*

---

* 전라도 들노래

說)

　전주에서 나오는 열무 중 기린봉 기슭과 효간재에서 나오는 열무는 전주10미에 꼽
힐 만큼 맛이 좋았다. 이 지역에서는 장다리라고 하는 방법을 이용하여 열무를 재배했
다. 무를 저장했다가 봄(음력 2월 중순-3월 초)이 되면 땅에 묻어 순을 내고 씨를 받아
미리 퇴비를 많이 사용한 토지에 재배하는 것으로, 고소한 맛의 열무를 1년에 3~4번
생산할 수 있다. 가재미 열무의 고소한 맛은 토질, 특히 황토에 의한 영향이다. 특히
왜망실에서는 인근 산에 불을 질러 퇴비로 사용했던 것으로 유명하다.

　비빔밥전문점 <고궁>의 박병학 주방장은 어머니의 손맛을 말할 때, 열무김치를 담
으면서 학독에 고추를 넣고 쌀과 보리밥을 넣어 막 갈아 열무를 담아냈던 기억을 떠
올린다.

　그전에 보면 열무김치 담을 때……, 학독이 있어요. 고추 넣고 뭐 없는 사람이 쌀밥
섞어서 보리밥 착착 넣고, 보리밥 넣고 막 갈아가지고 거그다가 열무해서 먹으면 그
열무가, 열무김치가 왜게 맛난가 몰라. 청국장에다 된장국 끓여도 그렇게 구수혀 걍.

그 짓거리들이야, 예쁘기는 오지기로 예뻤을 것이지만,

고것들 키우던 우리 할매들 속은 어쨌을 것이냐. 고상고상 말로 다 헐 수 읎는 지경이라.

"그거 뽑다가 산 세월은, 지금 생각하믄 사람도 아니여."

암만요 징헌 그 세월 어찌 말로 다하리까. 책을 써도 수백이요, 말로 하면 삼백육십오일이 여럿이것지요

왜망실 아낙네들도 어떻게든 하나라도 더 챙겨주는 인심 좋은 전라도아낙이라.

흠난놈은 내가먹고 실헌놈은 이웃주고

단단허고 때깔존놈 장에내다 팔었는데

꼬끼요오 닭울기전 보리갈어 밥해놓고

후다닥딱 캐어다가 툭툭털어 다듬고는

따듬따뜸 묶어주고 비료푸대 눌러담아

이고지고 끼고메고 남문장으 팔러간디

"아이고, 그냥 무겁기는 오살맞게 무겁네. 가찹기라도 허믄 좀 좋아."

"왜망실 열무사오, 왜망실 배추사오, 왜망실 짓거리 사오, 왜망실 짓

암것도 안 넣어도 이상허게. 뜨물 좀 받어서 이렇게 끓여도 그게 맛있고……"

콩나물국밥전문점 <왱이집>은 일 년에 두 번 김치 바꾼다. 가을에는 갓김치, 봄에는 열무김치다. 비빔밥전문점 <가족회관> 역시 마찬가지. 비빔밥에 따르는 십여 가지의 반찬 중에 전주 대표 음식재료인 열무로 만든 열무김치와 전주 콩나물로 만든 콩나물 잡채를 빼지 않는다. 웬만한 한정식 반찬과 견주어도 손색없는 이 찬들에는 전주 10미의 가치와 전통 조리방법이 곳곳에 숨어 있다.

거리요"

　　한길걸어 다시와서 다시한길 산에올라

　　후다닥딱 따듬따듬 이고지고 끼고메고

　　꼬꾸라져 코깨질판 이고진짐 내려놓면

　　모가지는 뻐근뻐근 삭신골신 저려쓰려

　　걸린아는 징징대고 업은아는 자지러지고……

　　"왜망실 열무사오, 왜망실 배추사오, 왜망실 짓거리 사오, 왜망실 짓거리요"

　　그래도 왜망실 짓거리는 전주 인근 소문난 것이라.

　　비빔밥, 백반, 콩나물국밥, 오모가리탕, 막걸리, 가맥. 그 앞에 '전주' 자가 들어가야 최고로 여기듯이, 짓거리 앞에도 왜망실, 이름 석 자 들어가면 금세 동이 났다는데, 그 내력이 남문밖 매곡교 쇠전강변에도 전해지니.

　　세월 탄 풍남문 단청고색 재연되던 1956년 어느 날이었던가 보더라.

　　초록바우 아래 남문밖장 매곡교는 전주 사람들이 가장 빈번하게 왕래하는 다리라.

　　다리 아래서는 우시장이 열려 쇠전강변이라 부르고, 그 옆에서는 담뱃대 장수늘이 좌판을 벌이고 늘어앉아 설대전다리라고도 불렀는데, 약장수에 천막극장 놋쇠소리 징소리 요란허여, 춘향이가 변사또를 수

청하라 하는지, 심청이가 달랑달랑 간 빼준다고 별주부를 따라 나섰는지, 이몽룡이 월매 붙잡고 수작을 부리는지, 심봉사 놀부마누라 붙들고 여봐, 뺑덕이네, 하는지, 한도끝도 없을 것 같아서 이만, 더질더질.

여튼,

매곡교 다리 위는 남루한 장사꾼들 큼지막한 대소쿠리 대광주리 이고지고 끼고메고 온갖 것들 펼쳐놓고 장사를 하는 통에 손님 들어갈 틈은커녕, 물건 산 손님이 주머니서 돈 꺼내기도 힘들었다고 하는데,

하루는 우리네 망실댁이 남문밖 매곡교로 장사를 나갔것다. 짓거리 한 보따리 좌르르 펼쳐놓고,

"열무사오, 열무사오, 짓거리 사오, 짓꺼리요"

다리 위 한쪽 귀퉁이에 쪼그리고 앉았는디,

그날따라 요상하게도 잘 안 팔렸던가 보더라. 그날 다리 아래 자갈밭에 우시장이 섰던가? 딸랑딸랑 쇠방울소리며 약장수 창장수 목청소리 드높게 흥성거렸는데, 갑자기 어디선가 들리는 호루라기 소리.

휘리리, 휘리리.

"순경이닷, 순경이닷."

다리 위에 쭉, 늘어섰던 장수장수 다릿목으로 들이닥치는 순경들을 피해 도망을 가는디, 소쿠리에 담겨 있던 팟단이며 고구마대 감자대 호박 덩이들이 이리 흔들리고 저리 떨어지고, 쓸리고 밟히고, 쓸리고 밟히고, 이리 밀리고 저리 쫓기면서 비명비명 지르는데.

팔지 못한 열무 몇 단 주섬주섬 챙기는 둥 마는 둥 걷어 담던 우리의 망실댁은, 아뿔싸 자기 치맷자락 제 발로 밟고 고꾸라져 와르르르 우당탕탕 그르르 열무들을 쏟아버리고 말았는데.

그대로 퍼질러 앉아 창조로 곡을 하는 우리의 망실댁.

아이고매 이를 어쩔꼬 아이고 아이고 내 팔자야. 징그럽다, 징그러어.

앞남산 밤대추는 아그대 다그대 열렸다드니. 아이고 내 팔자야.

그 예쁜 것들에 공연시 바람이 들다봉께 살기만 더 팍팍허네.

허더니만, 무시에 된바람 들 듯이 뭔 바램이 들었는지, 누구에게랄 것도 없이 목이 쉬어가며 악을 쓰는데,

"호각 불면 다여? 아조, 호각만 불면 멋이든지 끝나는 중 아능게비. 참말로 먹고 좀 살것다고, 여그까장 나왔는디. 에라 모르것다."

하고 한바탕 놀아보는디,

열무사오, 배추사오, 왜망실 짓거리 사오, 왜망실 짓거리요

시원허다 물김치, 막섞었다 섞박지, 송송송송 배추김치, 파릇파릇 파김치, 고들고들 고들빼기, 연자주빛 갓김치, 아삭아삭 오이소백, 어적어적 부추김치, 나박나박 나박김치, 사각사각 열무김치.

묵은 김치, 시큼한 김치, 익은 김치, 삭힌 김치, 맛든 김치, 김치 김

치 많다지만, 전주양반 허는말로 세청근저(細靑根菹)라.

가늘고 푸른 왜망실 열무김치 푸릇푸릇 사각사각 어느뉘가 당할거나.

망실댁 노래할 적, 저어기 매곡교 끄트머리서 망실댁 노려보는 순사하나 있었으니, 순사기세 등등하던 그 시절 아낙이 무슨 수로 당하랴.

'아, 나는 이제 죽었구나. 여적 캐지 못한 짓거리가 여럿인디……',노심초사 엉덩이 떴다 붙였다 하면서 숨죽은 씨라구마냥 늘어져있는데,

그 등치가 산만헌 순사놈이 껑중껑중 다가와서 이렇게 묻던 것이었다.

"아줌씨, 그것이 확실히 왜망실 짓거리가 맞소?"

우리의 망실댁, 뜬금없는 말짓거리라는 듯 눈을 똥그랗게 뜨고는 대장금이 정상궁에게 홍시로 훈계하듯,

"왜망실서 농사지은 짓거린게 왜망실 짓거리라고 허지, 왜망실서 농사지은 것이 아니믄 왜망실 짓거리라고 허것소?"

순사놈이 갑재기 얼굴에 화색이 돌더니만,

"아줌씨, 그믄 나 두 다발만 주소. 왜망실 짓거리가 참말로 맛나더만. 그저 오뉴월 복더우에 개쎗바닥 늘어져도 찬 시얌물에다가 보리밥뚝뚝 깨서 말고, 왜망실 배추열무 김치 한 가닥 쭉쭉 찢어 얹어 먹으면, 그거이 살로 가제, 그거이 살로 가. 아녀, 아녀. 그거 다 주소"

순사들도 탐내던 왜망실 짓거리라.

우리의 왜망실 아줌씨들, 이때부터 짓거리 팔 때에는 무조건 짓거리

앞에 왜망실자를 붙였는데, 순사들 앞에서는 더더욱 당당하게. 두루두루 봄바람 불듯 두루 춘풍이라.

"열무사오, 배추사오, 왜망실 짓거리 사오, 왜망실 짓거리오."

하, 메기고 받는 소리, 찰지고 구성지다.

짓거리 짓거리 짓거리 왜망실 짓거리

이쁘고 맛나고 깨끗헌 왜망실 짓거리

반듯허게 잘난 왜망실 짓거리 사요, 왜망실 짓거리오 어허허허.

당선의 전설, '희삼집 토끼탕'*

1.

크리스마스에 눈이 내리면 좋다. 눈이 내릴 때 사랑하는 사람이랑 창 넓은 레스토랑에서 차가운 맥주를 마실 수 있으면 더 좋다. 그때 신춘문예 당선 소식이 오면 말할 것이 없다.

이틀이나 지났다. 심장의 펌프 능력이 현저히 약화 된 것 같다. 온 다던 눈도 오지 않는다. 올 줄 알았던 전화는 끝내 오지 않는다. 글쎄, 결선에는 올라 간 것일까? 울음도 안 나오니 손으로 입을 막을 필요도 없다. 숨쉬기가 싫다. 큰 소리로 울지도 못하니 입술을 깨물밖에. 그렇지만 술은 마실 수 있다. 우리는 마시기로 했다. 다행히 서기우 선배가 지방지 소설 당선 된 것 빼고 시 쓰는 우리 팀 모두 함께 떨어졌기 때문에.

---

* 신귀백 / 영화평론가

바다를 보면서 투명한 소주를 마시면 좋겠지만, 선택의 여지가 없었다. 하여튼 우리는 정읍에 왔다. 소설 쓰는 선배의 초대. 그는 실천을 강조하는 계간지로 등단한 한참 아저씨다. 이곳 희삼집에서 토끼탕을 먹으면 신춘문예 당선이 된다는 희미한 전설이 기우 선배를 보면 올해도 틀린 것은 아니다.

그래도 그렇지, 토끼탕이라니? 사람이 토끼를 먹다니? 토끼를 키워본 적이 있는 내가 토끼탕을 먹다니? 자라탕 대신 용봉탕이란 은유도 있는데, 이런 맨살의 언어가 또 어딨단 말인가? 아무리 낙방생에게 주는 선물치고 이게 무슨 잔혹동화인가. 하얀 털에 붉은 눈, 긴 귀에다 목부터 등을 쓸어보면 잔뼈와 함께 푹신한 털이 만져지던 그 토끼를 먹다니. 숨 쉬기 곤란한 낙방의 위로를 받아들이기에는 좀 그랬다.

사람은 누구나 자신의 처지에 따른 판단으로 모든 현실을 바라본다. 절망에 대한 위악적 행동으로 토끼탕을 먹을 수 있을 것 같다. 아니 지난 가을 9급 시험에 합격한 효리 때문에라도 그렇다. 이젠 처지가 다르지 않은가. 그러니, 먹자. 때론 위악이 위로를 주지 않던가.

"어때? 백석 선생이 문을 열고 들어오게 생긴 집이지?"

작년에 토끼탕을 얻어먹은 경험이 있는 기우 선배가 경찰서 아래 자리한 식당 미닫이문을 드르륵 연다. 불편한 마음 뒤에 창문이 몇 개 없는 초라한 공간이 위로가 된다. 희삼집. 탁자 몇과 작은 가스렌지가 놓인 식당은 맘을 편하게 했다. 무엇보다도 안방으로 사용하는 바람벽에 매달린 이 집 아들의 빛바랜 상장들이 위로가 됐다. 시골 그리기

대회의 장려상과 입선을 한 쿤의 아들은 내 나이 또래였다. 과연 그는 지금도 그림을 그릴까?

탕이 올라왔다. 거무튀튀하다. 연한 아카시아 잎 혹은 민들레나 질경이를 오물거리고 먹던 그 하얀 천사보다는 눈곱이 끼고 장마로 엉덩이가 짓물린 채로 죽어가던 토끼를 기억하기로 했다. 자리를 잡은 지 5분이 지나지 않아 안경알에 하얗게 김이 서린 최선배가 들어왔다.

"희삼집 토끼는 노린내가 안 나"

"아저씨, 저는 닭도리탕 주세요"

효리가 예쁜 입을 벌렸지만, 토끼처럼 마른 얼굴의 사장님은 겨울에는 토끼탕 외에는 안 한다는 퉁명스런 대꾸에, 효리는 상 위 동치미국물에 숟가락을 담갔다.

"편견을 버리고 먹어봐. 문학 한다는 년이 이것도 못 먹고 무슨 문학이야? 시장통 가서 토끼가 스웨터 벗듯이 가죽이 벗겨지는 소리를 들어야 시가 뭔 줄 알지"

기우 선배가 진짜 작가처럼 어른스럽게 말하며 국물을 뜨는데 최선배 말이 이어진다.

"파 크게 썰고 팽이버섯 넣은 것은 진짜 아니지. 사실 미나리 맛이야. 감자 넣은 것은 토끼탕이 아니지"

토끼는 스트레스만으로도 돼질만큼 취약한 동물이다. 나는 토끼다. 나는 귀여운 토끼가 아니라 불쌍한 토끼다, 그래서 나는 나를 먹기로 했다. 나는 효리의 이쁜짓이 싫어 토끼탕에 도전해 보기로 한다. 고기는 안 먹고 일단 국물맛을 보리라.

방이 뜨셔서일까, 긴장이 조금 풀렸다. 국물은 거짓말처럼 시원했다. 살짝 데쳐진 미나리를 초장에 찍어 먹은 후 마시는 소주가 달았다. 세상 다 아는 것처럼 말하는 기우선배가 싫었고 예쁜짓 하는 효리의 콧소리가 싫어서였을 것이다.

"기우 축하해. 고기 너무 좋아하지 마라. 잔뼈에 입나간다"

기우 선배가 토끼간을 내 앞 접시에 올려주는데 오, 그 혐오스런 비주얼이라니. 아니, 그런데 무슨 국물이 이렇게 개운할 수 있지? 답은 고기 아래에 깔린 잘게 채를 썬 무에 있었다. 그래, 국물과 야채 또 적당히 들어간 야들야들한 고기가 밸런스를 유지하고 있었다. 얼큰한 국물맛에 취한 김에 까짓것 고기도 먹어봐? 어, 닭고기와 비슷했다. 아니 닭고기에 비해 살이 몇 배는 연한 것 같다. 쫀득쫀득 탱글탱글한 맛이 어릴 때 먹은 꿩고기와 비슷한데 훨씬 더 부드러웠다.

"정읍은 비산비야(非山非野)지. 서해에서 생겨 고부평야를 훑고 온 차가운 바람이 내장산에서 멈추는데 여기 눈이 엄청 퍼붓지. 그래서, 뭐냐? 정읍서 한 잔 할 줄 아는 사람은 토끼탕을 좋아하지. 겨울이 가고 나서 마늘 밑이 들기 전 파란 쫑을 된장에 찍어먹는 때, 보신탕 또 매운탕으로 시즌이 옮겨가는 거지, 하하"

"아, 그래 형! 거기 무성서원 앞 매운탕집 시레기 맛있지."

기우 선배는 마치 우리들과 다른 어른처럼 추임새를 넣는다. 정읍은 쓸만한 공장이 없는데다 개발 또한 미미해서 시냇물 흐르는 냇갈 어디라도 한두 시간만 고기병을 대어두면 작은 물고기들이 냄비에 가득해 진다나? 최선배가 내게 소주를 따르면서 하는 말이 정읍의 새댁 그리 고 투망 뒷줄이라도 따라다닌 경험있는 젊은 가장들이라면 물고기 매 운탕 정도는 웬만히 끓여낸다.

"어 영감님, 여기 배우들과 가수들 이야기 좀 해줘" 하며 최선생이 반말로 희삼양반에게 말을 건네는데,

"아마 여그 젊으신 선상들은 모를 거여. 여기서 이미자 남진 같은 가수들이 쇼 끝나고 시장한 몸 녹이고 토끼탕 먹은 자리여"

"희삼집에 오면 당선이 되는 전설도 있습니다, 사장님."

미나리를 몇 바구니 더 시켰고 소주병이 열 병 넘게 쌓여 가는데, 최선배가 전화로 노래방 예약을 한다. 국물이 한참 졸았는데, 아, 이걸 또 김가루 뿌려 비벼서 먹는단다. 뱃속에 거지가 든 것인지 노릇하게 비벼진 밥과 함께 먹는 동치미는 어찌 그리 맛이 있던지? 문을 열고 나오려는데 술꾼들이 눈발처럼 희삼집으로 몰아닥치고 있었다.

최선생이 김광석의 노래를 불렀다. 효리가 최신 유행가를 부르고 내 가 이소라의 애절한 노래를 불렀던 것 같고 기우선배가 계속해서 맥주 를 시켰다. "직녀는 옷을 잃고/ 울면서 보낸다오 오~/ 이 일을 어이하 랴/ 옥황님 나는 못 가오." 최선배가 이광웅 시인이 불렀다던 그 노래 를 부르는데 괜히 눈물이 나왔다. 효리와 기우선배는 어디로 도망친 것일까? 나는 달빛 쏟아지는 눈길을 걷다가 토끼탕을 먹은 입으로 그 와 입을 맞추었다.

정읍은 비산비야(非山非野)지. 서해에서 생겨, 고
부평야를 훑고 온 차가운 바람이 내장산에서 멈추
는데 여기 눈이 엄청 퍼붓지.

토끼탕

그래서, 뭐냐? 정읍서 한 잔 할 줄 아는 사람은
토끼탕을 좋아하지.

2.

남편이란 자는 술꾼이었다. 학교 일이 끝나면 글 쓰고 술 마시고, 술 마시고 글 쓰고 그것이 일과였다. 미나리가 뻣셔질 때, 토끼탕 시즌이 끝이 난다. 그러면 내장산 아래 호수가의 빠가 매운탕집, 원불교 앞 새끼손가락보다 작은 중태기 매운탕집, 초산 아래 시래기가 부드러운 메기탕집을 돌면 어느새 찬바람이 불었다. 겨울이 오면 신랑의 경찰친구가 몰래 얻어온 꿩과 청둥오리를 식당에서 손질해 먹는 맛이라니. 질긴 고기가 전기밥솥에 들어가면 한없이 부드러워진다는 것을 모르는 것은 백석의 시를 모르고 죽는 것과 다름없으리라.

아! 희삼집에서 토끼탕을 먹으면 당선이 된다는 전설을 만든 이는 바로 남편이었다. 내가 그 덫에 걸린 토끼라는 것을 알았을 때, 이미 나는 아이 둘을 낳고 만 옥황님께 가지 못하는 선녀 아닌 아줌마가 돼 있었다. 그의 사모님이 되어 시도 때도 없이 전화하는 다 큰 고등학생 년들과 싸우는 것도 시들해지다보니 벌써 10년이 후딱 갔다. 새댁 때는 눈 때문에 체인을 감고 엉금엉금 기어다니며 다른 차에 부딪고 했는데 이젠 나도 아무리 눈이 많이 와도 자동차 바퀴에 체인을 끼지 않는다.

후배에 후배들은 해마다 찾아온다. 작년에 떨어진 놈이 올해 당선이 되어 술값을 낼라치면 이제 남편은 슬그머니 말리지 않았다. 남편이 돈을 내게 생겼을 때, 집토끼를 산토끼처럼 보이게 하는 데는 춘장을 넣는다는 레시피의 비밀을 터뜨리면 카드를 늦게 내밀게 하는 효과도 있었다. 토끼 간이 맛있다는 것을 깨닫는 사이, 희삼집 미닫이문이 통유리 여닫이문으로 바뀌고 도배를 하면서 상장은 모두 없어졌지만 크리스마스가 지나면 마치 성지순례를 하는 것처럼 반드시 눈길을 헤치고 친구들과 후배들이 희삼집 골방을 찾아왔다.

3.

크리스마스 뒤 이틀째 날이다. 올 크리스마스는 소담스레 눈이 내렸다. 떨어진 청년 둘과 처자 몇으로 희삼집 방의 절반이 꽉 찬다. 닭매운탕을 시키는 젊은 여자애가 있다. 그래, 이쁜 짓도 다 한때다.

"올해는 정말로 우리 사단에서 시도 소설도 당선자가 정말 안 나왔다니, 이제 희삼집 전설도 끊기는구만."

남편이 소맥을 말고 있는데 더 이상 우울한 분위기를 바꾸기가 쉽지 않을 것 같았다. 나는 입을 열었다.

"여보, 사실 나 이 참에 부산 쪽 일간지 수필 부분 당선이 됐는데…. 시나 소설이 나올까 봐 말을 안했지."

"뭐? 이 여자 완전히 토끼굴 팠구만."

"아니 형님, 이거 반전이네요. 상금 있으니 오늘은 노래방에 가서 실컷…"

"안 돼! 상금은 김치 냉장고 사기로 했어."

"허, 당선의 전설을 위해 건배!"

"수필가 형수님을 위해 건배!"

그래 오늘은 한 잔 제대로 하는 거다. 무채를 썰어 넣어 순해진 국물에 미나리를 건져먹는 맛은 용왕님도 모르실 것이다.

"아니, 올해는 최선생 사모님이 당선이라고?"

미나리 바구니를 들고 온 남자는 홍보회사를 때려치고 내려와 작년부터 탕을 끓여내기 시작한 희삼 영감의 아들이다. 희삼 영감이 마른 토끼처럼 웃는데 새로 들어 온 손님들 머리와 어깨에 붙었던 눈 몇 송이가 살짝 바닥으로 떨어진다.

콩나물국밥

『인정법(人情法) 제1조 1항 – 마음을 보태야 한다』

시월하고도 열하루 날. 햇살이 따사롭구나. 내 맘도 부풀부풀 푸른 하늘 흰 구름이 쳐다보기 민망할 만큼 고우니 과연 출가의 날로 삼을 만하였다. 내가 자라기까지 험난한 풍파를 겪었으니 폭풍이 치고 장마가 지나가고 어질어질 세상이 두 쪽 날 것 같은 날도 많았지. 그뿐인가 세 이랑 32평, 우리의 주인이신 할매가 장에 가다 넘어져 허리까지 다치는 일이 일어났으니. 나를 돌보고 싶지 않은 마음으로 그리한 것이 아니라 불가피하게 김을 매주지 못하여 그야말로 어쩔 수 없이 나를 안타까이 지켜볼 수밖에 없었겠다. 고로 나는 풀 반 콩 반인 곳에서 어떤 외압에도 흔들림 없이 알을 맺어 콩 중에서 으뜸 콩이 되어 우리 할매에게 수확의 기쁨을 주었으니 내 이름은 쥐눈이콩이라.

* 김미희 / 아동문학가

내 속을 까뒤집어 보여줄 것 같으면 속이 파란 서목태(鼠目太)와는 달리 속이 노란 서안태(鼠眼太)이니 겉은 검으나 속은 노랗다. 겉 다르고 속 다르단 욕은 호랑이 밑이나 닦는데 쓰라고 할 일이라. 겉과 속이 다른 것은 내 몸을 보호해 결국 인간을 이롭게 할 홍익인간의 신념을 구현하고자 위장한 것이니 우리 조상은 예로부터 콩나물용으로 각광받아온 위대한 종족이다. 섬섬옥수 같던 할매 손이 세월을 이긴 우직한 손으로 나를 깍지 집에서 나오게 하더니 바가지에 풀어놓더라. 너럭바위 같은 할매 손에 넙죽 절하고 출가의 예를 갖췄다.

반도롬허게 잘 자랐다며 우리가 견뎌낸 세월을 치하하는 것을 잊지 않으시니 하해와 같은 농부의 마음을 우리 가슴 속에 꼭꼭 쟁이리라. 할매가 나를 옴시래기 담아두니 이어 수행의 시간이 기다리고 있음을 직감했다.

우리 콩이 얼마나 좋은지는 역사가 증명하고 있으니 일일이 입 아프게 열거할 수는 없고 몇 가지만 읊어보련다. 일찍이 조선시대 성호 이익 선생은 친척들과 콩 요리를 즐겨먹자는 삼두회(三豆會)까지 조직하여 우리를 즐겨 잡수시더니 83세까지 장수하였다. 허니 젊어지고 싶은 사람, 예뻐지고 싶은 사람, 곡류엔 별로 없다는 아미노산까지 풍성하게 채우고 있으니 어찌 우리를 마다하리오. 그뿐인가? 해독작용은 물론 신장병, 당뇨병이나 눈에도 좋고 임산부가 먹어 젖을 나오게 하니 애국, 애족하며 불로장생 버금가게 하니 그 역할이 가히 칭송하여 기록할 만하지 않은가.

꼴 베어 소 키우던 시대 이야기 말고 최근 이야기를 더 보태보자면, 올해 어마어마하고 요란법적하게 열렸던 행사를 그대들은 아직 잊지 않았으리. 스무 개 나라에서 지체 높으신 양반들이 한국을 방문한 G20 이라던가. 각 국 퍼스트레이디들의 식탁에 국으로 화한 우리네가 오르질 않았는가. 그리하여 다음 날 더욱 예뻐진 얼굴에 놀라 거울을 오래오래 쳐다보더라는 후문을 듣고 기자들이 득달같이 달려들었겠다. 허나 퍼스트레이디들은 안 찍고 우리만 등장시켜 보도하더라고 그 보도 안 봤다고 시치미 뗄 생각은 하지 말 일이다. 안 봤으면 안 본 사람 손해인 거지.

　지체 높은 양반들이 먹어서 내 어깨가 으쓱으쓱 올라가는 건 절대 아니다. 그 사람들이 먹었다고 해서 콩나물 값이 두 배로 뛰진 않으니 이 또한 양심적이고 서민적인 나물이라고 어찌 우러르지 않을 수 있겠는가. 우리는 조상대대로 서민들 식탁을 책임졌으며 그게 가장 보람된 일이라 자부심을 갖고 있으니 명심 또 명심해주기 바라는 작은 소망을 가져보는 게 결단코 죄는 아닐 터.

　내가 출가한 이야기로 다시 돌아가고자 한다. 휘부염하게 밝아오는 새벽녘, 할매는 정갈하게 쪽머리에 흰 머릿수건을 쓰고 바가지를 앞에 두고 탱탱해진 나를 포함한 우리를 일일이 벗겨 출가를 시켜주었다. 아시다시피 우리는 콩깍지 하나에 딱 둘만 들어있지. 금슬 좋은 부부처럼 한 방에 둘만 살면서 햇볕을 받고 빗물을 품어 누군가에게로 가

다시 태어날 준비를 하고 있었음이라. 호적상 이름은 비슷해도 완전히 다른 집안인 줄 알아챘는지 심심하면 갉아대는 족속인 서생원의 이름을 따 우리를 부르는 것이 심히 언짢으나 사람들 하는 짓이 어디 마음에 안 드는 게 한두 가지던가. 다른 사람은 모르나 우리 할매의 정성은 눈물겹기 그지없으니 서생원 집안에서 이름을 딴 서운한 맘을 토로하는 건 이쯤에서 그만두련다.

할매는 수세미로 3대째 내려오는 남도 장인의 솜씨로 구워냈다는 시루를 여러 차례 씻고 또 씻어 엎어 물기를 빼고 우리가 동안거에 들 채비를 서둘러 마치더라. 여러 시간 우리는 물속에서 몸을 담군 채 옛 찌꺼기를 털어버리듯 들어앉았다가 나왔구나. 삼발 막대기 위에 걸쳐진 시루와 바가지가 우리로 하여금 각오를 다지게 하였겠다. 와르르 한꺼번에 시루 하얀 천 위에 얹히니 바야흐로 동안거에 들어섰노라. 세상사 모든 인연을 끊고 차가운 질그릇으로 지어진 원룸에 안착한 우리는 검은 보자기를 쓰고 콩나물로의 환생을 꿈꾸었다.

할매 방 한 켠에 놓인 우리는 무시로 물을 먹으며 쑥쑥 자라났으니 똑똑 똑똑 우리가 흘려보낸 물방울은 동굴 노래나 다름없으리. 할매 귀에는 일곱 살 손주 녀석의 오줌발 소리처럼 정겨웠겠다. 밤에도 할매는 우리 동안거를 격려하며 지고지순하게 돌보았으니 우리가 득도할 날이 머지않았음을 온몸으로 느꼈다. 발이 나와 키가 쓱북쓱북 자라니 물만 먹고도 자라나는 위력은 시루도 뚫을 기세였다. 할머니는 웃음을 감추지 못하고 헤벌쭉 웃으며 삭신이 쑤신 것도 잊을만하다 하였으니 할매의 사랑은 끝이 없었도다. 부사리마냥 치밀어 올라 시루 밖으로 몸을 내밀었을 때 세상이 보였다. 작살나게 쏟아지는 햇살에 눈이 부셨다. 동안거를 끝낼 시간인 것이다.

이때에 맞춰 할매는 펑퍼짐해진 엉덩이를 방바닥에 붙이고 전화기를 잡고 수선스럽다. 깨구락지 나왔는디 꾀복쟁이 같은 손주들 보여주러 오너라. 복숭아가 달게 잘 익었으니 가져가거라. 등등 철 철마다 자식들을 불러 모으는데 자식들은 귀찮다 하다가도 바쁘다 하다가도 고향집에 5남매 그득 모이니 좋더라. 후기들을 남기니 간혹 제철이 돌아왔는데도 할매 전화가 없으면 그게 더 걱정이 되어 먼저 슬며시 전화를 넣어보기도 한다는데.

아들, 딸들아, 어여 오너라. 불러 모으는 전화가 오늘은 우리 때문이다. 동안거를 견딘 우리를 축하해주러 오라는 용건이니 이제부터 큰스님 같은 할매의 손길은 분주해지고 선발대로 불려나가는 동지들이 있을 것이니 우리 원룸엔 그나마 두 다리 뻗을 자리가 생기게 된 것이었겠다.

밖에 거추장스럽게 걸쳤던 검은 모자까지 다 벗고 노란 속살을 오롯이 보여주며 신문지 위에 누웠지. 하늘 끝 모르고 뻗어 올라가느라 한 눈 팔지 않았고 눈곱도 떼지 못한 우리 몸에 흠은 없는지 요리조리 살피며 몸단장을 해주는 할매 손이 어여쁘기만 한데 무엇이 될까 우리는 콩닥거리는 가슴을 진정시키기 어렵다.

다시 한 번 잘 다듬어진 우리 몸을 물로 씻어 물기를 빼고 뜨거운 물에 담갔다가 부뚜막에 올려놓으니 어느덧 마당으로 들어온 자동차 소리가 산새들을 퍼덕이게 하더라. 우리는 마음을 다잡으려 눈을 감았다. 굵은 멸치와 무, 다시마가 한 솥에서 제 몸을 던져 쌉쏘름한 냄새를 봉울봉울 피워내며 우리에게 때가 됐으니 준비하라는 통지를 넣는데 오히려 두 근 반 세 근 반 출렁이던 심장이 다소곳해졌다. 필시 이는 콩 맛의 최고봉은 콩나물국임을 입증할 시간이 임박했음을 알기에 그간의 세월이 주마등처럼 지나가며 나의 일대기를 끝낼 시간 또한 다가왔음이라. 몇 대의 자동차 소리가 더 들리고 나는 송송송 썬 파와 풋고추, 후추와 새우젓에 섞여 뚝배기에 담겼다. 매운맛, 쓴맛이 다 엉켜 인생사를 이루듯 한바탕 격랑을 겪고 정신 차려보니 두 개의 눈이 나와 눈을 맞추네. 후후 불어가며 코와 혀를 동원해 도시생활에 지친 노곤한 몸의 우두머리인 뇌까지 전해지니 감각들이 모두 살아 더 이상 기다릴 수가 없다고 난리를 치는구나. 잠시 진정시키고자 수란 하나에 김을 섞어 오장육부에 신고식을 마치니 숟가락이 바통을 이어받고 쉴 새 없이 오르내리기 시작했겠다.

매콤함에 흘러내리는 콧물을 닦으랴 이마에 맺힌 땀방울을 닦으랴 상체 오만 근육이 움직이니 콩나물국을 먹는 수런거림이 할매네 집을 넘어 온 동네에 퍼졌다.

우리 어머니 콩나물국밥 솜씨는 눈 씻고 찾아봐
도 없더라는 아들딸의 찬사를 들으니 그 말을 믿기
어렵다는 듯 퉁을 놓으면서도 배실배실 웃음이 나
오고 뻐근하게 가슴이 차오르는데……

콩나물국밥

만년 과장이자 할매네 장남인 이 과장님. 집안일 하랴, 회사 일하랴 갱년기가 일찍 왔다는 택배회사 전화상담원이자 할매네 둘째 며느리 오 여사님. 벌써 흰머리가 난다는 이 대리님. 애 키우기 힘들다는 셋째 며느리 박희수 씨. 새벽 두시까지 시장에서 닭을 튀기는 둘째 딸. 예뻐서 길에 다니기가 겁난다는 사회초년생 막내딸까지 두루두루 다 모여 앉아 한 상 질펀하게 잔치가 벌어졌구나.

우리 어머니 콩나물국밥 솜씨는 눈 씻고 찾아봐도 없더라는 아들딸의 찬사를 들으니 그 말을 믿기 어렵다는 듯 통을 놓으면서도 배실배실 웃음이 나오고 뻐근하게 가슴이 차오르는데 하마 잊은 게 있으니 새 생명으로 환생하는 우리의 명복을 빌어주는 일을 잊은 참이라.

유세차로 시작하는 할매의 글월을 달빛 아래 들으며 오남매의 배속에 담긴 우리는 자동차에 실려 전국 각지로 떠났다.

불끈불끈 힘이 솟게 하는 우리 콩 맛을 잊지 못하는 것인지, 할매의 손맛을 잊지 못하는 것인지 문득문득 콩나물국이 생각나더란다. 그리움을 안겨주어 할매한테 걸음을 종용하는 정체가 뭘까? 를 찾아 나섰겠다. 비밀의 열쇠는 할매가 가지고 있었다. 콩나물국에 조미료를 탔단다. 절대로 법에 저촉되지 않는 천연 유기농 가루. '엄마 맛'이라는 가루, '고향 맛'이라는 이 가루 첨가는 인정법(人情法) 제1조 1항에 해당하는 것으로 음식엔 마음이 꼭 보태져야한다는 법 조항이라 하지 않는가!

백련마을 연잎밥

　즐거운 발길에는 즐거운 먹거리가 갖춰져야 제격이다. 전주에는 볼거리와 먹거리들이 많은 편이다. 그 중에서도 이태조의 어진이 모셔진 경기전과 한옥마을 주변에 있는 백련마을엔 특별한 음식이 있다. 바로 백련마을 연잎밥이다.

　전주의 음식점엔 어디를 막론하고 다양하고 맛깔스러운 반찬들이 찾는 이들의 입을 즐겁게 하는데 백련마을 연잎밥은 맛이 그윽하고 정취가 있어 더욱 특별했다.

　음식의 참맛을 느끼려면 무엇보다도 마음을 나눌 수 있는 동행자와 함께 했을 때 그 맛은 몇 배로 배가된다.

　가장 바람직한 동행자는 같은 길을 걷는 사람일 게다. 같은 길은 여러 형태가 있을 수 있다. 한 울타리 안에 묶여있는 가족에서부터 직장

---

* 문영숙 / 아동문학가

동료 혹은 추억을 공유할 수 있는 친구, 또는 학연과 지연으로 얽힌 끈끈한 인연들일 게다.

그 많은 인연 중에서 나를 백련마을로 안내한 이는 영혼과 영혼으로 만난 사이라 할 수 있다. 둘 다 작가란 이름으로 만난 동인이며 연류을 초월한 자매 사이 같기도 하다.

글을 통한 교류는 외형적인 것들을 거의 배제한 영혼과 영혼의 교류라고 할 수 있다. 한편의 글에서 그 사람의 가치관이나 살아낸 이력과 인간성이 고스란히 드러나기 때문이다. 그래서 글을 통한 만남은 모든 것들을 단숨에 뛰어 넘어 내면까지 들여다 볼 수 있는 관계가 되기도 한다.

외형적으로 만나 속내를 보이기까지 서로가 많은 탐색전을 벌여야 하는 만남에 비하면, 그야말로 나신과 나신의 만남이라 할 수 있는 게 글을 통한 교류인지도 모른다.

그녀와 나는 둘 다 무척 솔직한 특성을 가지고 있다. 아마도 그래서 더 가까워졌는지도 모른다. 우리 둘의 교류는 아름다운 연못에 고고하고 품위 있는 자태로 보는 이를 단숨에 사로잡는 연꽃의 만남이 아니라, 진흙 속에 발을 뻗고 숭숭 구멍 뚫린 채 흙탕물을 길어 올려 고고한 꽃을 피우려고 발버둥치는 연근의 모습으로 만났는지도 모른다.

아픔과 고통과 갈등을 삭히며 만났기에 우리가 서로 얼굴을 대면했을 때 다른 만남의 몇 배로 친근감을 느낄 수 있었다.

그녀와 난 많은 공통분모를 가지고 있었다. 그녀도 나도 글을 쓰게 되기까지 늦깎이로 출발한 제 2의 삶인지라 주어진 하루하루를 열심히 사는 게 자아를 성취시키는 가장 큰 힘이 되었다. 그 열심들이 하나씩 모여 책이라는 이름으로 성취의 기쁨을 맛보면서 그녀도 나도 나름대로 각자의 역사에 최선을 다하고 있다.

백련마을에서 연잎밥을 먹을 수 있었던 것은 내겐 특별한 일이었다. 내가 문학을 시작하면서 흠모했던 대하소설 『혼불』을 쓴 고 최명희 작가를 영혼으로 만났다고 해야 할까. 그날 나는 최명희 문학관의 초청으로 나의 청소년역사소설 <에네껜 아이들>을 통해 학생들과 학부모를 상대로 강연을 했었다.

그 강연을 주선하고 나를 맞아준 문우가 바로 동아일보 신춘문예 동시부분으로 당선된 박예분 시인이었다. 나는 같은 해 동아일보 신동아 논픽션에 당선되었다. 고 최명희 작가도 우리보다 훨씬 이전에 동아일보에 장편소설로 당선되었다. 우리는 그를 연결 고리로 하여 『혼불』과 같은 좋은 작품을 써 보리라 의기가 충만해지기도 했다. 그만큼 내겐 전주가 큰 의미로 다가왔다.

강연을 마친 다음 날 박시인과 나는 전주 한옥마을이 한눈에 내려다보이는 오목대에 올랐다. 가을의 정취가 물씬 나는 오목대는 나무들도 단풍이 곱게 들어 절경 속에 내가 한 부분이 되어 카메라에 소중한 순간들을 담느라 시간 가는 줄도 몰랐다.

한옥마을의 풍광에 취해 배고픔도 잇고 있던 터라 백련마을에 자리를 잡았을 때는 허기가 급속도로 밀려왔다. 가장 맛있는 반찬이 허기라 했던가. 하지만 그 허기를 차치하고 연잎밥은 갑자기 나의 품격을 급상승 시킨 듯한 착각에 빠지게 했다.

우리는 전생에 무슨 인연으로 얽혀 거리나 환경을 초월해 불가에서 말하는 억겁의 인연으로 마주 앉아 황홀한 맛을 즐기고 있는가. 옛 성현들이라면 앉은 자리에서 지필묵이라도 갖추어 아름다운 인연과 황홀한 음식을 앞에 두고 멋스런 시 한수를 짓고도 남을 것 같았다.

연잎밥은 원래 사찰음식이었다고 하는데 백련마을로 들어가는 입구의 작은 정원은 연잎밥과 딱 어울리는 풍경이었다. 앙증맞은 절구통 안에, 또는 손바닥 같은 작은 연못에 부레옥잠과 함께 떠 있는 연잎들을 보는 재미도 즐겁고 특별했다. 추억이 서려있을 법한 돌다리를 디디는 발걸음은 아이처럼 절로 설레었다.

연잎밥을 주문하고 자리를 잡자 각종 반찬들이 각각 자신만의 색깔과 향내로 시각을 사로잡았다. 갖가지 반찬들로 입맛을 먼저 돋운 후 향그런 연잎밥이 비밀을 함뿍 안고 내 앞에 놓여졌다. 향그러운 연향을 맡으며 조심스럽게 연잎을 펼치니 먹음직스런 찰밥이 살포시 드러났다. 양 보다는 연잎 안에 담긴 찰진 밥이 되기까지 들인 정성의 깊이가 헤아려졌다.

각종 잡곡으로 버무려진 찰밥. 그 밥만으로도 한껏 영양이 느껴지는데 커다란 연잎에 싸여 연향까지 듬뿍 배어있으니 맛은 상상만으로도 군자가 된 듯하였다.

연잎은 비타민 B복합제가 풍부하고 철분에 단백질과 지방질까지 풍부하여 자양강장제로서 손색이 없다는데 나처럼 저혈압인 경우에는 특히 자양강장식품으로 그만이라고 한다.

연향이 가득 배인 밥을 살포시 헤치면 찹쌀의 끈기에 서로 어우러진 팥, 밤, 대추, 은행들이 시각효과까지 곁들였다. 한옥마을 골목골목을 돌아보고 오목대까지 올랐던 피로한 발이 금세 회복될 것 같은 기분이 들었다.

이제 입 안으로 연향을 느낄 차례. 찰밥을 한 젓가락 떠서 입 안에 넣었다. 가볍지 않은 은근한 연향이 혀끝에 퍼졌다. 순간 조금 과장되게 너스레를 떤다면, 나는 연꽃 같은 군자가 된 느낌이 들었다.

진흙에서 피워 올린 연꽃은 누가 뭐래도 꽃 중의 군자다. 그 중에서도 더 고귀해 보이는 것은 단연 백색 연꽃이다. 백련 꽃심에 금빛으로 빛나는 꽃술은 흰색 백련의 순수한 결정체라 할 수 있다. 하지만 백련을 피우기 위해 수면을 덮은 연잎 또한 가히 크기나 환경으로 보아 군자답지 않은가.

그 넓은 잎으로 햇빛을 받아들여 에너지로 환원시켜 피워낸 백련은 어찌 보면 물위를 덮고 있는 연잎들의 염원이라 할 수 있다.

그 염원으로 가득 찬 연잎에 쪄낸 밥이라 생각하니 혀끝에 감도는 맛보다 더 큰 의미로 전달되는 의미의 맛이 더 고귀하게 느껴졌다.

냉장고가 없던 시절 연잎은 음식을 쉬지 않게 보관하는 도구로도 쓰였다. 특히 연잎에 찐 밥은 한여름 찜통더위에 사흘을 넘겨도 맛이 그대로여서 뱃사람들도 이 연잎 도시락을 즐겼다고 한다.

찰밥을 한 젓가락 떠서 입 안에 넣었다. 가볍지
않은 은근한 연향이 혀끝에 퍼졌다. 순간 조금 과
장되게 너스레를 떤다면, 나는 연꽃 같은 군자가
된 느낌이 들었다.

연잎밥

요즈음 들어 고도비만이 늘어 사회문제화 되고 있는데 연잎밥이야 말로 슬로우 푸드의 대명사가 아닐까 싶다. 각종 잡곡들로 이루어진 찰밥만 해도 그 밥이 되기까지 잡곡을 물에 불리고 팥처럼 단단한 잡곡은 삶아서 준비해야 한다. 게다가 연잎에 알맞게 담아 가지런히 묶어서 쪄내기까지 하니 그 정성이 얼마인가.

그런 과정을 생각하면 냉큼 먹을 수가 없었다. 입 안에서도 꼭꼭 씹으며 밥속에 배인 연향을 천천히 음미해야만 이 연잎밥에 대한 최소한의 예절을 지켜야 할 의무감이 들었다.

꼭꼭 천천히 씹어 연잎 안에 밥을 모두 비웠다. 이 정도의 반찬에 정성이라면 이곳이 전주가 아니라면 무척 싼 편이라는 생각도 들었다. 하지만 전주는 맛깔스런 반찬과 정성이 타 고장보다 싼 편이어서 백련마을이 백련정식도 전주라는 지역 특성을 생각하면 그리 싸지도 비싸지도 않다는 생각이 들었다.

서울로 돌아오는 차안에서 박예분 시인과의 인연을 생각하니 덕진공원을 가득 덮은 연꽃과 연잎들이 눈앞에 펼쳐졌다. 연꽃처럼 아름답고 연잎처럼 풍성하고 연근처럼 삶의 희로애락을 오래오래 함께 나누자고 마음속으로 다짐하며 입 안에 감도는 연향을 다시 음미했다.

오모가리

1964년 추석을 며칠 앞둔 어느 날, 나는 도망치듯 서울을 떠나 전주 역에서 기차를 내렸다. 가난한 글쟁이인 나에게 명절은 고통스런 날이었다. 제 밥벌이도 못하는 나를 걱정하는 어머니의 눈빛을 마주할 용기가 없었다.

왜 하필 전주였을까? 나는 그냥 무작정이라고 생각했지만 어쩌면 전주대학교에 교편을 잡고 있는 선배를 만나 강사 자리라도 하나 부탁해볼까 하는 속셈이었는지도 모른다.

"쩌어기…… 부탁 하나만 들어주실랑가요?"

역사를 빠져나오는데 허깨비인지 꼬챙이인지 불면 날아갈 것 같은 꾀죄죄한 부랑자 하나가 내게 말을 걸어왔다.

"부탁요?"

---

* 이병승 / 아동문학가

내가 경계의 눈빛으로 한 걸음 물러서며 바라보자 부랑자는 주머니 깊숙한 곳에서 꾸깃꾸깃한 돈을 꺼내더니 마치 거지가 아니라는 것을 증명하겠다는 듯 불쑥 내밀었다.

"이 돈으로…… 쩌기, 내가 알려주는 식당에 가서 밥 한 그릇만 잡수시고…… 다시 나한테 와서…… 그 맛이 어땠는지 자세히 얘기해 주시면 되는디요 참, 그라고…… 그 식당집 할매는 어떤지도 쪼께 살펴봐 주시면 쓰것는디요"

참으로 엉뚱한 부탁이었다.

거지나 다름없는 부랑자가 구걸한 듯한 돈을 내밀며 내게 밥을 사 먹고 오라는 것도 엉뚱하지만, 어여쁜 처녀이거나 젊은 과부도 아니고 할머니를 살펴보고 와서 얘기를 해달라는 것도 기이했다. 필시 무슨 사연이 있는 것이리라, 나는 내 안에 꾹꾹 눌러 뚜껑을 덮으려던 소설가의 호기심이 꿈틀거리며 살아나는 것을 느꼈다.

"이렇게 하죠?"

"?"

"내가 술을 한잔 살 테니 왜 내게 이런 부탁을 하는지 우선 그 사연이나 들어봅시다."

술이라는 말에 부랑자의 눈동자가 흔들리기 시작했다. 침을 꿀꺽 삼키느라 목울대가 오르락내리락 하더니 누런 이를 드러내고 자기도 모르게 히죽 웃었다.

잠시 후 우리는 대폿집에 마주 앉았다.

자세히 보니 부랑자의 나이는 얼추 50대 후반으로 보였다. 산전수전 다 겪은 듯 얼굴 가득 뒤덮힌 주름이 산맥처럼 울퉁불퉁했다. 막걸리 한 대접을 마시면 오히려 한숨을 두어 말 쯤이나 토해내던 부랑자가 마침내 입을 열었다.

"실은, 거기가 어머니가 하는 식당인디요……."

"네에? 그럼 그냥 가면 될 것을 왜 나한테?"

"나가 죄인이니께요"

부랑자는 빈 담뱃갑에 손가락을 넣고 뒤적이다가 반쯤 피우다 남은 담배를 꺼내 물고 떨리는 손으로 불을 붙였다.

"?"

"나는…… 어머니 피를 쪽쪽 빨아먹고 산 거머리였당께요. 어려선 신동났다고 동네 잔치도 했지만 서울로 유학 가서 보니께 신동은 무슨. 그래도 서울대학생이라고 속이고, 소 팔고 논 팔아 꼬박꼬박 부쳐 준 등록금, 죄다 술집에서 기생집에서 물 쓰듯 흥청망청 쓰고…… 그 것도 모자라 집까지 팔아 부쳐준 돈 사업 헌납시고 다 말아먹고…… 사고 쳐 교도소도 몇 번 들락거리느라 아버지 임종도 못 보고…… 흐 흐, 이래봬도 우리 집이 전주에서는 꽤 알아주는 부자였응께요. 그런 데 나가 무슨 면목으로 어머니를 뵙겠소?"

"……그래서 보고 싶어도 어머니 식당에 못 간단 말입니까?"

"그라지요"

"그럼 마지막으로 어머니를 뵌 게 언젭니까?"

"숨어서 몰래 본 적은 많아도 직접 마주 본 건 까마득 혀요"

부랑자의 눈이 퀭했다. 한때는 사업이 잘 되서 큰돈을 벌었던 때도 있었지만 그땐 잘나간다고 거들먹거리느라 찾아뵙지 못하고, 또 다시 사업이 망해 알거지가 됐을 땐 창피하고 미안해서 또 못 찾아가 뵈고, 그렇게 세월이 흘러 이젠 완전 재기불능의 부랑자가 되어버렸다고 했다. 명절이나 어머니 생일이 되면 근처까지 와서도 차마 들어가 볼 엄두가 나질 않는다는 것이었다.

"아마 날 보면 자식이 아니라 웬수라고 몽둥이로 쳐 죽이려고 안 허겄소?"

밥벌이도 못하는 가난한 소설가인 나는 부랑자의 심정이 이해가 됐다. 당장 추석을 앞두고 전주에 내려온 것도 어머니로부터 도망친 것이었다. 나도 다른 형제들처럼 보란 듯 떵떵거리며 효도를 하고 싶었지만 능력이 없었으니까.

부랑자도 그랬을 것이다. 어머니가 보고 싶고 그리워도 차마 얼굴을 내밀 수 없어 멀찌감치서 바라만 보다가 돌아선 일이 한두 번이 아니었을 것이다. 그래서 제 술값으로도 모자랄 돈을 덜덜 떨리는 손으로 내게 쥐어주며 이런 어처구니없는 부탁을 하고 있는 것이리라.

"전에 멀리서 보니께 이가 하나도 없으신 것 같더라고요. 그래갖고 죽이나 제대로 드시는지…… 사람이 뭐라도 씹어 먹어야 사는 것인데…… 아, 그리고 절대 어머니가 눈치 채게 해선 안 되어요"

부랑자가 거듭 당부했다. 내 손을 꽉 붙잡은 그의 두 손은 말라비틀어진 나뭇조각 같았다.

"내가 뭘 먹으면 될까요?"

이왕이면 부랑자가 먹고 싶어할만한 음식을 먹는 게 좋을 것 같아서 물었다.

"거긴 하나밖에 없어요. 오모가리탕."

"오모가리탕?"

처음 들어 보는 음식이었다.

다음 날 나는 부랑자가 가르쳐 준대로 그의 어머니가 하는 식당을 찾아갔다. 전주천변 버드나무가 바람에 머리를 풀고 있는 곳에 판자때기로 지은 허술한 가게가 나왔다. 나는 문 앞에 내 놓은 평상에 걸터앉았다.

쪼그랑바가지 같은 할머니가 불편한 몸을 움직여 펄펄 끓은 뚝배기를 내왔다. 알고 보니 오모가리탕은 매운탕이었다.

"오모가리가 뭐예요?"

"투가리……."

"네?"

"뚝배기. 전북에선 뚝배기를 오모가리라고 혀요."

나는 오모가리가 물고기 이름인가 했더니 뚝배기였다. 그러니까 오모가리탕은 뚝배기에 끓인 민물고기 매운탕이었다. 물고기는 전주 천에서 잡는데 메기, 쏘가리, 빠가사리, 피래미 등이 주로 쓰인다고 했다.

"이가 없으시네요? 드시는 건 불편하지 않으세요?"

"죽이나 끓여 먹고 국물 마시면 되지."

"다리도 아프신 것 같은데?"

"늙었으니께."

"혼자 사세요? 아드님은 없으세요?"

내가 이것저것 꼬치꼬치 캐묻자, 할머니가 문득 고개를 돌려 나를 빤히 쳐다보았다. 내가 누구인지 왜 여기 왔는지 짐작이 간다는 눈치였다. 나는 잠시 할머니와 눈을 마주한 채 침묵하다가 후딱 고개를 숙이고 오모가리탕을 먹었다. 할머니는 평상 끄트머리에 걸터앉아 한 손으로 어깨를 툭툭 치며 먼 산을 바라보았다.

"왜 매운탕을 뚝배기에 끓인데요?"

내가 다시 묻자 할머니는 이빨이 다 빠진 입으로 오물거리듯 말했다.

"꼬라지는 중요하질 않은 것잉께……."

"……."

"그라고 살아 있으라고……."

"네?"

"뚝배기는 살아 있는 그릇잉께…… 어디서 뭘 하든 꼭 살아 있으라고."

할머니의 대답에 나는 움찔했다. 할머니는 내가 왜 여기에 왔는지

다 알고 있는 것 같았다.

"시래기는요? 왜 무청 시래기를 매운탕에? 서울엔 이런 매운탕 없거든요."

"……아들 놈 때문에 집 팔고 논 팔고 팔 거 다 팔았는데…… 자꾸 돈을 부쳐달라니께 어쩌것소? 나가 장사라도 해야지. 근디 가진 거라곤 널어 말린 무청 시래기밖에 없응께 어쩌겠는가? 된장 풀어 뚝배기에 그거 넣고 쩌그 전주천에 내려가서 직접 내 손으로다가 물고기 잡아다 넣고 끓여 팔았지."

"매운탕에 된장이라는 것도 특이하네요?"

"우리 아들이 좋아허니께."

들깨 가루와 민물새우를 함께 넣고 고기가 삭을 때까지 펄펄 끓인 오모가리탕 한 그릇을 후딱 비우자 할머니는 누룽지와 숭늉을 갖다 주었다.

"근데 할머니가 드실 것도 아닌데 왜 이렇게 팔팔 끓였데요? 고기의 형체가 흐물흐물해져서 알아볼 수가 없네요."

거의 죽처럼 끓여낸 매운탕에도 무슨 의미가 있는가 싶어 나는 또 할머니에게 물었다.

"……지난 일은 다 잊으라고."

"!"

"가서 전해. 늙어서 오모가리 들기도 힘드니께 와서 거들라고 길거리에서 떨다 얼어 죽지 말고."

"오모가리가 뭐예요?"

"투가리……."

"네?"

"뚝배기. 전북에선 뚝배기를 오모가리라고 혀요."

오모가리탕

"······어떻게 아셨어요?"

"때마다 자네 같은 사람이 오네. 어디 한두 번인가? 저 짝에서 몰래 숨어 지켜보고 간 적도 많어."

"왜 안 부르셨어요?"

"지가 힘들어하니께······ 그라지."

"······안 미우세요?"

"미워도 자식인게."

할머니는 먼 산을 보며 입을 다물었다. 온기가 쉬이 가시지 않는 오모가리처럼 투박하지만 할머니의 뜨거운 마음의 온기가 내게 그대로 전해졌다. 자식에게라면 뭐든지 퍼주는 어머니의 마음이었다.

나는 전주역으로 돌아갔다. 목이 빠져라 나를 기다리고 있던 부랑자에게 구겨진 돈을 돌려주었다. 아들이 준 돈이라는 것을 뻔히 알고 있는 할머니는 밥값을 받지 않았다.

"오모가리탕 맛은 어땠소?"

부랑자가 화투패를 쪼듯 침을 꿀꺽 삼키며 물었다.

"간은 아직 맞소?"

"······."

"이는?"

"······."

"말 좀 혀보랑께요!"

"글쎄, 간이고 맛이고 나는 하나도 모르겠더군요. 그거 먹는데 나도 우리 어머니 생각이 자꾸만 나서…… 아, 그렇게 궁금하면 직접 가서 먹어보든가!"

"나가 못 가니까 부탁한 거 아뇨!"

내가 툴툴거리자 부랑자도 못마땅한 표정으로 버럭 소리쳤다. 나는 그 맛을 어떻게 설명해야할지 막막하기만 했다.

"직접 가서 먹어 봐요"

"아따, 이 양반이…… 참말로. 내가 못 가보니까 물어보지…… 안 그라요?"

"……."

"다리도 아픈 것 같든디……."

"……접디다."

"!"

"근데 이빨이고 다리고 어깨고…… 그게 다 새 발의 피에요"

"?"

나는 일부러 크게 한숨을 푹 쉬었다. 그리고 부랑자를 물끄러미 바라보기만 했다. 부랑자의 눈이 걱정으로 점점 커졌다. 나는 천천히 힘을 주어 나지막이 말했다.

"눈이…… 안 보입디다."

"누, 눈이?"

"자식 때문에 속이 새까맣게 타들어가서 이젠 눈까지 멀었는가 봅디다. 탕을 내오는데 벽을 더듬더라구요. 그러다 펄펄 끓는 매운탕 그 릇이라도 안고 넘어지면 큰일나겠더라구요."

내 거짓말에 부랑자는 파르르 떨기 시작했다.

"모르죠. 그새 사고라도 당했는지……."

내 말이 끝나기도 전에 부랑자는 어느새 저만치 달려가고 있었다. 마치 마을 어귀에서 실컷 놀다가 엄마가 부르는 소리에 다 팽개치고 달려가는 아이처럼. 전주천변의 마른 억새풀들과 버드나무가 다 큰 어른 아이의 귀향을 두 팔 벌려 환영해 주듯 몸을 흔들고 있을 모습이 떠올랐다.

나는 그의 뒷모습을 보며 학교로 가려던 생각을 바꿔 서울행 표를 샀다. 당장 어머니를 뵈러 가야할 것만 같았다.

세상에서 가장 에로틱한 음식, 마

1. 날로 먹는 맛

금마군에는 가장 오래된 음식에 대한 이야기가 전해온다. 조선 초까지 이곳은 익산의 중심이었다. 반쯤 무너진 미륵사지탑이 풍요로웠던 천년 전의 백제와 교신하는 것 같은 이곳에 최고(最古)의 음식인 '마'는 전설의 이름이 됐다.

익산의 음식 문화가 모두 금마에서 왔다. 그러나 지금은 금마의 음식을 잊고 있다. 나도 마를 먹기 전에는 분명 땅 속에서 파낸 뿌리채소의 못생긴 모양일 것이라고 그러나 한참 뒤에 먹어본 마는 고구마보다는 과일인 배에 더 가까웠다.

기록에 의하면 금마 사람들은 '마'를 먹었다. 요즘처럼 건강식품으로 가끔 먹는 별미가 아니라 일상적으로 먹었다. 어린 서동이 홀로 된

* 박태건 / 시인

어머니를 부양할 수 있을 정도로 마는 잘 팔렸다. 또 마를 판 돈을 노자돈 삼아 금마에서 신라의 경주까지 갈 수 있었으며 경주의 어린애들에게 맛난 것을 사주며 노래를 부르게 할 수도 있었다. 서동에게 마는 황금이었다.

마

조리과정이 생략되어 있어도 마에는 '날로 먹는' 것의 섹시함이 있다. 어린 시절 허기를 채웠던 것도 날로 먹었던 고구마였다. 학교에서 집에 돌아와 마루에 가방을 던져놓고 대답 없는 식구들 이름을 차례로 불러보다 맥없이 주저앉아 찬방 구석에 있는 상자에서 꺼내먹던 고구마. 작은 칼로 썩썩 베어 내어 '날로 먹는 맛'은 오래 씹을수록 들큰한 맛이 났다. 처음 '마'에 대한 이야길 들었을 때, 고구마를 깎아 먹던 어린 시절이 생각이 난 것은, 이제는 흔하지 않은 '마'에 대한 기억이 날로 먹는 것에 대한 그리움을 연상시키기 때문이다.

'날로 먹는다'는 말이 있다. 관용어로 쓰이며 사전을 보면 "힘을 들이지 아니하고 일을 해내거나 어떤 것을 차지하는 것을 낮잡아 이르는 말"로 나와 있다. 그러나 '날로 먹기'는 재료가 신선해야 가능한 법이다. 원시적이고 순수한 식습관으로서의 '날로 먹기'가 왜 게으른 행태를 지칭하는 말이 되었을까? 아마도 '날것', '야성성'에 거부를 보이는 이들이 만든 일일 것이다. 날것은 말리거나 익히거나 가공하지 아니한 것이다. 날것의 먹을거리는 재료의 순수함을 지켜내기 위한 선조들의 지혜가 담겨 있으며, 문학에서의 날것이란 기성의 어느 것에도 영향을 받지 않은 순수한 상상력을 의미한다. 세상은 이 날것들의 저항에서 변화하는 것은 아닐까? 순종을 거부하고 제 멋대로 표현하는 날것 이미지가 요즘 보기 힘들다. 그저 좋은 게 좋은 것이라는 기회주의, 모난돌이 정 맞는다는 보신주의가 판치고 있다. 도시인의 입맛에 맞게 조미료를 잔뜩 친 음식들을 먹고 사니 성인병이 늘어난다고 지적하는 사람도 있다. 날것의 생명력을 잊게 된다고 주장하는 사람도 있다.

그때 고구마를 먹기 위해 칼을 쓰다가 손가락이 베인 적이 있다. 고구마에 밴 피 맛이 입속 가득 비렸다. 고구마를 끝까지 먹을 수가 없었다. 나는 그때 이후 날로 먹지 않게 되었다는 것을 생각한다. 조리된 음식의 안전함을 섭취하며 날로 먹는 야성성을 잠재웠던 것이다.

2. 날을 벼리는 시간

사람이 죽을 때는 마지막으로 기운이 돌아온다는 말이 있다. 나도 직접 경험한 일이다. 우리 집이 어려울 때 외할머니는 어린 나를 데리고 다니며 옷이며 반찬을 해주셨다. 친할머니의 부재를 채워주시던 외할머니가 지병으로 누워 계셨는데 돌아가시기 며칠 전에는 언제 그랬냐는 듯이 침대에서 멀쩡히 앉아 웃으며 이런저런 얘기를 해주셨다. 그리고 내가 집에 돌아갈 때는 병실 한쪽에 쌓아둔 인삼이며 과일통조림을 꼭 가져가라고 해서 들고 돌아온 적이 있다. 죽음을 예감하셨던 것일까? 그때 내 나이 서른 하나였다. 부음을 듣고 마침 해가 지는 것을 보았는데 지평선 너머로 막 넘어가기 전이었다. 나는 하루 중에서 가장 크고 붉게 타오르는 태양의 시간이 언제인지 그때 알았다. 빈사의 상태에서 금방이라도 침대에 일어날 듯한 외할머니의 평상시 같은 목소리가 지금도 귀에 선하다. 백제의 무왕이 꼭 그랬다. 한때 고구려와 신라를 꼼짝 못하게 했던 백제는 수도를 두 번이나 천도를 하면서 국운이 탕진했다. 무왕의 시대는 백제의 마지막 해밝기인 셈이다.

백제는 100여 개의 제후가 모여서 만든 나라다. 강력한 국가가 되기 전 까지 왕권강화가 필수적이었을 것이다. 이러한 왕권강화를 위한 영토 확장 전쟁은 일상적인 일이었다. 거듭된 전쟁을 통해 서동이 왕위에 오르기까지 백제의 왕족은 생명을 부지하기 어려웠다. 서동의 2대조가 되는 성왕이 관산성 전투에서 신라군에게 목숨을 잃자 백제의 국운은 급격히 쇠락한다. 그리고 아들 위덕왕을 비롯하여 몇 명의 왕들이 짧은 재위기간을 수월히 넘기지 못한다. 이른바 국가의 위기상황이었던 것. 신화는 필요에 의해 만들어진다. 평범한 인물이 난세를 극복하기는 힘들었을 터. 용의 아들인 서동은 민중의 추앙을 받으며 강력한 국가 재건에 나서게 된다. 미륵사는 만들어진 신화의 상징물이었던 셈이다.

"선화가 모후가 준 황금을 내어 생계를 도모하려 하자 서동은 그때서야 황금이 보배임을 깨닫게 되고 마를 캐던 곳에 흙더미 같이 쌓여 있던 금을 지명법사의 신력을 빌어 신라왕실에 보내게 된다. 이후 인심을 얻은 서동은 왕위에 오른 후 왕비와 함께 사자사에 가던 중 용화산 아래 큰 못에서 미륵불이 출현하므로 수레를 멈추고 경배를 하였다. 이에 부인이 못을 메우고 큰 절을 세울 것을 소원하므로 왕이 허락하고 지명법사에게 못을 메울 방법을 물으니 법사는 신력으로 하룻밤 사이에 산을 허물어 평지를 만들었다."

서동의 지략이 선화공주를 취할 정도로 정보력과 판단력의 소유자라는 것을 감안 한다면 황금의 가치를 몰랐다는 것은 얼핏 이해가 되지 않는다. 출생의 비밀을 간직한 어린 서동이 백제의 왕이 되기까지 그는 당대의 최고 미인을 아내로 맞이하려 했던 것일까? 날을 벼리는 것은 무언가 목표가 있기 때문이다.

신라왕실에 보냈다는 '황금'이 당시 진평왕과의 굴욕적인 화친의 대가라고 주장하는 사람들과 현대적 관점에서 서동은 기업농업인으로 마를 대량재배해서 판매했을 것이라는 주장 등 삼국유사를 해석하는 시각은 다양하다. 어쨌든 과거의 일을 지금의 사고로 판단하는 것은 옳지 않다. 마치 부모에게 과거의 행적을 따지며 비겁자 취급을 하는 아이처럼 철없다. 그래서 소싯적 이야길 좋아하는 사람을 꼰대(?)기질이 있다고 하는 걸까? 세상을 날로 먹는 법을 잊어버린 나도 점점 꼰대가 되는 지도 모른다. 날을 세우는 일은 역시 철없는 시절에만 할 수 있는 몇 안 되는 일이니까.

3. 향토적 에로티즘의 맛

삼국유사에는 "무왕의 이름은 장璋이다. 어머니가 서울의 남쪽 못가에서 집을 짓고 홀어미로 살더니 용과 상관하여 그를 낳았는데 어릴 적 이름은 서동이다. 서동이 마를 캐어 어머니를 모실 때 금 다섯을 얻어 산 이름이 오금산이 되었다"고 전해진다. 용과 상관했다는 것을 들어 왕의 자손임을 추측하는 학자들이 있다. 아무튼 그의 탄생은 비정상이었다. 왕이 태어난 자식을 거두지 않았기 때문이다. 서동은 이웃 나라의 공주가 예쁘다는 소문을 듣고 국경을 넘어 갈 만큼 대담했으며 '공주가 남정네와 밤늦게 만나는 일'이 어떤 의미를 가지고 있다는 것을 알 만큼 노회(?)했다. 또한 은밀한 소문을 작전에 활용할 정도 두뇌를 가졌으며 이 모든 것을 백제에서부터 계획할 정도의 첩보능력과 분석력이 있었다. 서동은 아인이었다. 그는 자신의 운명을 걸고 현실을 뒤집어 보고 싶었던 것은 아니었을까?

마는 최근 '슬로푸드'로 이름을 얻으며 진안과 무주지역에서 건강식품으로 재배되고 있다. 내가 마를 처음 본 것은 전주의 한 막걸리집이었다. 시원한 배를 썰어 놓은 것 같은 마를 젓가락으로 집자 무슨 침처럼 보이는 끈적한 액이 늘어졌다. 왜 송수권 시인이 마를 가리켜 '향토적 에로티시즘을 가진 음식'이라고 이야기 했는지 이해가 됐다. 편으로 썰린 그것은 무슨 생명을 가진 것처럼 끈적한 침을 흘리고 있어서 서둘러 입속에 넣어야 했다. 내 입속에서 당당한 에로티즘을 느끼게 해주었다. 들큰하고 사각거리는 그것은 몇 번 씹지도 않아도 허무하게 사라졌다. 혀는 반사적으로 내 입술을 핥았다. 나는 그 후로 마를 안주삼아 몇 번이고 막걸리 잔을 비웠고 가끔씩 작은 칼로 참마를 썩썩 베어 먹는 어린 서동을 생각했다. 술이 깊어졌는지 내 목소리는 점점 커지고 주위에 앉은 술꾼들의 목소리도 점점 커져서 나중엔 가슴이 우렁우렁 거리는 것 같았다. 막걸리집 한구석에 앉아 안주가 된 마를 앞에 두고 나는 생각했다. 문득 날로 먹는 오래전의 맛이 생각이 났다. 그것은 먹어도 먹어도 언제나 배고픈 맛이었다. 결코 채워지지 않는 열망의 맛. 야성의 맛이다.

익산시 원광대 병원 앞의 <본향>에 가면 퓨전한정식인 '마약밥'을 먹을 수 있다. 1인분에 1만원인 마약밥은 이름만큼이나 독특한데 주인은 전국요리경연대회에서 수상한 경력을 자랑한다. 그러나 한정식으로 차려나온 '마'는 특유의 야성이 사라진 얌전한 상차림이다. 나는 한번

가서 먹어보고는 왠지 맞지 않아 두 번은 안 갔다. 아마도 무슨 수상
증명서 같은 '증'에 대한 거부감도 있었을 것이다. 갖은 한약재로 요리
한 음식을 먹으면 몸이 착해지는 기분이랄까? 착해진다는 것은 고분고
분해진다는 것. 벽에 붙은 건강을 생각하라는 글귀에서 갑자기 몸을
사리며 사는 게 부끄러워졌다.

경종호
2005년 전북일보 신춘문예에 시가 당선되었다.

김명희
한국방송통신대학교 교육과 졸업. 농민신문 공모 장편소설 당선. 한국소설가협회, 전북소설가협회, 작가모임 낙양지귀 회원.

김미희
2002년 한국일보 신춘문예 동시 당선, 푸른문학상 수상, 환경부 그린스타트 창작동화공모전 은상 수상, 고래창작동화공모전 대상 수상, 동시집 『달님도 인터넷해요』, 『네잎클로버 찾기』가 있음.

김성철
2006년 영남일보 신춘문예 시 당선.

김여화
91년 소설 등단, 92, 93년 수필 등단. 임실문협 7,8대 지부장역임, 한국문협 회원, 제5회 한국문학세상 문예대상 수상(2010년), 제6회 평생학습대상 우수상 수상(2009년), 제19회 전북수필문학상 수상(2006년). 저서로 『아낙에 핀 물망초』, 『행복의 언덕에서』, 『임실, 우리 마을 옛 이야기』 등이 있다.

김자연
1985년 「아동문학평론」에 동화 「단추의 물음표 새들」이, 2000년 한국일보 신춘문예에 동시 「까치네 학교」가 당선됐다. 동화집 『항아리의 노래』, 동시집 『감기 걸린 하늘』 등이 있다.

김저운
부안에서 출생하였고, 수필과 소설로 등단하였다. 저서로는 산문집 『그대에게 가는 길엔 언제나 바람이 불고』 등이 있다.

문 신
2004년 세계일보 신춘문예 시 당선. 시집으로 『물가죽북』이 있다.

문영숙

현재아동청소년문학가, 수필가로 활동중. 지은 책으로 『무덤속의 그림』, 『궁녀 학이』, 『에네겐 아이들』, 『검은 바다』, 『아기가 된 할아버지』, 『나야 나 보리』 등이 있다.

박갑순

1965년 전북 부안 출생. 한국방송통신대학 졸업, 1998년 자유문학 시, 2005년 수필과비평 수필 등단. 한국문협, 전북문협 회원. 월간 소년문학 편집장

박두규

1985년 『南民詩』 창립동인으로 작품 활동을 시작했으며 시집으로 『사과꽃 편지』, 『당몰샘』, 『숲에 들다』 등이 있고 포토포엠에세이 『고라니에게 길을 묻다』가 있다.

박예분

2004년 동아일보 신춘문예 동시 당선. 동시집 『햇덩이 달덩이 빵 한덩이』, 『엄마의 지갑에는』 등과 아동청소년 역사논픽션 『뿔난 바다』 등이 있으며 2003년 아동문예문학상과 2008년 전북아동문학상을 수상했다.

박태건

1994년 『시와반시』 신인상으로 등단하고, 2008년 대산창작기금을 수혜했다.

백상웅

2008년 제8회 창비 신인상에 시가 당선되었다.

서금복

〈문학공간〉 수필(1997년), 〈아동문학연구〉 동시(2001년), 〈시와시학〉 시 등단(2007년), 수필집 『옆집 아줌마가 작가래』, 동시집 『할머니가 웃으실 때』가 있음. 전국 어머니 편지쓰기 모임 〈편지 마을〉 회장 역임, 현재 한국동시문학회 회원.

서철원

2000년 『작가의 눈』 신인상으로 등단.

신귀백

2000년 문화저널에 영화평을 연재하면서 영화평론 활동 시작. 잡식적인 산문쓰기를 열심히 하고 있음.

신병구

2006년 『문예연구』로 등단했다.

오장근

2006년 무등일보 신춘문예에 시가 당선되었다.

유강희

1987년 서울신문 신춘문예 시 당선. 시집으로 『불태운 시집』, 『오리막』, 동시집 『오리발에 불났다』 등이 있다.

유수경

아동문학평론가

이경진

2006년 계간 〈문예연구〉 신인상으로 등단했다.

이병승

1989년 『사상문예운동』에 시를 발표하면서 작품 활동을 시작했다. 2009년 경남신문 신춘문예에 시가, 제7회 푸른문학상에 동시와 동화가, 제1회 대한민국 문학&영화 콘텐츠 대전에 장편동화가, 제17회 눈높이 아동문학상에 동화가 각각 당선되었다. 지은 책으로는 동시집 『초록 바이러스』와 장편동화 『빛보다 빠른 꼬부기』, 『차일드 폴』 등이 있다. 현재 한국작가회의 회원으로 활동 중이다.

이병초

1998년 『시안』으로 등단했고, 시집으로 『밤비』 『살구꽃 피고』가 있으며, 제2회 불꽃문학상을 받았다.

이성자

동아일보 신춘문예와 어린이문화신인대상 문학부문에 당선되었으며 계몽아동문학상, 눈높이아동문학상, 한정동아동문학상, 광주문학상, 방정환문학상 등을 수상. 작품집 『너도 알 거야』, 『키다리가 되었다가 난쟁이가 되었다가』, 『내 친구 용환이 삼촌』, 『쉿! 특급 비밀이에요』, 『형이라고 부를 자신 있니?』, 『두레실 할아버지의 소원』, 『뭐가 다른데?』, 『최고는 내 안에 있어』, 『못 말리는 까미, 황마훔』 등이 있음. 현재 광주대학교 문예창작과 겸임교수

이주리

시인, 수필가. 경남신문 신춘문예 수필부문 당선, 현대문학수필작가회 (e-수필) 신인상 당선, 한맥문학 시부문 당선, 현대문학수필작가회 회원, 글마루 동인, 씽크넷지식PD 회원, 투데이안 객원논설위원

이준호

1994년 『작가세계』 신인상에 소설이 당선되어 등단했다. 장편동화 「하늘로 올라간 미꾸라지」로 2001년 MBC 창작동화대상을 받았고 장편동화 『할아버지의 뒤주』를 냈다.

장마리

2010년 『문학사상』 신인상으로 등단했다.

전희식

수필집으로 『아궁이불에 감자를 구워 먹다』, 『똥꽃』 등이 있다.

최기우

극작가. 2000년 전북일보 신춘문예(소설)로 등단했으며, 현재 연극·창극·뮤지컬 등 무대극 작업에 주력하고 있다. 2003년 전북연극제와 전국연극제에서 희곡상을 수상했다. 희곡집 『상봉』과 창극집 『춘향꽃이 피었습니다』가 있다.

최일걸

1995 전북일보 신춘문예 동화 당선, 1997 한국일보 신춘문예 동화 당선, 2006 조선일보 신춘문예 희곡 당선, 2006 전남일보 신춘문예 희곡 가작 입선, 2008 광주일보 신춘문예 당선, 제13회 한국해양문학상 장려상 수상, 제18회 전태일 문학상 소설 당선, 2010 5·18문학상 시 당선, 현재 KBS 라디오 드라마작가.